爸爸不是超人（下）

清扬婉兮 著

目录

第九章
爸爸不是人 /1

第十章
求关注 /24

第十一章
一张"结婚证" /45

第十二章
小小的心愿 /70

第十三章
可怕的暑假 /91

第十四章
中年危机 /120

第十五章
育儿无小事 /142

第九章

爸爸不是人

1

每天下午吃完晚饭,也有一个遛娃时间,楼下的王奶奶眉飞色舞地对大家讲楼上那家人——夏峻家的变化。她说:"我家楼上狂吼的那个妈,好几个月没声了,你们猜怎么着?这两天换了一个男高音,那嗓门儿,比那什么帕瓦罗蒂还高,不光有男高音,还有交响乐伴奏呢!"

没错,她口中的那个男高音,说的就是夏峻。夏峻活了大半辈子,经过辅导夏天写作业这一遭,竟然发现了自己有男高音的天赋,吼起孩子来,那真是气壮山河,震耳欲聋。王奶奶们在楼下吐槽的时候,夏峻正在家里对着夏天发飙。

"真,这个是真。假,这个是假。"

假作真时真亦假。千万别以为夏峻在和夏天讨论什么哲学难题。下一秒,夏峻就发出了终极拷问:"你这个脑子怎么长的?你是猪脑子吗?这个是真分数,这个是假分数,这么简单的题也能做错,你到底是不是我亲生的啊!"

怼人的时候,夏天的智商在线了,幽幽地反驳:"你可以骂我,但不可以说我妈坏话,我可以肯定,是你亲生的。"

陈佳佳也推门进来提醒他:"训孩子小声点,什么是不是亲生的,那么大声,让邻居听见多不好。"

夏峻语塞,气得想撞墙。

男高音嘶吼还算轻的,至于王奶奶说的交响乐伴奏是什么?球棍敲击桌面的砰砰声,椅背撞击墙面的咚咚声,铅笔敲打玻璃杯的叮当声,还有盛怒之下挥手打碎杯子的哐当声,有时,还有一个木制衣架抽打在屁股上发出的各种声音。打完孩子,夏峻手痛心也痛,气得下楼在抽屉里想找点药吃吃。陈佳佳像报了一箭之仇,在一旁还说风凉话:"夏峻,我发现你有暴力倾向。"

他喝了一杯凉茶平复了下心情,又上楼去。过一会儿,楼上又传来一个男高音,这一次,男高音是夏天,他一边号叫着,一边从屋里夺门而出,哭着:"如果可以选择,我宁愿选择女子单打。爸,我是你亲生的吗?"

夏峻把刚才夏天呛他的话又还给他,说:"你可以哭,但是你不能说妈妈坏话,我可以肯定,你是我亲生的。打的就是你。"

不知道的人,还以为这家在上演什么苦情伦理戏呢!

每周都有一篇作文,这一周,作文题目是《爸爸的手》,夏天在作文开头第一句话就写:"爸爸有一双魔爪。"写完觉得不解恨,又擦掉重写"爸爸练过铁砂掌、九阴白骨爪、降龙十八掌"。

不过这双魔爪除了打孩子,还有很多有用的时候。和夏天做船模的时候,那双手就变成了魔术师的手。为了完成夏天的船模,他甚至专门买了一套小型的木工工具,用来刨木、雕花。在夏峻的帮助下,夏天新做的船模已经初具雏形了。夏峻得意扬扬地邀功:"这船模拿去参赛,肯定能获奖,也可以当工艺品摆件,我觉得我可以发展一个副业,我可以去创业了。"

父子关系因为船模而得以缓解,夏天一脸崇拜:"爸,你为什么会做船模?还做得这么好?"

一提起这个,夏峻就一脸兴奋,盘腿坐在地板上,和儿子谈起小时候的梦想:"我从小就想当一名船长,高考填报志愿时,我还报过航海和船舶制造专业,可惜,没被录取。

"我梦想可以单人驾驶帆船,环绕世界一周,儿子你知道吗?这需要耗时两百七十多天,帆船会经过赤道,到了太平洋,会有每秒二十几米的强风,我只在电视上看到过。巨浪像城墙一样忽然倾倒下来,那浪,据说几日几夜才可以平息,等平息下来,在风平浪静的时候,就可以躺在甲板上,喝酒,吟诗,大声唱歌,那感觉一定很棒!不过呢,美丽总是和危险并存的,如果遇到冰山,哈!你可想想,这次一定死定了,但是,在海上力挽狂澜,扭转乾坤,那一定是难得的体验,这才是人生吧!我一直想试一试。"

夏峻满面红光,说话的时候,眼神仿佛望向遥远的地方。夏天听呆了,仿佛被爸爸描述的浪漫航海打动了,也憧憬地说:"我也想试一试。"

他们的美梦,很快被陈佳佳打断了,她推门探头进来,说:"玥玥快醒了,你下楼去看看,我要出去见个客户,晚上不回来吃饭了。"

夏峻下了楼,看着佳佳在玄关处换鞋,有种恍惚的感觉,什么时候,他曾经的台词"我要出去见个客户,晚上不回来吃饭了"变成了佳佳的。不回来吃饭也好,对于他这样的厨艺小白来说,少一个人吃饭,他还少一点负担,实在不想做饭了,还可以点外卖。

陈佳佳像是猜到了夏峻那点小心思,提醒他:"孩子们都正是长身体的时候,别整天点外卖,又不卫生,材料又不新鲜,自己做总归放心点。"

夏天下楼倒水喝,幽幽地呛一句:"关键是我爸做的饭,那能吃吗?等会儿我写作文正好可以写写,爸爸的手,是一双化神奇为腐朽的手。爸爸的手,会做黑暗料理——黑烟焦牛排、蜂窝煤蛋羹、辣条炒饭、青菜炒橘子,您怎么不再加点番茄,就组成了红绿灯多有意思?爸,你不是说要报个厨师班学学吗?我都瘦了。"

陈佳佳提议:"这还用报班学吗?下载几个菜谱软件就好了,豆果美食啥的。"

不过,陈佳佳走后,夏峻并没有马上下载菜谱软件,而是继续和儿子做船模,玥玥醒了,把玥玥放在夏天房间的地板上玩,三个人一起做船模,直到玥玥饿了开始烦躁,他才想起冲奶,做饭。很不幸,晚饭的菜又多放了两次盐,毁了,最后仍是点外卖了事。

夏峻的"爸爸community",会隔三差五在春临公园聚集,人数不一,有时钟秋野没来,有时马佐不在,每次也会有陌生爸爸加入这个小团体。大家聚集在树荫下、凉亭里,高谈阔论,话题纷纭,有说幼儿湿疹偏方的,有聊女童发型的一百零八种编发技巧的，有说尿不湿哪个牌子防侧漏效果更好，还有说幼儿辅食做法的。有一位做微商的爸爸，还趁机推销起了自己代理的一款辅食机。向来英明睿智的、深谙销售套路的夏峻，一时冲动，竟然真的买了一个，带回家就开始兴冲冲地为玥玥做辅食胡萝卜泥，玥玥还不愿意吃。晚上陈佳佳看到辅食机，还埋怨："家里不是有一个辅食机吗？又买一个，乱花钱。你换新的机器做辅食，就好吃了？不是机器的问题，你要花心思。"

夏峻只有点头称是。

说起给玥玥添加辅食，夏峻就头疼。玥玥挑食，这也不吃那也不吃，最近天热了，连奶也不愿意喝，小情人是爸爸的心头肉，夏峻急得上火。

这一天，在社区医院打完防疫针，他就顺便给孩子体检，查了查微量元素，医生说孩子有点缺铁性贫血，要好好吃饭，补充营养了。听完这个结果，夏峻差点想抽自己两个嘴巴，好歹也算小康之家，一家四口，三个都白白胖胖，唯独女儿最瘦，是可忍，孰不可忍，夏峻心疼。

再来到公园的"爸爸community"，他想找有经验的爸爸好好请教一下，不巧，平时的几个熟面孔都不在，只遇到一个男人，也是个新手爸爸，正在为孩子湿疹发愁呢！夏峻牢骚道："在家带孩子，就是按下葫芦起了瓢，顾头顾不了腚啊！"两人聊了几句，就各自散开了。

他推着玥玥沿着湖边的甬道朝前走，早晨的公园里多是吹拉弹唱、舞刀弄剑的老人，也有年轻人在沿着湖边晨跑，玥玥的眼睛耳朵都快不够用了。夏峻也忍不住哼起歌来："最近有点烦，儿子太胖，女儿不肯吃饭，车子太烂银行没有存款。……"

走了一会儿，阳光从云层里漏出来，有点晒了，他便把孩子推到一棵树下，一抬眼，看到一个女人正在舞剑。女人身形瘦削，穿普通的运动衣裤，也不知是什么剑法，一招一式行云流水，然后悠悠地转身，一个飒爽漂亮的亮相。四目相视，彼此都认出了对方，舞剑的女人，是袁晓雯。

"很有女侠的风范。"他说。

袁晓雯收起了剑，低头逗了逗孩子，喘了口气，说："前儿天体检，医生说我颈椎有点问题，不能久坐，要多锻炼，想了想，也就这个运动适合我了。"

"也算是职业病了,我们这个年纪,是该多锻炼锻炼了,这地方不错,空气好。"

"是啊,是个晨练遛娃的好地方。来!让阿姨抱抱。"

袁晓雯把玥玥从车子里抱出来,由衷地夸赞:"这眼睛又大又圆,睫毛这么长,太萌了,不过好像比那次在停车场见,脸蛋瘦了点。"

"可不是嘛!别人家孩子都胖乎乎的,我带孩子,越养越瘦啊!我快愁死了。"

"一岁多了吧!现在光喝奶不行了,早就添加辅食了吧!"

"加了啊!什么胡萝卜泥、蔬菜粥、紫薯米糊,变着花样做,都不好好吃。"

"是你做的吧?"袁晓雯调侃地笑笑,说,"肯定是不好吃,宝宝才不喜欢吃啊!你好好想想,那什么萝卜泥、米糊糊,虽然有营养,可是寡淡没味,你愿意吃吗?"

"我尝过,确实不好吃。"

"一岁以内的宝宝,辅食不宜添加盐、糖、酱油这些调味品,是为了呵护孩子还没有发育好的肾脏,不过,宝宝现在一岁多了吧?他们也有口腹之欲,而且已经长了牙齿,练习咀嚼,促进牙龈,这是很关键的时机,现在,配方奶已经不应该再是主食了,以前说的辅食,应该变成主食了,粥、面条、软米饭都可以吃了,但是,你得做得好吃啊!"

夏峻不好意思地笑了笑:"做饭这个事,我还真是不太擅长。"

"古人说治国如烹小鲜,到底是难还是不难?当然难了,油盐酱醋和火候都要恰到好处,盐多一分咸了,少一分淡了,火大一点煳了,小一点生了,很不好把握。"

夏峻点头称是:"是啊是啊!我也看菜谱的,一看到少许、适量、一小把我就头大,到底是多少啊?"

袁晓雯笑了:"我其实挺喜欢做饭的,说难也不难,我教你几招。你今天回去就给孩子试试,蛋黄豆腐没吃过吧!保准她胃口大开。买那种嫩豆腐,就是那种内酯豆腐,蛋黄要咸鸭蛋蛋黄,先放锅里隔水蒸,蒸十分钟吧!然后……"

"等等等等,有没有文字版的菜谱,发我手机上,这样我记不住啊!"

夏峻拿出了手机。

两人这才想起，一直没留联系方式，这一次，就顺理成章地加了微信。袁晓雯把自己的菜谱发给了他，自夸道："这可是袁氏独门秘籍，不外传的。"

夏峻也谦虚道："我会好好学习的，等会儿回去就做，做好了我拍照发给你检阅成果。"

既加了微信，袁晓雯就翻了翻他的朋友圈，朋友圈第一条，就是夏天领奖那天和妈妈一起在门口拍的照片，袁晓雯问："这是你爱人和儿子啊？"

"嗯。"

"一家四口，有儿有女，真好。"

鉴于袁晓雯是位离婚女士、单亲妈妈，他怕触及女人敏感的神经，便随口敷衍："家家有本难念的经，也是整天吵吵闹闹的。"

日头大了，时近中午，有点热了，两人都打算回家去了，并排朝公园门口走去。

"上班了吗？"她问。

"没。"他没有解释为什么不上班。

她也没有再追问，只是说："也挺好。"

两人在公园门口告辞，袁晓雯鼓励他："等把蛋黄豆腐学会了，我再教你别的菜。把女儿养胖，可不比大公司上班轻松呢！加油啊！"

当天中午，夏峻就做了那道蛋黄豆腐，袁晓雯的菜谱很详细，"少许"是几克，表示用多大的小勺，都写得清清楚楚。这一次，他的菜做得很成功，玥玥很给面子，一小碗米饭，配一小碗豆腐，全吃光了。夏峻把成果装盘，拍了一张照片给袁晓雯发过去，过了很久，她发来一个赞的表情。

夏峻信心大增，晚饭又做了那道蛋黄豆腐，夏天吃了个底朝天，吃完啧啧称奇："你这手是忽然开光了吗？这是五星大厨的手啊！厨艺突飞猛进啊！不是点的外卖吧？"说着，夏天还四下瞅一瞅，寻找外卖包装的踪迹。

夏峻得意扬扬，伸出手看了看，说："赶紧把你那篇作文给我改了。爸爸有一双神奇的手。这样开头会比较吸引人。"

这时，他的微信提示音响了，打开一看，是袁晓雯发来的第二个菜谱——香菇肉酱面。菜谱密密麻麻，还没看完，门锁响动，陈佳佳回来了。夏峻的心莫名一紧，把袁晓雯的微信设置成"消息免打扰"。

* 2 *

在师父的亲自面授和远程指导下，夏峻的厨艺突飞猛进。他每天变着花样给玥玥做饭，清蒸鳕鱼、蓝莓山药、鸡汁土豆泥、玉米饼，玥玥胃口大开，再也不挑食了。夏峻还爱上了发朋友圈，每次做好了饭，寻找角度和光线，拍照，美图，再给菜品起一个好听的名字，譬如清蒸鳕鱼点缀一点绿叶摆盘后，叫"清风明月"，蓝莓山药叫"落红铺径"，然后发朋友圈，几分钟后，收获点赞无数。他竟然从点赞中收获了一种微妙的成就感。

母亲夏美玲在他每条朋友圈下点赞、评论、赞美："看上去很好吃的样子啊！""我也想吃啊！""求做法！"夏峻便兴致勃勃地发菜谱给母亲，夏美玲觉得很意外，儿子竟然在厨艺上开了窍，便怂恿他开个×音号，把自己做饭的过程拍成小视频或图片发上去分享。夏美玲说："把快乐和美分享给更多人，我觉得这是一件很有意义的事。"

夏峻说："好啊！回头我注册一个号。"

虽然厨艺猛涨，但大厨只是炒菜的闻个香，自从被人叫"大爷"后，夏峻痛定思痛，决定减肥，戒了晚饭。每天晚上，夏天和妈妈吃饭的时候，夏峻就在地板上做俯卧撑。玥玥每每看到了，就颤颤巍巍地跑过去，爬上爸爸的背，兴奋不已："骑大马，哒哒哒！"

哪个女儿奴爸爸没被女儿骑过大马呢！夏峻甘之若饴，负重做俯卧撑，还会配合地爬两圈，直到女儿被颠得心满意足，才会如一摊烂泥一般瘫倒在地。

陈佳佳调侃："真不吃饭了？你做的这道菜味道真不错呢，再不吃，就被我吃光了。"

夏峻有气无力地瘫在沙发上喘息："男人不狠，地位不稳，我要减肥，我要保持苗条身材。"

夏天也揶揄爸爸："你一会儿还要辅导我写作业啊！不吃饱，哪有力气咆哮呢？"

说到这个，夏峻有点心动，挪到了餐桌前，迟疑道："那，我就吃两口，垫垫。"

虽然厨艺猛涨，但夏峻辅导夏天写作业的技能并没有长进。因为辅导夏天写作业，夏峻和陈佳佳意外地和谐团结起来。每每被气得吐血，回到卧室吐一口郁气，回头看看老婆憔悴的面容、隐隐的细纹，夏峻会感同身受地说一句："老婆，你以前受委屈了。"陈佳佳望着败下阵来的老公，也心生疼惜，摸摸他的脑门，说："瞧瞧这发际线，像向后退去的潮水，多么让人悲伤。"两人惺惺相惜，如同革命战友的友谊再次升华。

陈佳佳叹息："那天看一个段子，说，真羡慕白娘子和许仙两口子，孩子一出生，一个被关在塔底下，一个出家了，都不用带孩子，也不用辅导作业。再见面时，孩子都考中状元了。"

"要不我出家吧？"

"你想得美。"

"再这样下去，非得要了我老命不可。"

"再坚持坚持，先把小升初这道坎过了再说。"陈佳佳翻身打算休息，想了想又转过身，提醒他，"你和孩子交流，能不能稍微温和一点？你以前还总说我河东狮吼，你辅导作业时，那是恶龙咆哮啊！你不光咆哮，十八般武艺你都往孩子身上招呼。你以前批评我的时候怎么说的，不能简单粗暴，要注意方法，像大禹治水，要疏而不堵。这可是你亲儿子，别打坏了。"

柳条打在儿子身上，痛在爹的心啊！夏峻和陈佳佳一样，每次打完孩子，都懊悔不已，发誓下次要心平气和，可是到了第二天，一辅导作业，又忍不住炸了。

"我注意，我下次一定控制，控制情绪，淡定，保持微笑，深呼吸。放心吧！"

话虽如此，到了下一次，夏峻依然控制不住。有时，面对一道难题，他实在无法保持微笑。比如这道船长年龄题：

"一艘船上有26只绵羊和10只山羊，请问船长多少岁了？"

夏峻慌了，慌乱的同时，又感到自己的智商被狠狠地羞辱了，他想不通船长的年龄为什么是由羊的数量来决定的。夏天也慌了，迟疑地问："船长至少18岁吧！只有年满18岁才可以考取驾照啊！"

"有道理。"夏峻松了一口气。

夏天把答案写上，又觉得不对，过了一会儿，又擦掉了，自言自语道："我在想，这船长到底是羊还是人？"

夏峻考虑了一会儿，终于冒着丢面子的危险说出了自己权衡之后的看法："是这样的，我觉得这道题是没有正确答案的，这应该就是一个开放性的问题，可能是在考查学生对数学问题的质疑意识、批判意识和独立思考的能力，你刚才回答未成年人不能去考驾照，这个答案就很好。"

夏天看了看爸爸慌乱的神色，听着他没底气的语气，没有质疑题目，先质疑老爸："爸爸，老师说了，数学是非常严谨的一门学科，绝对不可以有'可能，大概，差不多'这样的答案，爸爸，这题你是不是也不会啊？"

夏峻定定神，还是嘴硬："怎么可能？来，你写——试卷上能写脏话吗？"

"不能。"

"出题的人脑子有问题吗？"

夏天幽幽地回一句："爸，骂人是不对的。"

"你先做别的题，我去抽根烟。"

抽烟只是借口，夏峻只是暂时避避风头，寻找外援。他把自己关到卫生间，马上把那道题发了一条朋友圈，向万能的朋友圈求助："这是一道小学五年级数学题，求答案。"

都说朋友圈万能，夏峻的朋友圈更强大，身处高位的行业大佬有之，学富五车的学者专家有之，奔波劳碌的外卖小哥有之，他不信还答不出这道题了。

结果让夏峻很失望，一根烟的工夫，他得到了几十个无意义的点赞和十几条评论：

"985大四，不会。"

"我研三，不会。"

"数学系20年教龄导师，不会。"

......

看来这一次夏峻的学霸人设要在儿子面前坍塌了。他一脸沮丧地出了卫生间，暗忖着怎样把这个问题糊弄过去，一进房间，发现夏天并没有做其他作业，而是拿起了平板，在打游戏。夏峻顿时气不打一处来，老子我在卫生间憋着一口气焦虑不安上下求索，崽子竟在优哉游哉地打游戏。他想起和老婆的约定，默默地告诉自己，淡定，保持微笑，深呼吸，然后走过去，和蔼地说："别玩了，赶紧写作业。"

"等等等等一下，别动，我把这一局打完。"夏天眼盯屏幕，躲闪了一下，还用胳膊肘挡了他。

就是这个下意识的小动作，瞬间惹恼了夏峻。他一把抓过平板，顺手一掼，平板摔在地上，犹在发出游戏中的砰砰枪响。夏天竟不知死活地跑去捡，一把被夏峻扯住，回头眼看着夏峻正要抄家伙。夏天这一下脑袋灵光了，用力一挣脱，逃出房间往楼下跑，惊慌失措地喊："妈，我爸又要打我，我爸要打我，爸爸不是人。"

这还得了，儿子竟然骂起老子来，夏峻听了更是火大，抄起拖鞋就扔下来。夏天躲到了闻讯而来的妈妈身后，故作可怜："妈，我爸又打我。"

夏峻怒不可遏："哎你儿子现在出息了，还骂人。"

曾几何时，是妈妈辅导夏天作业，女子单打，爸爸就是保护伞；现在，角色反转过来，爸爸成了那个恶人。

陈佳佳和稀泥，把父子俩拉开，让夏峻去抱玥玥了，她带着夏天上了楼。

过了一会儿，夏天下楼，主动向爸爸道歉。夏峻也就淡定，保持微笑，深呼吸，放过了彼此。

晚上临睡前，夏峻还是忍不住好奇心，问佳佳："那个船长多少岁的题目，你后来帮他做出来了吗？"

陈佳佳躺在床上用手机看小说，抬抬眼皮："做出来了，我说出题的人可能是个250。"

两个人对视一眼，默契又无奈地笑了。

"你在看什么？"

"一本网络小说，挺好看的，建议你也看看。"

夏峻凑过来，看到书名赫然写着《爸爸不是超人》。他从来不看网络小说，但被这个书名引起好奇，便问："写的什么啊？"

"写全职爸爸生活的，这个作者写得很接地气，我正在看这一章，你看这句话——爸爸带孩子，孩子活着就好；爸爸辅导作业，爸爸活着就好。哈哈哈！太真实了。你真应该看看。"

夏峻来了兴致，也打算拿出手机搜一搜。陈佳佳又说："这本书人物丰满，情节曲折，文笔诙谐幽默，只有一个缺点，就是这个书名起得有点问题。"

"书名怎么了？挺好啊！"

陈佳佳放下了手机，认真地看了看夏峻，说："书名叫《爸爸不是超人》，我觉得不够出彩，应该叫《爸爸不是人》，可能会更吸引人阅读。"

夏峻一听，马上知道陈佳佳话有所指，把矛头指向了他，他连忙反省认错又保证："是是是，我知道了，不该打孩子，不能简单粗暴，要淡定，保持微笑，深呼吸，深呼吸。"

第二日，为了防止夏峻再冲动，陈佳佳把夏天房间一切棍棒类、长条类的东西藏了起来，名曰"没收武器"。没有了武器的大侠，到了晚上，淡定平和地给儿子讲题，一开始风平浪静，后来一道题难住了夏天，父子之间开始暗流涌动。大侠只觉得一股内力在体内窜跑着，充胀着，一团火灼烧着，他忽然大吼一声："你长的猪脑子吗？"

一记神掌抡出去，没忍心呼在儿子脸上，想起了和老婆的约定，淡定微笑深呼吸，抡出去的神掌，收不回的手，情急之下，他那一拳，狠狠地打在了桌子上。大侠骨头硬，桌子更硬，一阵刺痛和灼烧感从掌心蔓延开来，夏峻龇牙咧嘴地把头扭到了一边，慢慢地起身，离开了工作岗位，出门的时候，又回头，咬牙切齿道："你那篇作文可以改一改了，爸爸有一双残疾的手。"

夏天不知轻重，幸灾乐祸，拱手道："壮士，好走不送！"

在儿子这里伤透了心，夏峻还能在老婆面前寻求理解，夸张地喊道："老婆，我手要是残了，能不能给我算工伤啊！"

* 3 *

一语成谶。当天晚上,夏峻只觉得右手肿痛无比,也没有太在意,早晨起来,整个手掌都肿了,一动,就钻心刺骨地疼,他暗呼不妙。

他艰难地用一只手为玥玥做了早餐,然后单手抱娃,打车送孩子去早教中心上课。早教课是一个半小时,他和老师叮嘱了几句,然后去医院骨科就诊。

拍了片子,诊断是右手掌背骨折,哈哈哈!医生问他怎么搞的,他没答出来,愣了半天,说:"反正,疼!啊疼!"

医生望着这个奇怪的男人,无奈叹气,给他治疗、打石膏、包扎。一个小时后,夏峻从门诊大楼走出来,打了石膏的手被绷带包裹,吊在脖子上,看上去有点滑稽可笑。

再回到早教中心时,玥玥早已下课了,被一个教务老师带着,在画室玩。玥玥一看到爸爸的样子,开心地跑过来扑进他怀里,好奇地用手指戳戳爸爸的石膏手,夏峻一脸尴尬无奈,在教务老师诧异的眼神中,单手抱起了孩子。

出了早教中心,玥玥扯着身体往前倾,被旁边的一幅墙体彩绘吸引住了。一个男人背对着他们,穿一件简单的黑色"工"字T恤,裸露着手臂,一手拿调色盘,一手拿画笔,正在墙体上画一只巨大的蜗牛。玥玥兴奋地叫着:"蜗牛,蜗牛!"

画画的男人转过身,竟然是钟秋野,他的鼻翼和额头也染了油彩,一笑,活脱脱一个小丑。玥玥认得钟秋野,伸手想摸摸小丑的鼻子,小野叔叔就把脸凑过来。

"你怎么在这里?还画这种小儿科的东西?你不是要创业吗?"夏峻问。

对于一个自诩与梵高、莫奈齐名的伟大画家来说,画这种哄小朋友的蜗牛,是有点大材小用了。

钟秋野讪笑:"创业也要创,小钱也要挣,两手都要抓。哎你这手怎么了?"

夏峻下意识地想把手往身后藏,可挂在脖子上,藏也没处藏,也只好讪笑着:"意外,纯属意外。"

钟秋野推己及人,马上想歪了,压低了声音:"不会是,你也,你也勾搭小姑娘,不对,就是那个女人,被我姐发现了?我姐打的?"

"胡说什么啊?我可不是那种人。还不是夏天那臭小子,写个作业,能要我半条命,再这样下去,我看我就要英年早逝了。"

"那你可了不起了,墓碑上会写着'生得伟大,死得光荣'。"钟秋野幸灾乐祸。

玥玥还在怀里挣脱着,想要抓小野叔叔的画笔。夏峻眼看一只手要抱不住,紧张地喊:"别闹了,我的小祖宗,要摔了。"

钟秋野腾出一只手帮忙抱住了玥玥,把画笔给她玩,小人儿安静下来。他问:"你这是轻伤不下火线啊?不行了歇歇啊。让我姐顶两天。"

"别提了,你姐现在可是女强人,整天忙得脚不沾地,哪顾得上?今天一大早出差了。"

"那你和孩子吃饭怎么办?"

"叫外卖呗!你忙吧,我回了。"

他从钟秋野怀里接过孩子,打算离开了。刚走出两步,钟秋野叫他:"哥,明天我去看个场地,合适的话就租了。要不,你和我一块去,帮我参谋参谋,拿拿主意。你知道,我这人,除了画画和泡妞,别的事都不在行。"

夏峻想了想,钟秋野又诱惑道:"看完了,下午我去幼儿园把浩浩一接,咱共享育儿,你还能轻松点。我给你做麻辣小龙虾。"

夏峻一想,好像还不错,成交。

回到家里,夏峻单手换衣服,单手冲奶,单手哄睡孩子,单手给她盖被子。身残志坚的他发现,原来单手也可以干很多事情,最后,他单手给自己煮了一碗泡面,只是在单手磕鸡蛋的时候,不小心把一只蛋磕到了地上,他再单手把蛋壳捡起来,单手拿抹布擦掉。

玥玥午睡的时候,袁晓雯发来了当日的菜谱——香菇鸡蛋面,还算比较简单。尽管是单手,但女儿的晚餐要紧,他马上操作起来。因为是单手,和面擀面的步骤就省去,用现成的挂面代替,按照袁晓雯教的方法,炒好浇头,浇到煮好的面条上,然后放在光线充足的餐桌上,拍照,发给了师父。

师父火眼金睛，很快发现了问题："面条不是手擀的吧？偷懒。"

"嘿嘿！嘿嘿！"

"还有，那照片角上，那个白色绷带的物体是什么？"

夏峻定睛一看，才发现自己不小心把右手拍到了照片里。

"呃！这个，可能是一块白色的抹布，也可能是你眼花了。"他打哈哈。

"你受伤了？"

他只好把自己负伤的光荣事迹讲了一遍，讲完，自己先觉尴尬，发了好几个捂脸的表情。半晌，那边没回复，他放下手机，把玥玥抱进了餐椅，玥玥已经开始学着自己拿小筷子吃饭了，虽然很笨拙，一半吃一半撒，但夏峻省事了不少。

快吃完饭的时候，手机又嘀嘀响起来，袁晓雯发来了长长的一段文字，是一套手指复健操，末了，又加了一句："经常使用左手可以刺激大脑右半球，促进右半球血液循环，不但能够完善功能，还能预防脑血栓。从现在开始，多使用你的左手，让右手歇一歇。"

这是一个细心又幽默的女人。他会心一笑，用左手艰难笨拙地打字："谢谢你！"

吃完饭，他用左手帮玥玥擦嘴，用左手擦桌子，用左手给夏天打电话，嘱咐他放学后自己去跆拳道馆，路上小心点，放下电话，再用左手抱起玥玥，去楼下遛弯。小区里遛弯的邻居们纷纷用好事的眼神打量着这个右手打着石膏的男人，楼下的王奶奶很关切地问："你这手怎么了？"

夏峻讪笑："不小心撞了，撞了，嘿嘿！"

一个不太熟的邻居大爷打趣："轻伤不下火线，我年轻时，一只手受伤了，还能去地里单手割麦子呢！"

"吹吧你！"

夏峻就要绕过人群，王奶奶又说："我说，你晚上吼孩子的声音能不能小点，一惊一乍的，我都神经衰弱了。"

夏峻继续讪笑，胡乱答应着，慌不择路地逃走了。

遛弯回来，父女俩都一身臭汗，他先给玥玥的浴盆里放水，打算给她洗个澡。小孩子爱玩水，放进浴盆里能扑腾半天，他也乐得清闲一会儿。果然，玥玥一进水就欢快地拍起水，和小鸭子玩具一起玩起来，再也没心思打扰爸爸了。夏峻搬了把椅子坐在浴室门口，悠哉地玩起了手机，和马佐组队，玩了一把"吃鸡"。

玩到正刺激处，玥玥忽然烦躁地哭起来，夏峻匆匆退出了游戏，跑过去一看，玥玥正试图在水中站起来，弯着腰，两只手抓住盆沿，使劲往上提拉，憋得小脸通红，然后气急败坏地哭起来。

"别哭啊宝贝！你要干什么？爸爸帮你。"

"端走，把盆盆端走。"玥玥声带哭腔地喊。

夏峻忍俊不禁："我的乖啊！你坐在盆里，怎么把自己端走？"

玥玥一听爸爸也没办法，哭得更大声了。

夏天回来了，一听到妹妹在哭，问了一句："又怎么了？谁欺负你了，告诉哥，哥帮你揍他。"说完还故意挑衅地瞥了爸爸一眼。

夏峻又急又气，叹气道："行，你来管她，我不管了。她坐在盆里，想把自己端走，你看着办吧！"

夏天看看妹妹手上的动作，恍然大悟，被她逗笑了，走过去，拿了一条大浴巾，安抚她："端是端不走了，哥可以抱走你。"

玥玥不买账，一把推开，小嘴噘着："不要，要端走。"

无奈之下，夏天想了个折中的办法，对爸爸说："咱俩一人抬一边，把她端走吧！"

夏峻大义凛然地伸出两只手，说："你说行就行！"

夏天这才注意到，爸爸的右手打了石膏，缠着绷带，夏天一愣："什么情况？"

"昨晚那一记神掌，发力不对，伤及筋骨，我恐怕武功要废了，从此就退出江湖，不问世事了。"

玥玥停止了哭声，夏天咬咬嘴唇，也不贫嘴了，表情有点奇怪，盯着爸爸的手看了几秒，说："我来给妹妹穿衣服，等会儿我自己煮面吃，吃完我自己去洗碗，要拖地吗？还有什么我力所能及的事，你说，我来做。"

果然是"塞翁失马，焉知非福"，没想到手掌受伤，换来儿子的懂事乖巧，夏峻觉得也值了，他想了想，说："碗不用你洗，地也不用你拖，只有一件事，是你力所能及的，就是，认真地写完你的作业。"

一提到作业，夏天马上哭丧着脸，做晕倒状："爹啊！这是我力所不能及的事啊!"

"还说,找打。"

夏天求饶,连滚带爬上了楼,求饶:"大侠息怒,保重贵体,保重贵体。"

夏峻受伤的事,还是对夏天幼小的心带来不小的震撼。这天晚上,家里没有"恶龙咆哮",玥玥洗完澡玩了一会儿就睡了,夏天安安静静地在楼上写作业,写完后拿下来给夏峻检查签字,竟然正确率百分百。夏峻在本子的一角用左手歪歪扭扭签上自己的大名,看看自己的右手,壮士断腕般长叹口气:"值了!"

佳佳打来视频电话,他没让她知道自己手掌骨折的事,谎称一切都好,让她安心学习。

临睡前,钟秋野发来微信:"明天早上我来接你,别忘了。"

* 4 *

钟秋野选的是一个老小区临近街底的商铺,小区是个大楼盘,有几千户住户,离这个楼盘400米,就是一所小学。他已经考察过了,附近有奥数班、作文班、舞蹈班、围棋班,唯独还没有少儿美术班。

"地段不错。"夏峻说。

这商铺从前是一家母婴用品店,从玻璃门望进去,里面面积很大,开一家资质健全的培训机构绰绰有余。店里其他东西已经搬空了,唯留了一辆小小的玩具木马和一张桌子在角落,玥玥跃跃欲试,想进去玩。

很快,房东来了,是一个戴眼镜的、很儒雅的中年男人,臂弯里夹着公文包,打开门锁,请大家进屋里,回头冲夏峻和气地笑笑:"小朋友好可爱啊!"

小朋友进屋下了地,很快骑木马玩去了。

房东从公文包里拿出了合同和笔,对钟秋野说:"怎么样?你也来看了好几趟了,考虑好了,今天把合同签了吧!"

钟秋野确实已经来看过好几次了,连厕所的水管有点问题都一清二楚，他说："那个水管什么时候修一下啊？要不现在就叫物业来看看。"

"没问题没问题，我一会儿就叫物业。你来看看，合同有什么问题？都是之前咱俩谈好的。"

钟秋野接过合同，仔细地看了一遍，又递给了夏峻，夏峻浏览了一遍，点点头，低声对钟秋野说："房产证和身份证这些证件都看了吗？"

房东一听，马上又从公文包里拿出商铺的房产证和自己的证件："这是房产证。我给你们说，不用犹豫的，这个房子，这个地段，没得挑，钟先生是要做美术培训啊！只要开起来，对面就是学校，那就是财源滚滚来。"

钟秋野也陷入了房东描绘的发财美梦里，顿时信心满满，拿过笔："签！"

他趴在屋内遗留的一个桌子上，大笔一挥，写下了自己的名字。

"按照合同约定，押一付三，今天你要付给我十六万。"

"等一下！"夏峻叫停，冲房东歉然一笑，把钟秋野拉到一边，低声问他，"这个房东，你是从哪里联系？房源信息是从哪里来的？"

"×居网啊！"

"不是通过中介吗？"

"×居网个人也可以发信息，我就找个人的，省得让中介公司白白挣一笔中介费。怎么了？"

"我是觉得，这个人有点怪怪的。"夏峻说出了自己的疑虑。

"怎么了？"

"这房东，眼神飘忽不定，看面相，不是可靠之人。"夏峻说出了自己的疑虑，大概是所谓的第六感吧！

钟秋野笑了，轻轻地拍了拍夏峻的肩："好了哥们儿，我看你也是在家待时间久了，人都变神经了。放心吧！他身份证复印件在我这里，合同咱俩也看了，没什么问题。"

说罢，钟秋野走向房东，笑笑，打开手机，一咬牙，点开手机银行，输入了金额和密码，手抖了一下，发了过去。

银子落袋的声音脆响，房东查看了一下，现场写了收条给他，把钥匙和水电卡都交给他："这个您收好。我现在就去找人来修水管。"

房东出了门，径直朝马路上走去。钟秋野也没有在意，站在空荡荡的屋内,对夏峻描绘道:"这面墙,画一幅墙绘;那边的两个房间,可以做教室;这个区域,可以做家长休息区,放两组沙发;这边墙,做一排书架,是孩子们的阅读区;楼上还有两个房间,也可以做教室。如果做大一点了,我去招美院两个学妹来做老师。"

一听到"学妹"这种字眼,夏峻不由得想起钟秋野的光荣历史,忍不住揶揄:"你这个渣男,又开始打学妹的主意了?"

"我这不是在说招聘员工的事嘛?你想哪儿去了。"

"你和李筱音,就真结束了?老实交代,你这创业基金哪来的?"

"这可是我妈的私房钱,我这是破釜沉舟,背水一战,不破楼兰终不还。"钟秋野说着说着,又感天动地地演起来。

"啊好了好了,你踏踏实实做点事,大家就放心了。"

"说真的,哥,这个事后期还要投入,我这钱,还差点,要不,你投点?"

"我?我现在没有收入,前些天股票全赔了你不是不知道,这事找你姐去。"

说话间,房东带了一个民工样子的男人进来了,带他去查看洗手间,说:"我找了个师傅,修修水管。"

水管工人和房东进了洗手间,鼓捣了一会儿,换了个小零件,很快就修好了。房东和钟秋野握手告别,合作愉快。

从商铺出来,夏峻又陪着钟秋野一起去了一趟装修公司,一起商议了装修方案,砍了砍价,初步敲定了装修合同,钟秋野又付出了一万块定金。

一切办妥,钟秋野松了一口气,给自己打气:"接下来,我就要为了伟大的少儿美术教育事业奋斗了。"

夏峻沉吟许久,还是说了出来:"奇怪,你说那房东为什么在外面找个工人来修水管,怎么不去找物业?"

"这有啥?物业修理也是要收费的,还死贵,可能外面的工人便宜吧!"钟秋野不以为意,开车朝附近的一个水产市场驶去,下车后直奔小龙虾摊位,夏峻和孩子坐在车上等。

过了一会儿,钟秋野回来了,面露难色:"哥,今天我不能给你做小龙虾了。"

"没买到小龙虾?随便吃点别的都行啊!"

"不是,小龙虾买到了。刚才,我媳妇儿,哦不对,李筱音打电话,说今晚回来吃饭。"

"所以呢?你要做给李筱音吃。"

"筱音最爱吃我做的麻辣小龙虾了。"

夏峻饶有兴趣地打量着钟秋野,有点看不懂他了,困惑地问:"你这是前夫前妻之间纯洁的友谊呢,还是浪子回头打算重修旧好呢?"

钟秋野不好意思地笑笑:"我也说不准,反正就总是还想为她做点什么事,哎你不懂了。"

"后悔了?"

"说不清楚,谁能保证自己做任何事都不后悔呢?鲁迅说了,想结婚的就结婚吧!想单身的就单身吧!想离婚的就离婚吧!反正最后都会后悔的。"

"鲁迅说过这话?真至理名言。"

兄弟俩一笑了之,启动车子。钟秋野送夏峻回家,临下车,他又冲夏峻说:"哥哥,我说的投资的事,认真考虑一下。"

* 5 *

夏峻既然没在钟秋野处蹭到饭,就只好回家自己做饭。

因为成了独掌大侠,夏峻这几天做饭就比较应付,也就懒得发朋友圈了。

有人在之前的一条朋友圈下留言:"哥们儿,这几天怎么没发菜谱和照片?我等着学习呢!我儿子又厌食了。"

陈佳佳在外学习,抽空视频,再三叮嘱:"你要按时给玥玥做饭啊!不要总点外卖。"

夏峻点头称是,好几天了,一直没敢给老婆说自己的手骨折的事。夏天也凑在镜头前,为爸爸打圆场:"没点外卖,我爸爸今天做了红烧牛肉,昨天做的番茄牛腩,特别香。"

陈佳佳在视频那头冷笑:"怕是康师傅红烧牛肉面、番茄牛腩面吧?

真做了好菜，能不发朋友圈？"

夏峻嘿嘿笑："别这么说，我这么低调的人，不是那么爱炫的。"

挂断视频，夏美玲也打来了："峻峻啊！妈妈帮你注册了一个×音号，还有小红书号，用你的手机号登录，密码是你生日，我已经把你朋友圈的美食图片传了几个，你都有粉丝了呢！妈妈给你提个建议啊！下次做好菜，注意一下摆盘，这个很吸睛的，要注意啊！"

夏峻哭笑不得："好好好，我下次注意。"

夏天也在一旁打趣："奶奶说的对，你的审美是差了点，应该跟小野叔叔好好学学美术。要不，你也报个美术班吧！"

"去去去，写作业去。"

"奶奶，我想你了，你早点回来啊！回来给我带鲜花饼。"夏天一边喊着，一边上了楼。

为了不负众望，夏峻这个厨夫决定还是继续操练起来，一只手怎么了，杨过一只手，老顽童都打不过，照样纵横江湖。

袁晓雯可能是顾及他手受伤了，所以好几天没发菜谱了。没有菜谱，那就自己发挥，创新。

冰箱里有几个鸡蛋、一块瘦肉、木耳、黄花菜、一根黄瓜。独掌大侠把女儿安顿在客厅的地垫上，自己在厨房方寸之地，纵横捭阖，夏天自告奋勇，主动来打下手。

"木耳和黄花菜若干，冷水泡发。"

"得嘞！"

"瘦肉切片，要薄，小心，别把手切了。"

"鸡蛋两个，打散，搅拌均匀。哎哎！怎么给磕到地上去了，就剩三个鸡蛋了，别浪费了。"

夏天吐吐舌头，去清理地上的鸡蛋液，自嘲道："有其父必有其子，嘿嘿！"

所幸有惊无险，手没切破，锅没烧干，厨房安然无恙，十分钟后，父子俩共同合作的北方名菜"木樨肉"出锅了。色泽丰富，鸡蛋的金黄、木耳的湿黑、黄瓜丁的青翠杂糅在一起，味道醇香清新。夏天深深地嗅了一口，夏峻喊了一声："木樨肉出锅了。"

夏天马上发出疑问:"这道菜为什么叫木樨肉?木樨是啥?"

一提到这个,夏峻头头是道:"木樨,桂花也,桂花不就是金黄色嘛!你看这道菜,鸡蛋金黄,肉片软嫩,有鸡蛋有肉,就叫木樨肉。"

夏天一直都是好奇宝宝,打破砂锅问到底:"那为什么不干脆叫鸡蛋炒肉呢!多简单直接!"

"这个,嗯!可能木樨听起来比较文雅吧!桂花啊!多美!"

父子俩相谈甚欢,把菜端到餐桌上,想起了奶奶说的摆盘,夏天又在阳台揪了几片叶子和花瓣做装饰,大功告成,夏峻举起手机:"让开让开,别挡住光,我来给菜消消毒。"

"咔嚓",不同角度,拍下美图,修图,配上文字、做法及"木樨肉"菜名释义,发朋友圈,完美。

"开饭了开饭了!"

就在这时,玥玥"哇"的一声大哭起来。夏峻扭头一看,她把一个仿真的洋娃娃的头和身体分离开来,身首异处,自己怎么也安不上。

夏峻哭笑不得,好说歹说,保证吃完饭帮她把娃娃修好,玥玥才愿意坐桌前吃饭。

木樨肉还是大学时夏峻偶然在本市的一位同学家做客吃到的,那家常的味道一直让人难以忘怀。这是他第一次做,没想到特别成功,儿子和女儿都很给面子,一大盘菜很快见底,夏天恨不得舔盘子。

既然奶奶帮忙注册了×音和小红书账号,夏天就随手做个好事,拿起手机,把刚才拍的美食照片发了上去。

吃完饭,夏天主动洗碗,夏峻看了一眼手机,朋友圈收获无数点赞,不过有点奇怪,他的老师兼粉丝袁晓雯不仅好几天没发菜谱,也好几天没点赞了,就像一个学生又进步了,却没有得到表扬,夏峻心里颇有点失望。

爸爸刚消停一会儿,玥玥岂能放过他?又哭闹着让爸爸修理自己的洋娃娃。夏峻无奈,拿起娃娃的头看了看,再检查了一下娃娃的身体,发现连接头部的脖子断裂,没法修复了。玥玥一看爸爸一筹莫展的表情,知道修不好了,又要咧嘴哭。夏峻怕了,没等她那个哭的表情完成,马上安抚:"女孩别哭,我有办法。"

夏天已洗完锅碗,过来帮忙,在爸爸指示下,帮爸爸备齐材料,线路板、

LED白光灯芯、超轻黏土、软木制底座、纽扣电池、万能胶。夏天一脸困惑，兴致勃勃："要做什么？好像很好玩的样子？"

夏峻神秘地挑挑眉："等会儿就知道了。"

一只大手，引导夏天的两只小手，用超轻黏土将控制开关的线路板黏在软木底座上，再焊接好LED灯芯，然后，在底座涂上胶水，把那个娃娃头罩在灯芯上。夏峻按了按底座的开关，灯芯亮了，透过娃娃头的半透明皮肤，散发出淡黄的柔和的光。

作品完成，夏天有点明白了，他拿起娃娃头，一溜烟进了卧室，拉合了窗帘，关了灯，屋子里暗了，然后把娃娃头夜灯放在了床头，喊着："玥玥，快来看，快来看爸爸和哥哥联手为你打造的梦幻小夜灯。"

夏峻领着玥玥进了卧室，玥玥很给面子，开心得手舞足蹈，抢过那个娃娃头夜灯就不撒手。夏峻得意扬扬，伸出自己的独掌，炫道："怎么样？这是一只能化腐朽为神奇的手。"

夏天盯着幽暗中发出幽光的娃娃头，叹了一句："总觉得哪里不对。"

玥玥对这个焕发新生的娃娃头爱不释手，最后抱着睡去。他把娃娃头从孩子手中轻轻拿掉放在了床头，自己也累了一天，瘫倒在床，沉沉睡去。

夜深人静，夜半时分，卧室外传来窸窸窣窣的轻微声响。夏峻睡得迷迷糊糊，以为是风声，翻一个身，又睡去，忽然，一个尖锐刺耳的声音划破夜的宁静："啊！啊啊！鬼啊！有鬼！"

夏峻被惊得一骨碌爬起来，只见一个黑影向门外退去，撞倒了门口的一个花盆，发出轰然巨响。玥玥被惊醒，吓得大哭起来。夏峻抓起床头的一个短柄的扫床笤帚当武器，一个箭步冲下床，挡在玥玥的婴儿床前，伸出脚踹在墙上的开关，打开了卧室的灯，大喝一声："谁？"

灯光煌煌，只见门口的"蟊贼"揉着腰，惊恐而吃力站起来，犹在畏畏缩缩地朝屋里看："那床头，什么玩意儿？"

夏峻也惊魂未定，喘了一口气："你怎么突然回来了？"

是陈佳佳回来了，她下午结束了培训学习，太想孩子，买了最早的航班的机票，火急火燎地赶了回来。

"我想孩子。"

玥玥从小床上爬起来，揉揉惺忪的睡眼，看清楚了眼前的人，伸出了手："妈妈抱！"

她走近了，把孩子抱在怀里，这才看清了那个在黑暗中发着鬼魅幽光的娃娃头，心有余悸："这个灯，很特别。"

夏峻恍然大悟，走过去把小夜灯关掉，笑道："惊不惊喜，意不意外？"

陈佳佳这才注意到夏峻那只被包扎的手，一愣："你的手怎么了？"

那只吊着绷带挂在脖子上的手，因为晚上睡觉，已经去掉了挂脖的带子，夏峻下意识地把手往身后一藏，下一秒，又讪笑着，拿了出来，坦白道："说起来你可能不信，就是你走之前那一晚，我给儿子辅导作业，一巴掌拍在桌角，骨折了。"

陈佳佳大吃一惊："你怎么不告诉我啊？"

"我不能拖你后腿啊！也没多严重。"

"你这几天都怎么过来的啊？伤筋动骨一百天啊！我明天找个保姆。"

"别！这几天已经好多了，我觉得过两天就能拆了，医生就是危言耸听，而且，我的左手很灵活的，能干很多事。塞翁失马，焉知非福，这次受伤，还是有收获的。我发现，儿子长大了，懂事了，每天都会自觉主动帮我做家务，写作业也又快又好，根本不用我多费口舌。值了。"

陈佳佳半信半疑，撇撇嘴："我明天还是找个保姆吧！"

"用不着。"

玥玥再次睡着了。夫妻俩也累极了，各自瘫倒在床。陈佳佳一转身，不小心碰到那只缠着绷带的手，想起一个年近四十的男人竟为辅导儿子作业而光荣负伤，令人好气又好笑，调侃道："出差千万不能提前回来，肯定有惊喜。"

第十章

求关注

* 1 *

陈佳佳说到做到,第二日下班就带回一个保姆,仍是四十多岁,正好也姓高,人称高姐。夏峻无奈,也不好马上赶人家走。高姐也勤快,一进家门就开始忙碌起来。夏峻背过人,悄悄问佳佳:"一个月多少钱?"

她伸出一只手。

人穷志短,夏峻有点肉痛:"这么贵,省点吧!明天就让回去吧!"

当家才知柴米油盐贵,他迅速地在心里计算了五千可以买多少纸尿裤,买多少罐奶粉,买多少大米,最后得出结论:请一个保姆很不划算。

"现在就是这个行情,再说,找得急,没法讨价还价挑来拣去的,先解解燃眉之急吧!"

"我这手真的不碍事,你看,那是我给你手洗的衬衫。"

一件白衬衫在阳台的晾衣架上摆荡,佳佳看了一眼,莞尔一笑,冷不丁吻了一下他,说:"谢谢老公。你手受伤了,好好休息,伤才好得快。"

这个突然的亲密举动,让夏峻有点不好意思。夏天从旁边经过,还做了个鬼脸。陈佳佳又附耳对夏峻悄悄说:"我升职了,区部主管,今天正式宣布任命的。"

"恭喜你啊!加油!"夏峻心虚地送上祝福。

晚饭很丰盛，夏天多吃了两碗，佳佳也和颜悦色，帮儿子和丈夫剥虾。夏峻默默感慨，那些育儿公众号上讲得没错，一个好的家庭氛围，是丈夫多陪伴，妻子好情绪。他有点困惑了，难道现在这种女主外男主内的格局才是正确的？

正在感慨妻子和颜悦色脾气变好，佳佳又开始唠叨了，提醒夏天："好好吃饭，别看平板了，眼睛都近视了。"

夏天登录了爸爸的账号，低声惊叫："哇！快看，这么多点赞。老夏，你要火了啊！"

陈佳佳好奇凑过去瞄了一眼，看到夏峻做菜的照片，也惊奇："你行啊！"

夏峻得意地笑笑，也颇觉意外，自夸道："行家一出手，就知有没有。"

第二日，夏峻把孩子留给高姐，自己去医院复查。拍了片子，大夫说恢复得很好，再过一个星期就可以拆除石膏了。他暗暗松了口气。

回家的时候打了一辆车，走到半路，不知为何道路拥堵，司机急躁，从一个小巷子七拐八拐，竟然拐进了书院街。经过袁晓雯的店铺时，他下意识地看了一眼，中午十二点，大门紧闭，他想，店里就她一个人，可能吃午饭去了吧！

回到家里，高姐已经做好了饭，正在给玥玥喂饭，连日来手忙脚乱，夏峻得以坐下来吃一顿安心饭。他在吃饭，高姐得空与他闲聊："夏老师，听说你现在在家专职带孩子？多久了？"

夏峻现在已经能坦然地回答这些问题了："大半年了。"

高姐啧啧赞叹："这男人啊，和女人是不一样的，一定要用事业来证明自己的。男人在家时间久了，以前工作中的那些荣誉没有了，每天看着脏衣服臭袜子，洗碗池里堆的碗筷，像家庭主妇一样，没有经济来源，在家没有话语权，没有存在感，会闷出病来，会怀疑人生的。"

"哦！还好！"夏峻敷衍道。

"以后家里这一堆事就交给我，您上班吧！我干了六年了，是我们公司的金牌，您就放心吧！"

夏峻一愣，惊觉仿佛严老师在侧谆谆教导，马上头大，他沉一口郁气，尴尬地笑了笑："再说吧！"

高姐没意识到夏峻的不悦,依然自顾说道:"昨天佳佳来我们公司,是和一个男的一起来的,我还以为是两口子。"说完,抬眼看了看夏峻,又迅速低下了头。

这一次,夏峻没有客气:"高姐,您刚说您是公司的金牌家政服务员?公司的岗前培训做得不到位啊!"

说完,他放下筷子,起身回了房间。高姐瞠目。

陈佳佳直到晚上十点才回来,洗漱完直接倒头就睡,夏峻推了推她:"先别睡,'十分钟前戏'呢!"

"今天太累了,我先睡了。"

"我就一句话,那个高姐不能留,明天就让她走吧!"

佳佳翻了个身,闭着眼,迷迷糊糊:"怎么了啊?干得挺好啊!过阵子再说吧!"

"不行。"夏峻还想列举几条理由,佳佳那边已沉沉睡去,扯起了微微的鼾,他叹口气,幽幽地对着空气叹道,"果然,我已经没有话语权了。"

第三天下午,佳佳没有加班,按时回家吃饭,还很贴心地给高姐带了一支护手霜。

晚饭是四菜一汤,清蒸鱼、凉拌瓜片、番茄炒蛋、小炒肉,还有菌菇汤,每一道菜看上去都色香味俱全。佳佳尝了一口,正要夸赞,却皱起了眉头,转过身,把口中的菜吐到了垃圾桶里,望着高姐困惑的眼神,她很克制地解释:"有点咸。"

不知是哪里出了问题,这一餐饭,是高姐厨艺生涯的一次滑铁卢。炒蛋特别咸,小炒肉竟然是老陈醋的味道,瓜片里大概放了一瓶芥末油,夏天辣得泪流满面,夏峻倒是很克制,默默地给女儿喂鱼,并安慰他们说:"这个鱼味道还不错,吃吧!"

陈佳佳已经不是从前那个不懂拒绝、不会说"不"、碍于情面的老好人了,她已经是一个杀伐决断、雷厉风行的职场中层了,会决策,会训人了。吃完饭,她便冷静客气地和高姐说明了理由,结清了两天的工钱,结束了雇佣关系。

夏峻暗喜,为了补偿大家,他下厨做了一道餐后甜点——油炸芒果,金黄甜蜜，很受欢迎，夏天竟然和妹妹抢起来，夏峻不得不承诺下一次多做一点。

当夏峻把自己暗戳戳的"壮举"告诉他的男团成员时，钟秋野十分鄙视："你太坏了，偷偷给菜里多放盐、放芥末这种事你也能做得出来，一点也不光明磊落，鄙视你。"

倒是马佐为他感到悲哀，幽幽地说："只有我看出了一个没有家庭地位的全职爸爸的无奈吗？你连决定一个保姆去留的决策权都没有了，真是悲哀，是我们的耻辱。你看看我，我在家里，说一不二，什么大事小事，都是我说了算。呵呵呵！"

这自嘲精神可嘉，夏峻和钟秋野齐齐坏笑起来。钟秋野更是趁火打劫："兄弟，你家既然是你说一不二，你一个人拿主意，那，给我的机构投资的事到底行不行？"

众筹办学的提议钟秋野已经说过多次了。马佐也认真考察和考虑过了，教育做成了产业，是国情，但不可否认，它确实是一本万利的买卖，他认为前景可观，就答应下来："没问题，咱们拟一个合同，签个正式的股权协议书，我回头把款打过去。"

钟秋野把一半的心放进了肚子里，又转头问夏峻："哥，你呢？"

"你知道我前阵子股票赔了，也没多少钱了，再说，这事我还没跟你姐商量呢！"

"瞧瞧你现在这家庭地位，就你，还行业精英，连这点魄力都没有，看看人家马佐。"

被钟秋野这三两句话一呛，夏峻心动了，决定把他仅余的家底拿出来。钟秋野一高兴，决定请大家吃饭。三人把孩儿们从游乐场的波波池里捞出来，一起去吃饭，孩子们死活不肯走，三个男人像拖着三只癞皮狗。

吃饭时，点了一道酸汤肥牛，作为新晋大厨的夏峻免不了点评二三："味道还行，比起我做的还差点。"

"嘚瑟吧你！"钟秋野揶揄，"你朋友圈的不是盗图，就是摆拍。"

马佐却对夏峻五体投地："你那个×音号看的人很多啊！我还跟着学了两道菜呢！你这是开窍了啊！"

钟秋野好奇："什么号？我看看，我看看。"

夏峻颇为得意地打开了手机，世界在钟秋野面前打开了新的大门，他不禁啧啧惊叹："你现在竟然是个网红了。'过儿'，这网名不错。嘿！有人给你评论呢！名叫'姑姑'，哈哈哈！"

夏峻仔细一看，果然有一个头像是美女网名叫"姑姑"的账号在评论里打出一朵朵花以示鼓励。他心里暗忖，这个叫"姑姑"的人会是谁呢？这么暧昧，和"过儿"成双对，哇哈哈！

夏峻臭跩地笑笑："粉丝，粉丝，哥也是有粉丝的人了。"

钟秋野灵光一闪，暗呼："炒个菜都可以做网红了？我也可以啊！我可以发点画画的图片和小视频上去，先预热一下。"

大家一致认为这是个好主意，钟秋野说干就干，马上注册账号，给自己取名"小野哥哥"。马佐忧伤了，叹了口气问道："你们都有才艺，我是不是也该上网发点什么？"

钟秋野调侃："来跟我学画画吧！给你打五折。"

马佐意兴阑珊地撇撇嘴。

好男人夏峻，在晚上的睡前"十分钟前戏"时，把投资办学的事给佳佳说了说。

陈佳佳没有反对意见，淡淡地说："行啊！这点小事，你决定就行了。"

原来，他心惊肉跳从股市挽救回来的那点家底，在佳佳眼里已经是小事一桩了。

临睡前，马佐给夏峻发来微信："我决定了，我要在网上直播带娃，拍点带娃的小视频，让更多人看到爸爸们带娃的辛苦。"

"支持你。"

"我的账号是这个，求关注。"

"好的，我明天关注。早点睡吧！"

"我是说，我的昵称就叫'求关注'。"

夏峻在黑暗中哑然失笑，给他回复："好名字。"

想要被关注的心如此赤裸、直白，令人发笑，又有点心酸，想想谁又不是如此——小婴儿哭哭求关注，要亲亲要抱抱要举高高；坏小子上课时偷偷揪前座女生的马尾；孩子们在雪地里踩出一串脚印；前台的姑娘又换了新的口红，发自拍问女儿美不美；女星要抢占C位，抢头条。有积极的回应、热烈的评论，甚至是恶意的批评、不屑的嘲讽，才会感觉到被关注，自己发出的信号才有意义、有价值。全职奶爸和哭闹的婴儿一样，需要被认同、被关注，才能真切地感受到自己存在着。

* 2 *

"求关注"先生说干就干，在某平台注册了账号，一连发布了好几条小视频，买菜、做饭、洗衣服、拖地、冲奶粉、哄娃午睡、遛娃放风、晚上给孩子洗澡、讲故事，事无巨细，都发出来。没想到，果然有很多人关注他，给他点赞。马佐也去向钟秋野和夏峻嘚瑟："哥成为网红也指日可待。"

不过细心的夏峻发现，关注马佐的，大多是全职妈妈，便调侃他："可以啊！你是'妇女杀手'啊！"

钟秋野不服气，声称"妇女杀手"的名号非他莫属，其他人欲夺之，他定要一决高下，于是也跑去关注"求关注"，很快发现了端倪，嘲讽道："你的粉丝都是黑粉啊！瞧瞧这幸灾乐祸的语气，哈哈哈哈！"

马佐分享带娃的小视频，本来是求认同，求理解，求支持，还希望同道中人能给予一些帮助，分享一些经验，那些妈妈，果然不吝啬地分享经验：

"如果想上厕所，孩子忽然醒了，那就抱着孩子去上厕所，感觉很不错的。"

"什么时候生二胎？赶紧生二胎。"

"一个也是带，两个也是养，二胎带起来更酸爽。"

"哄娃睡的时候不要比孩子先睡着，这很危险。"

细细品咂之下，他感到深深的恶意，有些人的嘲讽更加明显：

"我谁都不关注，只关注你，始终关注你，看你能撑到什么时候。"

"多发点视频，还不够惨，看着不过瘾。"

"看你的视频很解气，很爽，我不应该幸灾乐祸，可是我忍不住。

哈哈哈哈哈！"

他看出来了，这些关注他的人，不是来理解帮助他的，而是来看热闹的。她们把对老公的不满，对丧偶育儿的失望，全投射在他身上，尽情地嘲讽，集体狂欢，报了一箭之仇，一雪前恨。

面对这些群嘲他的人，一开始，马佐有点沮丧，但很快释然了，有人在网上和他交流，总好过整天连个说话的人都没有。他依然兴致勃勃地发小视频，有时回复粉丝，有时互怼，有时诚恳地检讨："我现在理解了我老婆那时带娃的辛苦了，带娃太累了，不抑郁才怪呢！"

马佐的粉丝群体越来越庞大，有直追夏峻的气势，看得钟秋野眼红。他也注册起账号，把自己作画的视频发上去，不过，他就有点惨淡了，坚持了好几天，反响平平，关注寥寥，仅有的几个粉丝还是几个碍于情面的熟人，钟秋野都快怀疑人生了，气得在群里吐槽："这世道没天理了？干啥啥不成，就我不能红？"

夏峻帮他分析问题，把APP上一些教画画的账号推给他，说："你看，同类账号很多了，你必须要和别人不一样，好好想想吧！"

钟秋野痛定思痛，打开了手机视频自拍放在桌上，面对着画纸，挖空心思地想，自己到底要怎样做，才能和别人不一样。浩浩一个人在浴室玩水枪，时不时叫一声："爸爸！"

"嗯！"

"爸爸，来。"

"嗯！"

"爸爸，陪我玩。"

"嗯！"

钟秋野虽然"嗯嗯"地答应着，但神思已游三界外，根本没回头看一眼孩子。浩浩倍觉冷落，气冲冲地从浴室跑出来，端着水枪，大喊："爸爸，爸爸！"

"走开走开，自己玩，爸爸在想事情。"

"噗呲！"一股细凉的水流从钟秋野背后袭来，从他耳边擦过，他一躲闪，反倒射在了他胸前，一团殷红在他的白T恤的胸口绽开，钟秋野吓坏了："这喷的什么玩意儿？我流血了？"

"把你打到外太空去，不陪我玩。"说着，浩浩又一枪射击在画板上，画板上出现一道弧线优美的"彩虹"。浩浩瞬间慌了，他知道，画是爸爸最重要的东西，颜料射在爸爸衣服上，甚至是脸上都可以，但是弄脏了爸爸的作品，他是要拼命的。

果然，钟秋野提起了一口气，攥紧了拳头，定定地看住浩浩。浩浩见势不妙，拔腿就要逃，被钟秋野一把拉回来，像老鹰抓小鸡一样提溜到画板前，气急败坏地指着那道"彩虹"："你看看，你看看你干的好事。"

浩浩识趣地低下了头，瘪瘪小嘴，为自己辩解："谁让你不陪我玩？你还整天打电话给别人，求关注，哼！我也求关注。"

一听这话，钟秋野心软了，松开了他的魔爪，叹了口气，指着画板，轻声说："你看，你把画纸搞脏了，我还怎么画？"

浩浩自知理亏，偷眼看了看画板，企图为自己的过错弥补："你看它像不像彩虹？"

钟秋野再定睛观摩一番，越发觉得儿子无意间喷绘的污渍像一道缤纷的彩虹，色彩明艳，简直是神来之笔。他饶有兴趣地打量起来，摸了摸儿子的头，还不耻下问："还真的像彩虹，说，你怎么调出的颜色？"

浩浩一看爸爸气消了，小心脏也就放下了，斗胆起来，得意地演示起来："从这里，把颜料挤进去，加点水，摇一摇，然后，发射，哈哈哈！"

钟秋野忽然灵光一闪，拿起了画笔，兴致勃勃："我们在这里画一座小房子好不好？"

"好啊好啊！"浩浩开心起来，也和爸爸一起构思起来，"画大房子，大房子，我们的家，这里，画一朵花花，我来画我来画。"

父子俩齐动手，浩浩涂鸦乱，爸爸修补忙。到底是艺术家，浩浩那毫无章法的点点和线条，钟秋野寥寥勾勒几笔，山是山，水是水，一幅《雨后秋暝图》跃然纸上。这妙趣横生的创作过程被拍下来，钟秋野望着他们的杰作，拍着自己的榆木疙瘩一般的脑袋，连连叹气，以前怎么没想到啊！古人血痕满扇开桃红，今有浩宝水枪绘彩虹，这就是艺术，这就是不同啊！

钟秋野膨胀了，兴奋了，马上把这段创作视频剪辑发到了平台，暗忖道："小野哥哥今天不巴巴地求关注了，哼！不怕你们不关注。"

* 3 *

夏峻的手拆掉石膏，露出雪白柔软的肌肤，像刚出锅的馒头一样松软白皙，握了握手，虽然还有点僵硬和无力，但片子显示，骨骼已经愈合了，假以时日，这只手掌又可以发出神力，做想做的事了。

陈佳佳对着衣柜发愁："换季了，我又没什么衣服穿了。"

以前她这么说，就是变相地向夏峻要钱，夏峻很不解："没衣服穿？你现在在裸奔吗？"佳佳很委屈："我真的没衣服穿了，去年的衣服已经配不上我日渐丰满的身材了。"她又胖了。

现在，夏峻不敢造次，知道她又想买衣服了，钱是她赚的，怎么花还不是她说了算，他就坡下驴卖个人情："买！没衣服穿咱就买新的。"

女人什么时候都喜欢听这样的好话，比"我养你"还动听，陈佳佳笑了，从衣柜里拿出一件去年的旧裙子套身上，松松垮垮的，她娇嗔地说："你看，衣服胖了，我瘦了。"

夏峻的目光停留在妻子身上——佳佳瘦了，臃肿的小腹消失了，麒麟臂也不见了，生娃前那凹凸有致的身材又回来了，瘦削的身体被宽松的衣服遮掩着，更显出几分韵味。才短短几个月，她就像变了一个人，粗糙的皮肤上，空洞的眼神里，重新有了光彩。

这一次，他由衷地说了句："买！"

夏天也从楼下跑下来，哭丧着脸，叫了声："妈，你看！"

夏峻一看，乐了，只见夏天上身套了件T恤，快成了裹胸，下身是一件短裤，总看着别扭。夏峻打趣："你这抹胸和短裤不错啊！"

"这不是我去年给你买的那条七分裤嘛？怎么变这么短了？"陈佳佳也忍俊不禁，摸了摸儿子的头，一脸欣慰，"儿子又长高了。"

这时，夏峻的手机正好收到一条短信："××商场八周年酬宾，男装八折起，女装六折起，童装低至五折，超市7.7折，双倍积分。"

这是以前佳佳在那家商场办的VIP会员卡的短信推送，这么优惠，不买亏大了，看到这条消息，夏峻豪气冲天一挥手："买，买，买！"

一家人开开心心去逛商场，一到一楼的化妆品专区，陈佳佳就迈不动腿了，在口红柜台前一个个试起来。柜台小姐热情地给她介绍推荐，夏峻一听那些色号就晕了，什么牛血红、番茄红、脏橘色、珊瑚色、姨妈色，他根本看不出有什么区别。陈佳佳试一种色，还要嘟起嘴巴问他："这个好看吗？"

"好看。"夏峻敷衍。

"和刚才那个比，哪个好看？"她追问。

夏峻一头雾水："刚才那个？不是一样吗？"

眼看着陈佳佳的脸要拉了下来，夏天挺身而出："这个好看，这个显得唇色饱满，显白，既日常，又能散发您这样的职场女性的气场,这个好。"

陈佳佳听得一愣一愣的，白了夏峻一眼，半信半疑道："这个好吗？那，就要这个吧！"

买完口红上楼去，夏峻在后面对儿子暗暗竖起大拇指。

来到童装区，陈佳佳的眼睛亮了。小女孩的衣服款式繁多，色彩娇嫩，荷叶边、小飞袖、公主裙，陈佳佳恨不得把整层楼的衣服都搬到玥玥的衣橱里。夏峻抱着玥玥，她左拿一件在玥玥身上比画，右拿一件给她往身上套，小T恤、小短裙、连衣裙、短裤、鞋子，一口气买了好多件，才心满意足地离开。

再来到大童的服饰柜台，陈佳佳让夏天自己选衣服，夏天心不在焉，眼睛一直瞄旁边的玩具柜台，他被一款新款的乐高玩具吸引了。

陈佳佳拿了一件蓝色T恤，让夏天试一试。夏天脑袋一伸，顺从地把脖子套进去，大小正合适，马上说："可以了，很合适，我喜欢，买这个。"

男孩子对穿衣服没那么多讲究，陈佳佳也就乐得自作主张，根据自己喜好，给夏天买了几件，付了钱提了袋子继续往前走。夏天迟疑了，斗胆向妈妈提出要求："妈，我喜欢那个乐高，能不能给我买？"

陈佳佳早就看出了儿子的心思，瞟了一眼价签，摇摇头："你都买过多少乐高了？不买了不买了，走，去男装那边看看，给你爸看看衣服。"

经济大权掌握在妈妈手里，夏天无奈，撇撇嘴，不情不愿地走开了，嘟囔道："妹妹要什么，都给买，哼！"

二胎家庭，老大老二打架吃醋的事常有，看着夏天委屈的样子，陈佳佳颇觉好笑，故意调侃道："玥玥会撒娇，你会吗？"

"我会撒泼，你受得了吗？"说着，夏天张牙舞爪、虚张声势地吓了吓妹妹，被老爸一掌和一个眼神杀无情地镇压了。

男装在三楼，要下楼去，经过电梯口的一家童装柜台时，陈佳佳被那家童装的巨幅海报吸引了，海报上写着"爸爸是超人——爸爸育儿技能大赛"。原来，这是品牌方和电视台办的一个比赛，再定睛一看，大赛第一名的奖品是一架钢琴，第二名是一辆电动儿童玩具童车……参与奖虽然差点，但也聊胜于无，每人一提纸尿裤，很好，非常实用。

陈佳佳眼睛亮了，怂恿夏峻："你来参加，你来参加！一等奖是钢琴啊，钢琴！参与奖也不错啊！你看，获奖率百分百啊！不参加多吃亏，我给你报名。"

夏峻慌了，拉着佳佳就走："快走快走，我哪儿行呢？别丢人现眼了。"

夏天坏笑着，跟在妈妈后面起哄："报名报名，我对老爸有信心，肯定能拿第一名。"

玥玥也乐得手舞足蹈，好像是在举手赞成，而陈佳佳那边已兴致勃勃地咨询，填表去了。夏峻抚额，咬牙切齿道："打死我也不会来参加比赛的。"

陈佳佳不管不顾，已经填好了表，回头欢欢喜喜地挽住夏峻的胳膊，甜甜一笑："行了，走吧！给你买衣服去。"

来到男装区，陈佳佳贴心地帮夏峻挑选衣服，让他暂时忘记了爸爸技能大赛的不快。陈佳佳挑选了一件蓝白格子的短袖衬衫，看上去很平常，但摸上去面料舒适，导购小姐称，这是来自澳大利亚的一种新工艺材质，穿上挺括有型，但又舒适凉爽。佳佳怂恿夏峻去试试，他便拿了衣服进了试衣间。解开衣服的扣子，看到衣领上水洗标上挂的价签，他像那些口袋空空没底气的女人一样，鬼鬼祟祟地又假装随意地把价签翻过来看了看——1998。他倒吸一口凉气，这是什么金缕衣吗？就这几片布料，就敢要两千，这么贵，抢钱啊？两千块的衬衣他也不是没有穿过，为什么现在就无法接受呢？两个字，没钱。

夏峻肉痛，但现在拿着衣服走出去，试都没试，有点没面子。试吧！反正试一下又不要钱。他伸出胳膊把衣服套上去，心里已经想了两个不买的托词，比如：这个款式有点偏年轻化，不太适合自己；或者，这个颜色不适合。

衣服上身，在试衣间里的镜子前先照了照，他再也找不到什么托词了，款式大方，剪裁得当，面料舒适，颜色又年轻不失稳重，果然应了微商们的那句话，好东西除了贵，没有别的毛病。

他从试衣间走出来，往镜子前一站，众人的眼睛亮了。夏峻的减肥初见成效，身材尚可，没有大肚腩，衣服穿在他身上，俨然一位英俊男模，两个年轻的导购小姐争相赞美：

"哇！这位先生穿了这件衣服，看上去特别像某个明星，是谁来着？"

"想起来了想起来了，像小哇，你看，像不像钟汉良？"

陈佳佳听着，脸上笑得花一样，得意扬扬，豪爽地说："就这件吧！"

夏峻望着老婆这个二百五，心里打起了退堂鼓，两千块的衬衫他也不是没穿过，但现在买这样一件衣服，天天抱着玥玥，鼻涕眼泪往上蹭，奶渍饭汤往上洒，有点暴珍天物。

他讪笑了一下，说："算了，我还有好几件衬衫，没穿过几次，别乱花钱。"

话虽这么说，夏峻却并没有马上脱下衣服，而是在镜子前侧身打量了一番，对镜中的翩翩形象颇为得意，然后才依依不舍地去试衣间换衣服。

佳佳看出夏峻对这件衣服真的喜欢，转头便让导购开票。夏天在一旁噘嘴抗议了："这么贵，你都舍得买？我要个乐高，才几百块都不买，我是你亲生的吗？"

夏峻从试衣间走出来，看佳佳打算去付款，也劝道："不买不买，我衣服够穿，不要瞎买。"

夏天也跟着附和："对啊！我爸现在在家带孩子，又不用出去应酬，穿那么好干吗？"

话是大实话，可是从孩子嘴里说出来，夏峻却听出了一丝鄙夷和不敬。一丝讪色从他的脸上闪过。

导购投来异样的眼神，依然不遗余力地企图说服买单的人，笑说："爸爸穿帅点，带宝宝出门，那也是型男奶爸，多有面儿啊！"

佳佳也打圆场："就是，你看楼下的你同学圆圆的爸爸，大肚腩，穿个大汗衫，一个大拖鞋，头顶都秃了，多油腻啊！"

夏天仍耿耿于怀，惦记那个乐高，不以为然地说："大汗衫怎么了？穿着舒服就行了，你以前在家带孩子，不也穿个旧汗衫吗？那次你看上件连衣裙,我爸也说,你又不出去应酬,穿那么好干吗?呵呵,女人,真蠢。"

孩子有时是感情的黏合剂,有时却是个搅屎棍。夏天挑拨离间的功夫一流,这一次,陈佳佳的面上有点难堪了。她一经提醒,隐约想起夏峻说过那样的话,心里蓦地一阵酸楚,脸上却尴尬地笑着:"瞎说,哪有?"

夏天这么一说,夏峻也想起来了,自己似乎说过那种话。他一阵心虚加心慌,风水轮流转,佳佳小女人小心眼,此刻正好秋后算账,报一箭之仇了。听到佳佳否认,他暗暗松了口气,也心虚地否认:"就是,我怎么会说那种话?我对你们最无私最大方了啊!"

说话间,佳佳已打算去付钱了,夏峻拉住了她,脸沉着:"不要了。"

夏天见爸爸的衬衫不买了,心理平衡了,幸灾乐祸:"哼!这还差不多,不买都别买。"

佳佳自作主张,还要去付款。夏峻脸一沉,抱着玥玥,转身离开了。陈佳佳无奈,才放弃付款,匆匆跟了上来,还颇觉委屈:"怎么了啊?那件衣服挺好啊!别听你儿子瞎起哄。"

说着,佳佳作势拍了拍夏天的后背,恶狠狠道:"小小年纪,满脑子酸腐,目中无人,跟谁学的?我告诉你,无论什么工作,什么身份,身处什么位置,人都应该穿得干干净净,体体面面的。"

不料夏峻转过身,冷笑一声,自嘲道:"身处什么位置?我现在没有位置,我只是一个伙夫,一个保姆,是墙角的扫把,卫生间的一块破抹布,连儿子都不会正眼瞧一眼,现在又不挣钱,还得老婆养着。我用不着买好衣服,大汗衫、大裤衩穿着就很满足了。"

他的语气虽然平和冷静,在自嘲自讽,陈佳佳却听出了深深的怨气,忍不住又拍了拍夏天,说:"这不是你亲儿子嘛!欠揍,还不是你惯的,回去好好收拾。"

夏峻嗤之以鼻:"别装圣母了,你说不定和夏天想的一样,只是不说出来,装好人装大度罢了。"

就这样,夫妻俩在商场电梯口吵起来。佳佳心里也有委屈,一片好心被当成驴肝肺,被夏峻的混账话呛得说不出话来。人来人往,都用异样的目光打量他们,她眼圈一红,咬咬嘴唇,眼泪眼看就要掉下来。玥玥看到妈妈哭了,伸出小手就去帮妈妈擦眼泪,乖巧地说:"不哭,妈妈乖,不哭。"

孩子这么一说，陈佳佳的眼泪流得更凶了，往日重现，过去的无助和委屈齐齐涌上心头。她伸出手，从夏峻手中抱过孩子，低声地咬牙切齿道："不买拉倒，走，夏天，我们去那边。"

夏天眼见闯了祸，不敢造次，跟在妈妈身后，顺从地走了。夏峻正在气头上，一扭头，下了电梯，出了商场，径直走向自己的老爷车，坐在里面，抽了一根烟。等冷静下来，那股莫名其妙的怨气散去，他隐隐有些愧疚，开始反思自己。虽然他依然认为老婆和儿子沆瀣一气挤对自己，但让老婆在大庭广众下哭了，他还是于心不安，于是，十几分钟后，他给陈佳佳打了个电话，问他们在几楼，他上去找他们。佳佳接了电话，语气平淡："我们已经回家了。"

听口气，她已经平静了，夏峻暗暗舒一口气，为表歉意，他又补充一句："前两天你说想吃老马家的酱牛肉，我去买。"

佳佳回答："好！"

风平浪静，一切仿佛已经过去了。

他启动车子，前往老马家酱牛肉那条巷子。

逸云巷是本市知名的美食街区，是一条具有清真特色的街巷，街边各色食肆和摊点云集，其中不乏当地人认可的老字号小店，比如老马家酱牛肉。

到达逸云巷，可以走西街，也可以走书院街，夏峻选择了书院街，经过袁晓雯的剪纸店时，他开得很慢，朝那边瞥了几眼。

剪纸店店门紧闭，看起来袁晓雯并不在。她最近在忙什么呢？是不是又去国外参加交流会议？怎么也没有发朋友圈？他暗忖着，慢慢地驶离了。

就在这时，一个男人忽然不知从哪里冒出来，冲向剪纸店的门，狂拍大门，粗暴大喊："袁晓雯，你给我滚出来，我知道你在里面。"

夏峻心里咯噔一下，停下了车。只见那男人拍门砸门仍不解气，后退一步，然后使尽全身的力气，狠狠地踹在门上。

书院街使用的是统一的木质活板门，男人踹了几脚，感觉门板摇摇欲坠,有几个附近的商家和路上行人指点围观,这时,有一扇门板忽然打开了,一个女人犹犹豫豫地探出头,无奈地劝道:"别闹了。"

话音未落,只见男人一把抓住她的头发,拖出了门外,叫嚣道:"我看你能躲到哪儿去!"

那个女人正是袁晓雯。她挣扎着,也被激怒,挣脱后推搡着,怒斥:"你闹够了吗?我们已经离婚了,我没钱给你补窟窿,我还要养孩子的。"

"我不管,你出名了,你风光了,就想把老子甩了,做梦。"男人叫嚣着,一把抓住袁晓雯的衣领。

夏峻马上下了车。

四下里这么多人围观,袁晓雯倍感颜面无光,企图挣脱逃回屋内,却被男人一把拉回,狠狠地推倒在地,男人的拳头落下来,面目狰狞地怒吼:"卡给我,快点!今天是最后一天了,你想害死老子啊?"

夏峻沉默着,疾步走过去,一把拖开那男人,一拳抡过去,飞脚踢出几米外。男人趔趄地跌倒在地,定睛一看,见是个身材高大的陌生男,顿时气焰矮了三分,但仍虚张声势地站起来,像抓住了天大的把柄似的,冷笑道:"好啊袁晓雯,这就是你那奸夫吧?狗男女,不得好死。"

话音未落,夏峻的一记左勾拳呼上他的脸,右手虽然还没完全康复,但左手运用自如,健康有力,拳头巴掌行云流水。前夫的脸一片惨灰,又泛了红肿,声音有点发颤:"你,你谁啊?你和她什么关系?"

夏峻一整天心里憋着一团火,正无处泄愤,这小子撞上了枪口。我是谁?我只是一个路人,一个没有方向,没有位置,没有工作,没有收入,没有应酬,只配穿大汗衫大裤衩,连儿子都瞧不起的中年男人。他和她什么关系?陌生人?朋友?师徒?他也说不清,他只知道,哪怕袁晓雯只是一个陌生人,此刻,他也不会袖手旁观的。

他的拳头落在那男人身上,伸出左手,指着他,如同一把愤怒的手枪,义正词严地说:"我,路见不平,见义勇为,老子是大侠,打的就是你这欺小凌弱的尿包。"

明明是暴力事件,吃瓜群众听到这话,有人绷不住偷笑起来。夏峻火力太猛,男人见势不妙,打算逃,口出恶语:"袁晓雯,算你狠,你等着!"

有人报了警,警察来了,谁也走不掉了。袁晓雯平日待人友善,人缘好,围观的群众七嘴八舌地给她作证,前夫三番五次来骚扰,向她勒索钱财。袁晓雯为躲他,都关张了多日,不料今日刚刚回到店里,就被对方堵上门来。

"多亏了这位大侠。"有人替夏峻作证。

夏峻虽是路见不平,此刻却后知后觉地脸红起来。

袁晓雯眼神复杂地看看他,又看看前夫,叹了口气,深觉羞耻,低下头,忍不住默默地垂下泪来。

三人被带去派出所做笔录。

前夫虽被教训了,但伤得不重,只有一些红肿,在警察面前,也彻底灭了嚣张气焰,承认他和袁晓雯早已离婚,因自己欠了小额贷还不上,才来纠缠骚扰她。袁晓雯只觉丢脸,把脸转向一边,默默流泪,一言不发。

夏峻虽是见义勇为,但打伤了人,警察沉着脸,一脸正气地教育他:"他打人不对,你出手制止,那叫见义勇为,再继续打,那可就犯法了啊!"

"就是就是!"前夫哥急扯白脸地站起来。

警察转头呵斥:"安静,你激动什么啊?"

就这样教育威慑加安抚,和稀泥调解了一番,双方互不追究,做完笔录了事。前夫哥厌了怕了,马不停蹄地离开了派出所。小警察望着前夫离开的背影,回头来对夏峻悄悄竖大拇指,咬牙切齿小声说:"打女人的男人,就该好好教训,兄弟你这拳头不行啊!"

夏峻诚惶诚恐,以为自己听错了,伸出自己的右手,迟疑道:"这手,受过伤,刚好使不上劲儿。"

在座的人都笑了,一直没说话的袁晓雯也绷不住,转过头,噙着眼泪,轻轻地勾动嘴角,笑了。

夏峻从派出所出来的时候,天已经擦黑,袁晓雯和他一前一后走着,走了一段,她才低声说:"让你笑话了。"

"遇事别一个人扛着,给家人……"他顿了顿,补充道,"或靠谱的朋友说说,一起想想办法,也许就解决了。"

她抬眼看了看他,苦笑一下,叹了口气,没有说话。

两人沿着路灯朝前走,谁也没说去哪里,过马路的时候,他问了句:"回哪里?"

"回家。"回答完这句,袁晓雯下意识地又补充了一句,"春临路,春临小区。"

春临小区不远，就在附近。他与她步行先到书院街去取车，送她回家。

袁晓雯情绪低落，一反往日的和颜悦色、恬淡笑容，一路上都默默无语。夏峻先开口："我以为你去外地开会参展，或者旅游去了。"

她答非所问，想起他的手来："手，好了吗？"

他活动活动手腕，讪笑："前几天才拆了石膏，还要多注意。"

她想起他刚才的见义勇为，略带揶揄的口气："你刚才，不仅是见义勇为，其实也是正好遇到个出气筒、发泄口，对吗？"

一种被人看破秘密的羞耻，让夏峻再次讪笑，他调侃道："看破不说破，还是好朋友。谁的生活不是一地鸡毛呢？"

暑气散去，道旁树影幢幢，迎面吹来一阵凉风，她慢下了脚步，语气平和："这段日子，我把自己关在屋里，也想了很多。审视了过去那段婚姻，有一段时间，我也曾怨天尤人，像祥林嫂一样，逢人就诉说不幸，控诉对方的劣迹恶行，博取理解、支持、同情，获得一种变态的满足，这样就真的能够释怀，能够解决问题，能够让以后更好吗？"

"这种操作，人性使然，人之常情。"

"审判别人很容易，审判自己，却是最难的。当一段关系出现问题，我们应该对自己有个客观的审判，不揽自己没犯的错，也不推卸自己犯过的错。"

夏峻有点困惑地转头看了看她，迟疑道："你是女人，其实不必苛责自己。"

袁晓雯自嘲般笑了："很圣母，是吧！但是，为了以后过得更好，这是一个理性的人应该做的。"

"那你自我审判的结果是什么？"

"人渣是有，但真的是人之初，性本恶吗？那些出轨的男人，为什么有的人在这个女人这里，是十恶不赦的渣男，在另一个女人那里，却是温柔体贴的暖男？吾之砒霜，为什么是彼之蜜糖？为什么一个人一开始勤劳肯干、踏实顾家，最后就不务正业、游手好闲了呢？成熟的人，应该多想想为什么。可能是这个被辜负、被欺骗、被轻慢的女人跋扈、粗鲁、野蛮，一步步推开了那个好男人；可能是这个女人软弱、善良、容忍度高、底线低，纵容了坏男人，激发了人性的恶。不去想这些，蠢女人永远不会成熟、强大的。"

夏峻颇感意外："你这样讲，那些女权主义者一定会批评你的，怎么可以啊？肯定全是男人的错啊！"

"其实不光是讲我自己，自我反省，是无论男女的，你也一样。从前老婆爱你，孩子崇拜你，是因为你是你；现在不再仰视你，可能因为你不再是你。你郁闷，你失落，你摔盘子，吹胡子瞪眼，发脾气，都无济于事。你也一样，需要反省。"袁晓雯意味深长。

"知道了，老师。"夏峻不知不觉，反倒被袁晓雯的一番话点醒了。

既被戏称为"老师"，袁晓雯便想起他们的师徒缘来，随口关心他的学业，赞道："你最近做的菜很不错，继续努力。"

"老师教导有方吧！"两人轻松地开起了玩笑，夏峻想到袁晓雯一直也在关注他的朋友圈，就想起了短视频平台上那个叫"姑姑"的粉丝，便随口问了句："你是不是关注了我的×音号，我每天也在那个上面发做饭的小视频的。"

"没有啊！你没告诉过我那个账号啊，等我回头注册一个，关注你。"

夏峻这下倒困惑了，那个天天给他送鲜花点赞的"姑姑"是谁呢？

从书院街开了车，送她回家，很快到达袁晓雯的小区。他送她到楼下，送佛送到西，鉴于她的前夫是那样一个莽夫，他在犹豫是否陪她乘电梯。

袁晓雯看出他的担忧，轻松地笑笑："没事，放心吧！我们小区治安挺好的。"

夏峻点点头，还是有点不放心。袁晓雯莞尔，低声说："我告诉你，今天那个报警电话，其实是我提前打的，我了解他的弱点，知道他是什么样的人，经过今天这一遭，他不敢了。"

懦弱和勇敢，智慧和愚蠢，往往一线之差。夏峻望着这个女人，觉得自己的一切担心都是多余的了。女人在跌倒后爬起来的那股力量，在哭过后流露出的那份坚定，让人相信，她们可以所向披靡。恰在这时，一个保安正好要上楼巡逻，袁晓雯便与夏峻告别，和保安一同乘电梯。

回去的路上，夏峻想起袁晓雯的话，自省，他要好好自省，到底哪里有了问题。回家后停好车，两手空空地上楼，他才恍然想起，说去买牛肉，他把这事忘了个干干净净。

* 4 *

进家门时,佳佳刚刚给女儿洗完澡,并没有注意到他有没有带牛肉回来,大概也还在生气,瞟了一眼,没主动搭理他。倒是夏天这个馋猫,一直惦记着老马家酱牛肉,特意冲下楼,目光四下搜寻了一番,问:"爸爸,牛肉放哪里了?为了等吃这个牛肉,我都没吃晚饭。"

"没买。"

佳佳狐疑的眼神马上扫过来,淡淡地问:"去晚了?卖完了?"

老马家牛肉很火,逢年过节常常需要排队,平日也是中午早早售罄,他可以找这样的理由,但他一阵心虚,自觉那个理由并不充分,只能编了一个理由:"不是,没去成,一个朋友家临时有点事,叫我过去帮了个忙。"

佳佳没有多想,孩子也闹觉了,就没有再追问,夏天失望地上楼去了。

夏峻默默地洗漱完,上了床,玥玥已经睡着了,佳佳正盘腿坐在床上,拿着一叠报表之类的文件,用笔在上面勾勾画画。他知道,风平浪静,有时就是暗流涌动。刚才在回来的路上他确实也深刻反省了自己:袁晓雯说得对,妻子尊重他爱他,孩子崇拜他,只因为他曾经是他;现在他们轻视他,不再仰视他,也仅仅因为他不再是从前的他。现在的他敏感、暴躁,暗戳戳地自卑,虚晃晃地自大,看似忙忙碌碌,实则浑浑噩噩。夏天说得其实没错,他蓬头垢面,胡子拉碴,至于导购说他像钟汉良,完全是溢美之词。他很有自知之明,他现在这副尊容,确实不配穿那件两千块的衬衫。

他们曾在结婚初有一个公约,除了那个"前戏十分钟",还有一条是"吵架不过夜"。他起身靠近她,伸出双手搭上她的肩,装腔作势地按了按,柔声说:"这么晚了,早点休息,工作明天再做。"

"嗯!"她给他面子,轻轻嗯了一下。

说着,他竟斗胆伸手去拿那些文件:"别看了,收起来。"

陈佳佳急了:"哎哎哎!别动别动,你给我弄乱了。"

他束手束脚,放下了。

也许是他真的搞乱了那些文件,佳佳有点恼火:"你怎么回事啊?问都不问一声就抢,这个很重要的,弄坏弄乱你负责啊?"

夏峻沉默了。他也是个敏感的人,尤其是在家时间久了,敏感的那根弦越绷越紧。刚才在路上,他自省了,这自省,不仅有现在的心态调整,还有过去的态度。人们常说换位思考,可是,不真正换位,很难做到感同身受。当他现在真切地换到了全职带娃的这个位置,才深深地体会到,他曾经有意无意的举止、语言,可能深深地伤害过佳佳——当他在家里开着电脑加班时,佳佳想找他说说话或帮帮忙,也会这样自作主张突然关掉电脑,他的反应比佳佳刚才的反应有过之而无不及。他会暴跳如雷,气急败坏,咬牙切齿地指责她蠢,耽误他工作。他也会说"这个很重要的,弄坏了你负责吗?"佳佳赌气说一句"我负责就我负责",会被他反呛回去:"你会弄吗?你懂什么啊?"往事历历,当他今日受到这份轻慢郁闷不已时,他也深深地为当日的态度汗颜自责起来。

佳佳整理好文件,回头看看默默玩手机的丈夫,才意识到自己刚才的态度可能刺痛了他。她回过身,用妈妈看犯错的儿子那种无奈眼神看看他,撇撇嘴,给彼此一个台阶:"哎!那杯水帮我拿一下。"

夏峻听话地把床头柜上的那杯水拿给她,看了看佳佳脸色,她面色平静,喝着水,看似已经不生气了。

"那个,没事吧?"他瞥瞥那一沓文件问。

"没事,我整理好了,是明天要用的。"

"下次我一定注意。"

夏峻的态度令佳佳有点意外,她嗔怪地撇撇嘴:"哼!不和你计较了,我这人宽容大度。"

见佳佳的态度彻底软下来,他也放下了心里的那块石头,敞开心扉,推心置腹道:"今天在外面乱发脾气,是我不对、幼稚。"

"就是啊!和孩子计较什么啊!和你儿子一样幼稚。"

"我认真想过了,是自己心态有问题。我不应有封建思想的残留,认为男人带娃就是没出息,丢脸,见不得人,我错了。孩子不是我们心尖上的肉吗?带娃怎么能是小事?它不比科研工作,神八飞天,拯救世界这些事简单,我应该调整心态,端正工作态度,哪怕我只是个临时工,在战略上，也要把它当作终生的事业去做，不能敷衍了事、应付差事，卧室、客厅、厨房，都是我的办公地点，孩子们都是我的服务对象，哦，你也是我的服务对象。我应该怀着一颗升职加薪且追求自我价值的心，把这份工作做好。各行各业不都是有职业技能大赛吗？我看那个'爸爸是超人'技能大赛挺好的，我会好好准备去参赛的，争取给女儿把钢琴赢回来。"

夏峻说得慷慨激昂，听得佳佳一愣一愣的，不可置信："你想通了？"

"想通了，其实儿子说得也没错，我又不出去应酬，穿那么好干吗！我想了，这也是一种封建思想残留，谁规定五百强企业的员工，投行金领们才配穿名牌套装，光鲜亮丽？但是我冲儿子生气没用啊！我要用自己的行动证明，他这种想法是错的，我要打破他这种固化思想，让他知道，无论是家庭妇女，还是全职奶爸，都应该干净清爽，也可以光鲜亮丽，体体面面的。"

陈佳佳一头雾水，盯着他："你真这么想？"

夏峻不好意思地笑了笑："是不是，口号喊得有点太满了？不过，我真的这么想的，真的。"

陈佳佳满意地笑了，心甚慰之，将头靠过来："这还差不多。今天表现不错，还记得公约，吵架不过夜。"

"记得，还记得'前戏十分钟'。"夏峻心中柔情涌动，坏笑一下，吻了吻她的脸颊。

"今天你都慷慨陈词了快半个小时了，早点睡吧！"

他的手不老实起来："我是说那个'前戏十分钟'。"

"别闹了，累了，明天还要上班。"佳佳扭手扭脚地拒绝。

"哇！"一声清脆的啼哭响起，玥玥做了个梦，忽然醒了，哭了起来，"嘤嘤嘤，爸爸，抱抱！"

"唉！"夏峻长长地叹口气，无奈地看老婆一眼，翻身下来，从婴儿床抱起了孩子，谁让他刚刚才喊下豪言壮语，立下军令状呢！这是他的事业，二十四小时待命，随时加班，不要抱怨。

第十一章

一张"结婚证"

* 1 *

夏峻把账户中仅有的十万元老本打给了钟秋野画室的账户；马佐经过考察和深思熟虑，也携巨款入股。秋野少儿美术的营业执照也办好了，三人签订了正规的股权书。装修也接近尾声，暑期的招生工作已经开始，宏伟的事业热热闹闹地开始了。

钟秋野在短视频平台上发搞怪画画小视频积累了一些人气，而马佐笨手笨脚的带娃视频也积累了一些人气。夏峻想起一个人参加奶爸技能大赛很孤单，就怂恿这两位都参加，夏峻的理由很充分："这个比赛会是电视台直播的，××品牌赞助，人气肯定很高，你去参加了，顺便给你的秋野少儿美术打打广告啊！马佐呢！你网名叫'求关注'，上了节目，还怕没人关注你吗？"

钟秋野和马佐面面相觑，都打退堂鼓。

"我不行不行，浩浩都那么大了，我早就忘了纸尿裤是怎么换的，还有冲奶粉、喂奶，我早就忘了。我就不要去丢人现眼了。"

"算了吧！我就不去了，我平时在网上被打击得还不够吗？就不去找虐了。"马佐说。

夏峻苦口婆心："傻啊！你们想想，真正会带孩子的爸爸有多少？

这个群体比全职妈妈少多了吧！再想想，愿意报名来参加比赛的爸爸，又有多少？矮子里面拔将军，咱们也将就，说不定运气好，还能捧回大奖呢！"

大家都觉得夏峻这话说得很有道理，心里蠢蠢欲动，夏峻便从网上下载了报名表，给他们也报了名。

打虎亲兄弟，要丢人现眼就一起咯！一同"赴死"更悲壮些！夏峻其实是这么想的。

到了海选那天，夏峻才知道，他想错了。全职奶爸这个群体很庞大，愿意来参加比赛的人也不少，在一个录播室外的等候区里，队伍都排到了门口，有很多人都是带着孩子来的，比如夏峻和马佐。

海选的比赛项目很简单，就是给婴儿换纸尿裤。婴儿其实就是母婴中心和医院做演示时用的那种硅胶假娃娃。

夏峻和钟秋野分到了一组，玥玥托付给马佐，等候区也有一个儿童游戏区，有两个工作人员照顾孩子们在那里玩。节目组考虑得很周到。

一组有十个人，每个人分到一个娃娃、一个纸尿裤。夏峻一看，自信满满，轻手轻脚地把娃娃放在台子上，打开纸尿裤，听到钟秋野在一旁悄声求助："你帮我看看，我这纸尿裤的魔术贴是不是坏的，怎么撕不开啊？"

夏峻正在专心致志地给自己眼前的娃娃换纸尿裤，这么简单的问题，他都不屑搭理他。

这边夏峻娴熟地换好了纸尿裤，那边钟秋野还在手忙脚乱地研究那个"坏的"纸尿裤，夏峻袖手旁观，得意地挑眉笑笑，正打算功成身退，不料钟秋野四望无人注意，以迅雷不及掩耳之势抱走了夏峻台子上的"孩子"，把自己的"孩子"扔了过来，夏峻反应过来，用手去扶住"孩子"，无奈钟秋野扔过来的动作太粗野，"小婴儿"翻了个身，一骨碌重重地摔到了地上。

一个负责海选的女考官走过来，俯身抱起了娃娃，轻轻地放到了台子上，叹了口气："一看你在家就很少帮老婆带孩子，连个纸尿裤都不会换，这要是个真孩子，被这么摔在地上，你不心疼吗？"

真是天大的冤枉，夏峻看看一旁暗笑的猪队友，看看这名是非不分的"考官"，义愤填膺："你这话就不对了，什么叫帮老婆带孩子？还有人常说好男人要帮老婆做家务,带孩子、做家务是老婆一个人的事吗?这是两个人共同的责任,何来帮?"

趾高气扬的考官被呛住了,夏峻的话理论充足,无懈可击,她提起一口气,又笑了:"很好,三观很正,可惜啊!别听男人说什么,要看男人做什么,你把孩子都摔了,海选被淘汰了哦!"

淘汰就淘汰,没什么大不了。夏峻无所谓地撇撇嘴,笑笑,径直走出海选现场——还是照顾自己的真孩子要紧。

钟秋野屁颠屁颠地跟出来,无耻地媚笑着:"哥哥,别生气啊!我很需要这个机会,我要招生,要证明自己。"

夏峻嫌弃地瞥他一眼,鄙夷道:"小人。"

马佐有点兴奋有点忧虑地向他们打听"前线战况",听罢钟秋野的恶行,也嗤之以鼻:"卑鄙!"

孩子们在游戏区玩得正欢,马佐被分到另一组,进去了。

夏峻望着在波波池里欢腾的玥玥,感慨了一句:"女儿,你的钢琴泡汤了。"

钟秋野恬不知耻地安慰他:"别悲观,等小野叔叔功成名就,野叔给买。"

"切!"他给他一个鄙视的眼神。

说话间,玥玥不知为何,忽然哭了,跌跌撞撞地跑过来,扭手扭脚,指着小屁股:"便便。"

玥玥拉便便了。

他轻轻地抱起她,四下望望,打算找一个地方给孩子换纸尿裤。玥玥已经一岁七个月了,平时在家已经在训练自己上厕所了,现在出门穿一种叫拉拉裤的东西,比粘贴式纸尿裤更方便一些,但是也必须找一个隐秘且安全舒适的地方。

让夏峻头疼的是,佳佳已三番五次提醒过他,玥玥慢慢大了,要注意保护隐私,男女有别,不适合带她去男厕所,因此夏峻每次带孩子出门,他自己想上厕所也尽量憋着,但是,带孩子上女厕所吗?显然也不合适。这真让人头疼。

海选现场是一个开在商场的培训机构,商场的厕所里有母婴室,但母婴室在女厕……

找来找去,夏峻发现了一间无人的琴房,他喜出望外,发现那个长长的琴凳放孩子再合适不过了。

玥玥很配合,等夏峻动作娴熟地搞完这一切,抱起孩子走出琴房,不料和刚才那个无情的女考官劈面遇上。女考官这次笑脸相迎:"没想到啊,刚才错怪你了。你换纸尿裤的样子很熟练嘛!"

夏峻对琴房这个场所有些不满意,答非所问:"我觉得商场以后还应该设一个父婴室。"

"父婴室?"

"大商场的厕所都有母婴室啊!为了方便妈妈们给孩子哺乳,换尿布,那带孩子的爸爸们怎么办呢?带孩子换尿布去哪里呢?这是一个非常尴尬但很现实的难题,随着奶爸这个群体越来越庞大,我觉得,各大商场和公共场所应该也设立一些父婴室。"

此刻,女考官简直已化身为夏峻的女粉丝,附和道:"对啊!有道理,我怎么没想到呢!不过没关系,等你进入了决赛,在拉票环节,你可以把这个想法说出来,引起大家讨论和关注,这样,我们的节目也就更有看点了。"

"决赛?我不是已经被淘汰了吗?"

"你给孩子换尿布,我全看到了,你这实力,进决赛没问题啊!你入选了,放心吧!"

这真是意外之喜,夏峻乐得像个二傻子,对女考官说完感谢,忙不迭地跑去找钟秋野嘚瑟。

钟秋野早不见人影了,马佐已经出来了,正到处找孩子,一见到夏峻,一把抓住他的胳膊:"你们去哪里了?我潼潼呢?潼潼去哪儿了?"

"不是在这里玩吗?钟秋野刚才在这里看着,这边也有一个老师负责的,你别急啊!可能钟秋野那小子带一边玩儿去了。我给他打电话。"

两个人一边找孩子,一边给钟秋野打电话。马佐见到一个抱孩子的人都扳过来看看,急得都快哭了。

钟秋野正在这家机构的前台挖墙脚呢!不知道讲了什么笑话,前台小妹笑靥如花。

"跟我干吧!我那里七月份正式开班,万事俱备,只欠东风,你就是那股东风了。"

"好啊！"

马佐一把拉住钟秋野："孩子呢？潼潼呢？没和你在一起吗？"

钟秋野一头雾水："不是在波波池那边玩呢吗？"

夏峻慌了，孩子没和钟秋野在一起，也不在波波池，到底去哪儿了？海选现场人多眼杂，要是被别有用心的人带走了，那可不是闹着玩的！

马佐气急败坏地狠狠地推了钟秋野一把，惊慌失措地四下喊起来："潼潼，潼潼！"

这种感觉夏峻感同身受，天好像忽然塌了，六神无主，各种胡思乱想从心头冒出来。他紧紧地抱着玥玥，冲钟秋野喊了一句："赶紧找啊！"

走廊、琴室、休息室、角角落落，全找遍了，都没有潼潼的踪影，夏峻快绝望了，钟秋野也慌了，求刚才的前台姐姐："你这里能查监控吗？看看孩子是不是被谁带走了。"

一层一层汗从马佐的额头冒出来，他喘着粗气，东张西望，坐立不宁，不知道该怎么办，不停地小声念叨："怎么办？怎么办？你们怎么不看好她？我怎么向佑佑交代啊？"

就在这时，门口响起一声清脆的叫声："爸爸！"

马佐回头一看，一个中年女人带着潼潼站在门口，马佐疯一样冲过去抱住孩子，声音哽咽着，都快哭了："你跑哪儿去了，吓死我了。"

他本能地将那个女人当作了坏人，抬起头，正要责难，却被夏峻按住了，悄声劝他："别伤及无辜。"

女人亲切地笑着，抚摸着潼潼的头发，解释道："孩子说想上厕所，哭着找爸爸，我一看家长不在，就带她去了。好了，孩子交给你们了，我过去了，我女儿还在那边呢！"

夏峻忙不迭地道谢，马佐抱着孩子，像是被吓傻了，一直嘀咕着："跑哪里去了，吓死我了，跑哪儿去了，吓死我了。"

虚惊一场，大家都放下心来，夏峻这才想起问马佐："你海选通过了吗？"

"不就是换纸尿裤嘛！过了。"

钟秋野这才后知后觉地羞耻起来，对夏峻表示歉意："哥哥，对不住了啊！我和马佐不会给你丢脸的。"

夏峻冷笑一下："别高兴得太早，鹿死谁手还不一定呢！"

"反正鹿不会死在你手里。"

"我觉得第一名我可以拼一下。"

"你不是已经……"

"不好意思，就在刚才，哥哥在那边给玥玥换纸尿裤，那娴熟的动作折服了主考官，哥哥被破格录取了。"夏峻得意得挑挑眉。

三人全部入围，皆大欢喜，这时，潼潼喊饿了，忙活一早上，大家也都饥肠辘辘，夏峻提议去附近找个地儿吃饭庆祝一下。

* 2 *

商场附近有一家湖南菜，夏峻以前和佳佳来吃过几次，她很喜欢这家的红烧肉，他提议就在这家吃饭，饭毕可以打包一份红烧肉给佳佳带回去。

钟秋野马上抓住机会嘲讽他："可以啊！什么时候变成了老婆迷啊？值得表扬。"

点好了菜，等菜的空儿，夏峻才放心把孩子托付给大家，自己抽身去上洗手间。

从洗手间出来，经过几个包间，恍惚听到一个熟悉的声音："感谢老同学了，合作愉快，以后有保险方面的问题一定要来咨询我，不要去麻烦我的同事，他们都很忙，我一定会给你提供最专业的解答。"是佳佳的声音，佳佳本就是能言善辩的人，近一年的职场浸润，越发伶牙俐齿了。

夏峻忍不住慢下了脚步，假装漫不经心地瞟了一眼。这里说是包间，其实只是一些隔断，门口挂一个半帘，并不隐秘，从飘动的门帘缝看去，佳佳和一个男子对坐着，举杯，不过杯里看起来装的只是橙黄色的饮料，再看那男子，虽年纪相仿，却有些谢顶了。

夏峻不是小肚鸡肠的人，从不会胡乱猜忌，更不会限制老婆与异性的往来，可是今时不同往日，有些事情在悄悄改变了。夏峻暗忖，不过是一次正常的答谢午餐，不必在意。他很快说服了自己不去多想。

回到大厅，他们的菜已上了桌。吃饭的时候，马佐一直对潼潼呵护备至，小心翼翼，刚才一幕在他心里留下了不小的阴影。

钟秋野一边吃饭，一边畅想自己的伟大事业，顺便安慰马佐："兄弟别愁，等我这里一切工作步入正轨，我打算再开一个幼龄的涂鸦班，你女儿再过半年，就可以送来了。我这里有可爱亲切的女教师帮你看着，你放心去搞事业吧！"

马佐白了他一眼，对钟秋野刚才擅离职守导致潼潼丢失的行为耿耿于怀，抱怨道："外人看着，哪有自己带着放心？"

钟秋野听出了抱怨，他无话可说，讪笑一下，夏峻打圆场："行，我把玥玥送去，把我赶紧解放了。"

饭毕，钟秋野想到自己今天干了两件损人利己的事，主动买单，并大方地叫服务员："我们还有一份要打包的红烧肉，做好了没啊？"

夏峻忽然有点郁闷，对服务员说："如果还没做，就不要了。"

"怎么不要啊！这是我孝敬佳佳姐的。"

"我忽然觉得，她今天可能不想吃红烧肉了。"

服务员笑眯眯地回答："已经做好了，马上给您打包拿过来。"

钟秋野扫了二维码付完款，打算也上一趟洗手间："等会儿我啊！"

不知为什么夏峻忽然有点慌，他扯了个谎阻止他："洗手间马桶坏了，去外面上吧！"

旁边的服务员一头雾水："没有啊！洗手间马桶没坏。"

夏峻黑了脸："刚刚坏的，我刚去的时候坏的。"

见夏峻这么说，钟秋野作罢，放弃了在餐厅上洗手间的念头。

三人在餐厅门口告别，各自开车回家。夏峻提着那盒红烧肉，摇头笑了笑，放到了副驾驶座位上。

回家后洗洗涮涮，哄孩子午睡，再刷一会儿手机，已经是下午五点了，朋友圈和短视频平台上有人催问他什么时候更新，他没心情做菜，给佳佳打了个电话，问她回来吃饭不。佳佳说不回来了，他颇有醋意地揶揄了一句："有饭局是吧？"

佳佳也坦诚："是啊！"

夏峻心里冷笑，嘴上还嘱咐："多吃菜，别喝酒，万一喝酒了，我去接你。"

"好的知道了，先不说了，我这儿开个会。"佳佳匆匆挂了电话。

既然吃饭的人又少一个，他就更没心情做饭了，煮了点粥，炒了个青菜，把红烧肉热一热了事，在夏天进家门时，饭菜刚刚上桌。

夏天饿了，看到红烧肉，两眼放光，马上拿了筷子大快朵颐。夏峻虽然对佳佳晚归有点微词，但心里还是惦记她，提醒夏天："慢点吃，给你妈留点。"

"我妈现在这么忙，哪有时间回来吃晚饭？每天饭局鲍翅海参，不稀罕吃红烧肉。"

"哪有那么夸张？"

"我都好几天没见我妈了，早上我上学去，她在睡；下午我回来，写完作业都睡了，她还没回来。"

正抱怨着，门锁响动，陈佳佳竟回来了，她看上去心情愉悦，问道："有我的饭吗？"

夏峻颇感意外："你不是说有饭局吗？怎么回来了？"

"饭局，无非就是社交活动的一种。社交，要看是有用社交还是无用社交。我觉得今天的饭局没必要参加，不如回家抱孩子。"

玥玥就乖巧地伸手："妈妈抱抱。"

夏峻对佳佳的表现很满意，附和道："开窍了！那些没用的饭局少参加点，年纪大了，要懂得做减法，多留一些时间给值得的人和事。"

"没错，多留时间吃一吃老公做的饭。"佳佳拿起筷子，夹了一块肉放进嘴巴里，她很快尝出这味道不是出自夏峻之手，看看包装盒，恍然大悟："你打包的啊？你今天也去湘江一号吃饭了？"

"也去？"夏峻心如明镜，故意抠字眼。

"我中午也在那里吃的饭啊，他家的红烧肉一如既往的好吃。"

"你中午也在那里吃的饭啊？和谁啊？"他假装随口问道。

"和我一个大学同学。他开了一家公司，做得很不错，给员工购买商业险，都交给我做。我这个月业绩，又是稳坐第一了。为了感谢他，请他吃了个饭。"

佳佳坦坦荡荡，毫无掩饰，倒显得夏峻以小人之心度君子之腹。他把自己那股莫可名状的酸劲儿压了下去，违心地说了句："挺好，中国就是熟人社会，熟人生意好做。"

虽然午饭已经吃过了红烧肉，但看到夏峻打包回来的这一份，佳佳体会到老公的那份爱意，心里忍不住小甜蜜了一下，夸赞道："还记得我喜欢吃这家的红烧肉啊！"

"你的心头好，哪能忘呢！"

夏天啧啧吸一口凉气，白一眼："秀恩爱，撒狗粮，哼！请注意一下单身狗的感受。"

夏峻拍了拍夏天的脑袋："小子，整天想什么呢！还单身狗，吃完饭赶紧写作业去。"

夏天不满地摸了摸头，撇嘴："又打我。真想不通你们大人，教育孩子时，暴力明明没有起到作用，那么打孩子的意义是什么呢？"

夏峻活动活动手腕，冷笑："意义太重大了，有效地疏解了家长的情绪啊！"

见势不妙，夏天朝嘴里塞了一块肉，一溜烟跑回了楼上。

见夏天房门紧闭，陈佳佳才放下心来，压低声音："我今天回来得早，还有一个原因，李老师给我打了个电话。"

"你儿子又闯祸了？"

"也不算闯祸，情况有点复杂。"佳佳忧心忡忡。

"快点说啊！"

"老师说，你儿子有早恋的苗头。"

夏峻颇有些得意地笑了："情窦初开，正常，我小学三年级也揪女生辫子。"

"你儿子可不是揪辫子这么简单，结婚证都有了，你看。"

佳佳打开手机，给夏峻看一张照片，这是一张手绘的结婚证，一张红纸对折，上书"结婚证"三个字，里面有两个人的手绘照片、出生年月日，甚至有民政局的落款和钢印，还有"同意结婚"的字样。

夏峻乐不可支："我儿子挺有才。"

"你还笑，这女孩的名字你见过吧？谢嘉艺，还是班里的学霸，你见过吧？长得还挺漂亮。"

"说明我儿子挺有眼光啊!不过,这跟着学霸玩,怎么一点长进也没有啊!成绩还是这么烂!"

"问题就在这里啊!你儿子不仅没有长进,还影响了别人的学习。老师说,那女孩这次从班级第一,跌到了前十名之外。今天,他自己翻书包不小心从里面掉出来这个,被老师看到了。你再听听,刚才说什么单身狗,小小年纪,想什么呢?"

佳佳的一番话,让夏峻也神色凝重起来,他叹了口气:"我们是不是想得太多了,这就像小孩子过家家,当不得真的。"

"你别不当回事,现在孩子都早熟,许多女生小学五六年级就来例假了。"

"这早恋,有点早啊!"

"怎么办啊?这马上六年级了,小升初,还不知道收心,整天心猿意马,想东想西。小学都这样,中学还能学好,你儿子这辈子就完了啊!"

"没那么严重。这事交给我,我们先别打草惊蛇,先了解清楚事实真相,才好对症下药。"

佳佳信服地点点头,打了个长长的呵欠:"老公,我累了,先去睡了。"

她起身,亲了亲玥玥,并没打算抱她去洗澡或回房间哄睡,而是逗弄完自顾离开。玥玥现在也习惯了每天爸爸陪伴,并不黏妈妈。佳佳走出了两步,又回过身,冷不丁在夏峻脸上也亲了一下:"谢谢红烧肉,好吃!"

良言一句三冬暖,可夏峻的心头就暖了那么几秒,看着满桌狼藉,一地的玩具,还有一个睁着两个黑眼睛滴溜转的、精神头十足的娃娃,他的心,怎么也暖不起来。

* 3 *

生活不仅会把女人逼成福尔摩斯,生活也会把男人逼成福尔摩斯。

夏峻内心里并没有觉得老师的一句"早恋"和一张手绘的结婚证是多大的事,他认为夏天即使考不上重点中学也和早恋没关系,他儿子几斤几两他还不知道吗!但是儿子早恋这件事本身引起他的好奇,加之他答应了佳佳要把整件事调查清楚给她一个交代，所以，他决定使用最原始的调查方法——跟踪。

因为有玥玥这个小尾巴，跟踪不是一件容易的事。早上，夏天出了门，夏峻一边从窗户里盯着，一边赶紧给玥玥穿衣服，然后把她放进婴儿车，慌慌张张出了门。

夏天的学校离家不远，出了小区过马路，左转走大概十分钟就到。

夏峻戴着墨镜，把婴儿车的帘布放下来，等待过马路，看着夏天先过了马路，看着他右转了，右转了，他竟然右转了？那不是去学校的方向，他要去哪里？果然有猫腻。

他跟在夏天身后大约五十米处，走走停停，不敢太快，保持着跟踪的节奏。夏天在路口一个卖煎饼果子的摊位前停了下来，对老板说："要两个，一个加葱，一个不加葱。"

等等？为什么要两个？吃得完吗？不加葱？夏天什么时候不吃葱了？

老板麻利地做好了煎饼果子递给夏天，夏天又补充一句："再来两袋豆浆，一个原味的，一个红枣的。"

红枣的？夏峻明白了，这多出的一份早餐一定是带给他结婚证上那个女生的，嘿！小子还挺细心。

买好了早餐，夏天继续朝学校的反方向走，走了大概十分钟，过了一回马路，在一个小区门口停下来。佳美和墅，这个小区夏峻知道，是本市著名的富人区，里面的房子不是花园洋房就是别墅，住在那里的人非富即贵。

夏天刚刚到达小区门口，一个扎马尾的女生就迎上来，看个头比夏天还高半头。夏峻远远看着，好像是上次开家长会时见过的那个谢嘉艺。他那次还见过这女孩的爸爸，谢爸爸戴着眼镜，敦厚儒雅，上台分享教育心得，颇有见地，赢得阵阵掌声。夏峻暗忖，这种书香门第出来的女孩子不会差，夏天和这样的女孩交朋友，他不信会跑偏。

夏天把一个煎饼果子给了女孩，两个人人手一个，一边吃一边朝学校的方向走去。

夏峻松了口气，谢天谢地，只是和同学一起上学，又没逃学。他又跟了一段路程，发现他们有说有笑，只是正常的结伴同行的同学，并没有什么异样，便放弃了跟踪，拐入了旁边的一家菜市场。

好巧不巧，他刚进菜市场，竟然在猪肉摊前和谢嘉艺的爸爸相遇了，他是顾客，而谢嘉艺的爸爸，就是那正在砍肉的摊主，他依然戴着眼镜，敦厚儒雅，只是胸前多了块油布围裙。夏峻有点意外，没想到谢嘉艺的爸爸是个卖猪肉的，也没想到卖猪肉的竟然都住得起佳美和墅的房子，看来卖猪肉是暴利啊！

这么想着，夏峻就说了出来："猪肉真是暴利啊！"

谢爸爸一听，抱怨道："不挣钱啊！今年闹猪瘟，猪肉价格浮动很大，还卖不动，生意不好做啊！"

"谢先生，没想到你能文能武啊！文能上台演讲，武能提刀剁肉。来！给我来二斤前腿。"

摊主听得一头雾水，笑道："什么上台演讲？我老刘这大半辈子，尽在这菜市场吹牛了。"

说话间，隔壁卖菜的喊道："老刘，把你那把剔骨刀让我用一下。"

"老刘？"夏峻蒙了，难道是自己记错了？

他再一次求证："就去年冬天，在高新第一小学的五年级三班，家长会，咱俩见过。你那闺女，高高瘦瘦，学霸，真给您争面子，你在讲台上给我们讲教育心得，什么家长最爱冲孩子说的五句话，我当时都想拿小本子抄下来呢！"

菜市场老刘眯起了眼，大概是在记忆里搜寻这回事。老刘其人，是个奇人，当年高考几分之差没考上，灰心之下就做起了卖猪肉的行当。此人兴趣广泛，爱下棋爱唱戏，爱唱戏也爱演戏，闲暇时混过几天群众演员的圈子，颇有些演技。但显然，他已经忘记了曾被一个小学女生以一百块雇佣，充当爸爸开家长会的事。

他想了半天，没想起来，便不接话茬，问道："你刚说要哪块肉？"

夏峻困惑了，他意识到自己认错了人，也就没再追问下去，买了肉，便离开了。

回到家，休息了一会儿，中午试着做了一道四喜丸子，拍了图片和小视频，发了朋友圈和短视频，很快，夏美玲点赞了，严老师点赞了，袁晓雯点赞了，在×音号上，那个"姑姑"也点赞了。

和玥玥吃完饭，他给佳佳打了个电话，想问她中午吃的什么，想告诉她，丸子给她留了一份，等她晚上回来吃。不过，佳佳的电话竟然关机了。可能没电了吧！他就给她微信留言，告诉她，下午他要去跟踪夏天，晚饭给她留了丸子记得吃。等了许久，佳佳仍然没有回复，后来他去照顾玥玥，就忘记了，等他再想起来，已经是下午四点，他找内衣皂找不到，想问问佳佳，又拨打了她的电话，竟然还在关机。

夏峻有点恼火了。这个女人，在搞什么鬼？没有手机综合征吗？手机关机半天了竟然不着急？

老婆关机，他又打给儿子。夏天用的是电话手表，接通后一通埋怨："我现在是上课时间啊你不知道吗？还好是体育课，以后上课时间不要打啊！有什么事啊爸爸？""我就是告诉你，我做了四喜丸子。""好的，给我留着，我放学了会跟同学踢会儿球，回去了再吃。"

不问都不说跟同学去踢球吗？夏峻心里颇有怨气，正要发作，那边已挂断了。

放学前十分钟，夏峻推着玥玥，在学校门口对面蹲守。十分钟后，夏天他们班列队走出，然后四散，夏天和早上那名女生依然结伴而行，只是这一次，结伴而行的还有另外几个孩子，两男一女。

孩子们没有坐公交，也都没有家长来接，沿着马路走，说说笑笑。其间夏天还大方地给大家买了雪糕，不过谢嘉艺同学似乎情绪不高，摇头拒绝了。

夏峻跟了一段路，推着婴儿车，不太方便，差点跟丢了。玥玥看到路边商店门口的摇摇车，想要坐，扯着身子要下车。夏峻一看，前面那帮小孩儿已经和他拉开了很长距离，再磨蹭就跟不上了，情急之下，只好给玥玥买了一根平日都不让她吃的棒棒糖安抚，才算哄好了小情人。

孩子们左拐右拐，竟然来到了一个楼盘工地后的一块荒凉烂尾楼处，围墙遮挡着，里面是未经处理的土路，坑洼不平，杂草丛生，蚊子出没。夏峻犹豫了一下，止步了，朝里面探头看了看，那边传来几声猫叫，孩子们似乎在喂猫，只见夏天拿了一根火腿肠，和声细语地叫："咪咪，出来！别怕，有好吃的。"那模样，可比他对妹妹温柔可亲多了。

夏峻想起来，夏天小时候就很喜欢猫，一直闹着想养一只。佳佳怕麻烦，没有同意。后来，在佳佳怀玥玥的时候，夏天不知道从哪里抱回一只猫来，养了两天，猫毛到处掉，那只猫，被佳佳勒令处掉。夏峻给夏天做了很多思想工作，讲了很多理由，最后把猫送回了外婆家。那只猫现在肥美傲娇，夏天倒像是有怨气一样，每次去外婆家见了理都不理。

"哇！"玥玥忽然哭起来。他回头一看，玥玥正烦躁不安地在胳膊上乱挠，白嫩的小臂上已被蚊子咬了硬币大一个红包。夏峻心疼不已，只好作罢，打道回府。

晚上八点多，夏天回来了，一身臭汗，洗完澡出来吃饭，夏峻假装毫不知情，问："踢球了啊？赢了吗？"

"重在参与，不在乎输赢。"

夏峻还是沉不住气："你猜我今天早上去买菜遇见谁了？"

"遇见卖菜的了。"

"我看到你们班那个谢嘉艺的爸爸，真没想到，她爸爸那么文质彬彬的一个人，竟然在菜市场卖猪肉。"

夏天翻翻眼皮，不以为然："那有什么？北大高才生不是也卖猪肉嘛！怎么？你有职业歧视？"

"没有没有，只是感慨，人家把女儿教育得那么好。"

夏峻故意这么说，看夏天的反应。夏天倒是坦诚，直言相告："不过，你看到的那个人，并不是谢嘉艺的爸爸，那是她花一百块请的演员扮演的。我不是早就告诉你了嘛！这学期要是开家长会你和我妈都没时间参加，给我一百块，我也可以搞定。"

夏峻气得用筷子敲了敲他的头："好的不学，尽学一些歪门邪道。"

夏天吃好了，碗一推，正准备溜之大吉，又回过身，把桌上的碗筷收回厨房，自觉洗碗，念叨："我学好啊，你看我，关爱老人，孝顺父母。爸，你那手怎样了？"

夏峻活动活动手腕，右手还有点僵硬，老骨头难养，自嘲道："凑合能用吧！放心，打人还不行。"

"那我就放心了。"

通过一天的侦查和观察，夏峻不仅没觉得儿子有太大的问题，反而对夏天有了一种新的认识，他友爱、细心、善良、有爱心，虽然有那么点叛逆，但那无伤大雅，即使还没搞清楚手绘结婚证的动机，夏峻也认为，不该以恶意揣测和定义孩子们之间的感情。想起儿子今天喂猫的动作，他一时感慨，主动说："刚才我和玥玥路过一家宠物店，看到一只玳瑁猫，很可爱啊！我们要不要养？"

夏天一愣，警觉地转过身："让我养猫，我妈同意了吗？"

"现在这个家里，我说了算。""让我养猫，是有什么交换条件吧！""没有。"夏峻私心里当然想提个交换条件，但是当下不能提，想要对方做什么，让对方心甘情愿才是上策，同意养猫，只是诛心的第一步。

没想到，夏天思考了三秒，果断拒绝了："算了，玥玥不是对猫毛过敏吗？不养了。"

夏天上楼以后，夏峻思考了一下，儿子一定是因为外面有了猫，所以拒绝了家里养猫的提议。如果他想把外面的猫带回来，也不是不能商量。

晚上十点，佳佳回来了。她进屋的时候，夏峻刚刚给玥玥洗完澡，正在给玥玥胳膊上的蚊子包抹一种绿色的药膏。那几个蚊子包红肿凸起，看上去触目惊心，玥玥把一个都挠破了。

佳佳见状大吃一惊："什么情况？蚊子咬的吗？你带她去哪里了？"

小情人被蚊子咬成这样，夏峻心里正自责呢！但自责的同时，也隐隐担忧佳佳回来责难，果不其然，佳佳发作了，夏峻为自己找借口，企图功过相抵，说："侦探可不是那么好当的，为革命流血流汗，是应该的，今天还是有收获的。"

"侦探？什么侦探？"

夏峻把早上和放学跟踪夏天的所见所闻对佳佳一五一十地说了，并得出自己的结论："就是小孩子间纯洁的友谊，别乱猜了。"

"要是顺路和同学一起上学，那还正常；都绕路去接，那就很有问题了，你这个脑袋到底怎么想的？还有，那个手绘结婚证的事搞清楚了吗？"

"还没。"

"那你干什么了？给孩子咬一手的蚊子包，什么也没搞清楚啊？不是我说你，你能不能注意一下方法？循循善诱法、旁敲侧击法、敲山震虎法，实在不行，威逼利诱法也行啊！我是让你带着女儿在太阳底下奔波做侦探吗？咬成这样，你不心疼吗？"

佳佳火气有点大，夏峻自知理亏，不想战事升级，认错："老马失蹄，是我疏忽了。"

谁知陈佳佳不依不饶："蚊子是能传播疾病的，你看过新闻没，一个孩子被蚊子咬了，恶心、发热、呕吐，最后昏迷休克，不治身亡。"

"哪有那么玄乎！"夏峻企图小事化了，休战，赶紧睡觉。

"带娃育儿无小事，看起来是一件小事，稍不注意，就会造成无法挽回的后果。"

佳佳喋喋不休，还欲继续说教下去。夏峻的好脾气被耗尽，终于不耐烦，打断了她："行了行了，当了几天芝麻官，学会训人了，一套一套的。用人不疑，就是蚊子咬了几个包的事，多大点事啊，用不着上纲上线吧！谁带孩子不出点小状况呢？"

"轮到你了，你也会说一点小事用不着上纲上线了？我以前带娃，磕了碰了，头疼脑热，你是怎么说的？你不依不饶，我就像犯了罪，全都是我的错，做得越多错得越多，你是怎么对待我的？我才说了两句你就受不了了？"

一激动，陈佳佳把过去陈芝麻烂谷子的怨言全倒了出来。自夏峻失业在家带娃以来，佳佳尽量地保护着夏峻的自尊心，但在这个夜晚，因为那几个硕大的蚊子包，因为一股莫名的火气，她不管不顾，任由自己发泄出来。

夏峻那根敏感的神经被刺痛了，冷笑了一下："终于说出来了，不装大度了，承认了吧！你就是一直想找个机会报复我，抓住我一点小错，然后控诉我，把你曾经受过的委屈，全都在这里找补回去。"

这话戳心，陈佳佳承认，当夏峻在带孩子时遇到和她当时同样的难题时，很多时候，她不动声色，但心里有一种大仇已报的暗爽。

人性如此，可是她不能承认，反呛道："你理亏，你心虚吧！"

"我心虚什么？要说心虚，呵呵！陈佳佳，我问你，你今天手机一直关机啥意思？有什么见不得人的饭局？又是老同学重逢？闲人勿扰。"

夏峻忽然脱口而出。整整一天了，这个疑虑如鲠在喉，让他不吐不快，趁着吵架拌嘴，他索性说了出来。

陈佳佳愣住了，她万万没有想到，平日忠厚稳重的夏峻，说起伤人的话来，句句锥心。她望着他，忽然觉得他那么陌生，他有了眼袋，脸部浮肿，说话的样子面目可憎；他变得小肚鸡肠，尖酸刻薄。他是什么时候变成这样的呢？

这种无中生有的猜忌和中伤对夫妻感情是致命的，佳佳沉默了半晌，不知该说什么才得体，不致让自己难堪。

夏峻没有意识到自己的话已深深地刺伤了妻子，她的沉默，反倒使他以为她理亏心虚，更是怒火中烧："说话啊？怎么不说了？"

是的，她不想说话了，仍强忍着泪水，咬牙切齿道："我可以解释，但是你龌龊的心思、肮脏的恶意，让我觉得，没有解释的必要。"

夫妻间的剑拔弩张、硝烟弥漫，吓到了玥玥，孩子咧嘴哭起来，才暂时止息了这场战争。夏峻心情复杂地去哄孩子，佳佳一气之下，拿了被子到书房去睡了。

* 4 *

早上起来，夏峻给玥玥穿好衣服喂完奶，到书房一看，佳佳早就起床上班去了。

夏天也收拾好背着书包下楼来，夏峻还没来得及做早餐，对儿子愧疚道："我还没做早餐。"

"没事，我去外面买。"他伸出手。

夏峻拿了零钱给他，想到他可能还会给女同学带一份，就又多给了一张。经昨晚和佳佳的争吵，他也没心情再跟踪夏天了，儿大不由娘，就算是早恋，猪拱白菜，猪也不吃亏，随他去吧！

儿子上学后，他给玥玥和自己做了早餐，玉米土豆饼，玥玥倒是吃得津津有味，他一口也吃不下。

昨晚的那些话，刺痛了佳佳，同时也让他寝食难安。他不敢相信，那些话是从他的嘴里说出来的。他心里坚定地知道，佳佳是洁身自好、品行端正的女人，但他仍是无法自控地吐出那些恶意揣测的混账话。他不知道为什么会这样，他就像一个胡搅蛮缠、撒泼打滚要糖吃的孩子，明知道满地打滚不对，可还是要这么做，因为他想要一颗糖。这颗糖，只有佳佳能给，这颗糖，是赞美、肯定、抚慰，都行。可是，现在，她不高兴，这些就不给了。他心态失衡了。

就这样浑浑噩噩过了一早上，中午时分，钟秋野发来微信："哥们儿，你快过来看看，马佐这货有神经病了。"

马佐在小野少儿美术，是钟秋野叫去帮忙的。装修接近尾声了，有一些抬抬搬搬的活儿，钟秋野想省点人工费，就让马佐过来，谁让夏峻手还没恢复好呢！

马佐过来后，钟秋野就安排他挖来的那个前台姑娘帮忙看着潼潼，他和马佐一起搬一个书柜，谁知马佐搬完一个，就坐那里不动了，他不是偷懒，而是要目不转睛地看住潼潼。钟秋野累得气喘吁吁："放心吧！都是自己人，小贺老师带着，没问题。"

"外人看着，我不放心。"马佐一眼不眨地盯着小贺老师和潼潼，盯得贺老师发毛，只当是自己太美，禁不住春心荡漾，也把秋波暗送。谁知马佐并不接住，细辨之下，她才发现，他在看自己的女儿。

整整一个早上，潼潼跑到哪里，马佐的目光跟到哪里，孩子必须控制在他的视线范围之内，连贺老师带孩子去上洗手间，他也跟了去，然后被贺老师一个大大的白眼和一道重重的木门关在了外面。钟秋野本以为找了个免费的得力劳力，谁知道杵那里跟神仙似的，请都请不动，他拖着两个箱子累得气喘吁吁，叫他："马佐，过来搭把手。"

马佐看都不看他一眼，一口拒绝："你自己搬吧！我要看着女儿。"

夏峻刚刚进门，潼潼看到玥玥来了，乐不可支地跑过来，脚下不稳，一不小心摔了个屁股蹲儿，孩子没哭，马佐先骂起人来："贺老师，你怎么不看着，摔坏了怎么办？"

女儿太可爱，父亲实在是太烦人，贺老师无可奈何地嘀咕："你长俩大眼睛出气了啊！"

夏峻定睛一看，马佐那俩大眼睛越发像外星人了，眼窝深深地陷下去，眼神空洞，像是失去了光彩，眼睛里布满红血丝，像害了红眼病。

"老弟，你这是多久没好好睡觉了？"

"也就，两天，两天，不对，三天吧！"

这三天里，只要他闭上眼睛，梦里就会出现丢孩子的情节，丢孩子的情节在梦里无论怎样都会被改编、变形，但在梦里的那种绝望使他想通了：为了不做那种梦，他干脆睁着眼睛，不睡觉。

钟秋野悄悄对夏峻附耳道："根据我的经验，这货八成也得抑郁症了。"

抑郁症如洪水猛兽，马佑因为抑郁症，差点送了命。

现代人多少都有点抑郁症，只是有的人自救意识比较强，懂得面对和向外界求助；而那种一根筋的，就只会自己一个人闷着，抑郁致死。

夏峻伸出一只手指，在马佐面前晃了晃："这是几？"

马佐双眼茫然，不知盯着哪里。

夏峻大呼："完了完了，这症状，有点熟悉啊！我给你测测。"

他拿出手机，翻了翻，一条一条念起来："一、轻度抑郁者的症状是失眠或者嗜睡；二、反应迟钝或容易激动不安；三、体重明显增加或明显下降，你最近是瘦得有点厉害；四、疲劳或无精打采。瞧瞧，就这德行，抑郁症没跑了。"

"怎么办？听说抑郁症严重的人，会有自杀的念头，马佐严重吗？"钟秋野悄悄问。

"这还算轻度的，有救，不用吃药，咱们要帮帮他，他要调整心态，重新树立起信心来。"

"怎么帮？"

这可难住了夏峻。他眼下也是泥菩萨过江，自身难保呢！刚才给马佐测试的时候，他也暗暗自测了一番，体重增加，暴躁易怒，敏感多疑，疲劳嗜睡，这些症状他自己也有，要说帮，也是互帮互助。中年人病了，自救意识都很强，会赶紧找药吃，最好大剂量服用下去，马上见效，因为他们知道，扛是扛不过去的。

自救者人恒救之。

夏峻灵光一闪，打开手机里另一个APP，找了一段瑜伽教学视频，音量调至最大，播放，手机放在地上，招呼大家："来来来，手里的活儿都放一放，运动一下，休息休息，劳逸结合。"

那几个瑜伽动作不难，夏峻又耳濡目染了夏老师的一点越剧舞蹈基础，他在前面跟着手机视频示范，其他人被他调动起来，也犹犹豫豫缩手缩脚地跟在后面做，连孩子们也觉得有趣，放下了玩具，有模有样地学起来。

练过瑜伽的人都知道，别看几个动作简单，却很耗费体力，没几分钟，几个人都大汗淋漓了。钟秋野先败下阵来，马佐也跟着坚持不住了，夏峻才停了下来，让大家再安静打坐，调整呼吸。

"感觉怎么样？我听说瑜伽能够有效地缓解抑郁情绪，能够消除紧张，平静内心。"

钟秋野摸了摸心脏，实话实说："我好久没激烈运动过了，心跳得厉害，一点也不平静。我可能更适合双人瑜伽。"他三句话不离渣男本色。

气得夏峻给他使眼色："你再感受感受。"

没想到马佐倒是悟性很高，说："出了点汗，觉得身体很舒服，很放松，好像心里平静了很多，不那么焦躁了。"

夏峻得意了："我说得没错吧！以后咱们的奶爸community要经常聚集起来，操练起来。我还知道很多方法，比如跑步，哦对了，还有剪纸，我认识一个剪纸艺术家，回头介绍给你，说不定还可以合作开个班。"

钟秋野马上一脸嫌弃："剪纸艺术家？男的女的？要是美女还行，老奶奶就算了，我这里不是敬老院。"

对于钟秋野这种没个正形的渣男，夏峻实在无语，提醒他："你老实点，我可是股东，马佐也是股东，你给我们好好经营，别想些有的没的。"

做完治疗，训完钟秋野，夏峻带着孩子回了家。经过刚才那一通瑜伽的洗礼，昨晚那点急火攻心的燥已散去，他的心情也平静下来，不得不承认，他做错了，错得很离谱，成年人要为自己的行为负责，他要为自己的错买单。

七月三伏天，酷暑难耐，做饭的时候，夏峻顺便煮了一道应景的绿豆银耳羹，绿豆出沙爽口，银耳出胶软糯，玥玥很喜欢吃。他把剩下的放在冰箱里冰上，打算留给佳佳吃。

晚上，夏天和平时一样，晚回来一个小时，不用问，肯定又是去喂野猫了。夏峻正在浴室洗衣服，喊夏天给妈妈打个电话，问回不回来吃饭。

"你怎么不打？"夏天反问。

"我这手不是湿着嘛！"其实是他心虚，怕被拒绝，没有勇气打。

夏天打了，妈妈接了，说在公司加班，会很晚回来。

夏天打开冰箱，本打算找一瓶饮料喝，看到绿豆银耳，拿出来看了看，用勺子挖了一点尝了尝，夏峻看到惊呼："那是给你妈留的，你吃饭去！"

"切！我是你亲生的吗？不就是绿豆汤，我还不稀罕吃。"

洗好衣服，给玥玥穿戴好，夏天已自觉上楼写作业去了，夏峻悄悄把银耳羹拿出来，盖上盖子，又在便当包里放了两个冰包，对楼上喊："我带妹妹下楼遛遛弯。"然后蹑手蹑脚地出了门。

夏峻这个弯遛得比较大，他要给佳佳送爱心绿豆汤。

* 5 *

不得不承认，这个点儿开车出门，就是给晚高峰添堵，给自己添堵。夏峻在高架桥上堵了半个小时，玥玥不耐烦地哭闹起来，道路才慢慢畅通。到达佳佳的公司时，已经是九点了。

这是他第一次来佳佳的单位。一开始，他认为佳佳干不长，所以没当回事，没想到，佳佳竟然很快在公司站稳脚跟，且在短时间内晋升，令他刮目相看。长久以来，他对佳佳的印象，都停留在她蓬头垢面抱孩子的样子，面目狰狞训孩子的样子，他很难想象，她在职场中，和同事和下属一起是什么样子。他想看看。

这家保险公司占据了这座城市最昂贵的写字楼三层，下班了，仍有许多窗口亮着灯，一楼的保安忠于职守，让夏峻做了登记，还亲自帮他按了电梯，调侃道："查岗啊！"

电梯直达十二楼，走廊的灯已经关了，前台的人大概已经下班了，走进去，听到佳佳的声音："说了很多遍了，我们不能光追求利润、业绩，一定要把服务做好。服务不光是售前，客户没掏钱之前是上帝，是大爷，比爹妈还亲，服务还包括售后。今天小樊这个事，就证明了，我们的售后，存在严重的问题，现在，这件事闹到了网络上，舆论铺天盖地，我们怎么收场？"

"佳佳姐……"说话的人大概就是小樊。

"遇山开山，你也别焦虑，明天我去找这个客户谈一谈。"

"佳佳姐，那这个月的业绩怎么办？经理分明是整我们，把一个无人问津的新险种交给我们来做，什么全职妈妈幸福险，根本无人问津啊！这个月没有业绩，下个月喝西北风。"

隔着一道玻璃门，小会议室灯光煌煌，佳佳的妆有点残了，额头泛着油光，黑眼圈很明显，但她举手投足大方舒展，自信满满，没有面对工作困境时的畏手畏脚、焦虑抓狂。他不得不承认，这样有点疲态的陈佳佳，很好看。

玥玥也看到了妈妈，开心得手舞足蹈，叫着"妈妈"，大家听到小朋友的声音，都纷纷回头，有人见过玥玥和夏峻，有点意外："佳姐，你爱人和女儿。"

陈佳佳以为自己眼花了，没想到在公司里看到他们，女儿依然娇憨可爱，老公一手抱娃，一手提着一个便当包，那个包有点丑，他的样子有点滑稽。

霏霏打开了门，陈佳佳扶额，尴尬地笑笑，走出来，压低声音："你怎么来了？"

夏峻也尴尬心虚地笑笑："天热，给你送点绿豆汤解解暑。"

陈佳佳想说，公司的茶水间有绿豆汤，外卖也可以点绿豆汤，但是在众人面前，她忍住了，她看到了夏峻脸上的歉意，他伏低做小地笑着，有一丝尴尬，一丝小心翼翼，还有一丝佯装的镇定自若。她承认自己还在生气，昨晚那些话深深地伤害了她，但她从那些话里，听出了他的紧张、醋意、不自信，他变了，她也变了，他们都要慢慢适应这种改变。

她沉默了几秒，与他对视，然后抱过孩子，再次推开那道玻璃门，示意夏峻进来，然后对大家介绍："这个宝贝是我女儿，这位是我爱人，是业界知名的证券分析师。行吧！咱们今天就到这儿，接下来的新险种推广，我会写一个方案出来，大家有什么好点子，也都提出来，发邮件给我。散会吧！"

不知是谁带头，几个人忽然齐刷刷喊夏峻："夏老师好！"

大家都知道他姓夏，看来佳佳在同事面前提起过他，这让夏峻心里安慰了许多，他笑了笑。

散会回家，临出公司门，佳佳想起来，把自己的车钥匙交给一个女同事："你开我车回吧！明天早上记得开回来。"回头又嘱咐另一个男生："你跑快点啊！别赶不上末班车了。"

此刻的佳佳看上去就像公司后勤部门的老大姐，关心每一个人，笑得很可亲，和刚才会议室的样子判若两人。

刚刚走出公司门，佳佳的手机响起来，她接起来，貌似是上司交代工作，她耐心听完，给出回复，然后挂断了电话。夏峻这才注意到，她换了一个新手机。

同行的小樊打趣："佳佳姐，那个掉进蹲坑里的手机修好了吗？就这么下岗了吗？"

大家都笑起来，有人调侃小樊："修好了给你用吧！从此发出的每一条消息，都带有颜色、带有味道，哈哈哈哈！"

就在玩笑中，夏峻明白了昨日佳佳关手机的缘由。他悔不当初，可是说出去的话，已覆水难收。

出了大楼，大家告别。

夫妻俩沉默地走向夏峻的车子，佳佳抱着孩子坐在后排，夏峻启动车子，驶入灯火辉煌的夜色。

陈佳佳先开口说话："你满意了吧？""什么？""查岗，满意了吗？看到什么了？就这几个人，两男两女，谁是怀疑对象？"佳佳的心里仍憋着怨气。

夏峻自知理亏："对不起佳佳，我昨晚犯浑了，我道歉。"

陈佳佳叹了口气，沉默了，夏峻小心翼翼地开车，时不时从后视镜里观察她，车内光线不足，看不清她的表情，也分辨不出她的态度。

"夏峻，昨晚你那些话，确实让我很难过。我不想违心地说，你说句对不起，我就不生气了，我想，咱们都应该冷静冷静。"

"好。"夏峻现在是戴罪之身，不敢反驳。

回到家，那罐绿豆银耳羹又原封不动地带了回来，正好夏天下楼来找东西吃，母子俩就一起分食了那罐绿豆汤。夏天看出端倪，故意调侃道：

"我爸给你送爱心夜宵,感动不?"

"感动。"

夏峻见佳佳吃了他煮的银耳羹,以为她已经不生气了,很狗腿地追问了一句:"味道不错吧!"

佳佳白他一眼,背过儿子,小声说:"你别想多了,我只是不想浪费粮食。"

"没想多,只要你肯吃我做的东西就行。"

吃完夜宵,夫妻俩如常,一起哄玥玥入睡,夏峻本以为佳佳已经放下芥蒂,不生气了,没想到,她又抱起枕头,打算去书房睡。她的理由也很充分:"最近工作压力比较大,我想静一静,晚上我还要写一个工作计划。"

这是要分房睡的节奏啊!夏峻知道,昨晚他的那番混蛋话,在佳佳心里,打上了结。他无话可说,只能空洞地说了句:"工作也别太拼了。"

佳佳来到书房,确实是在写工作计划,可是没写几个字,就开始犯困打瞌睡,只好关了电脑去睡,躺到床上,却又失眠了。夏峻的昨日种种和今日行径,让她想起以前的自己。

有一段时间,夏峻工作很忙,时常加班,晨昏颠倒,她有时三五天都看不到他的人影,有一次打电话给他,是一个女人接的。那女人声音娇媚,一定是个美人。她抓狂了,她要疯了,疯狂地拨打他的电话,不管不顾,声称自己生病了,让他马上回家。夏峻一身疲倦地回来了,看到她蓬头垢面,灰头土脸,果然像个病人。他要送她去医院,她发作了,追问接电话的女人是谁。夏峻解释了,当时他在开会,没带手机,接电话的是助理,无论夏峻的理由多么无懈可击,她还是相信自己的判断:他变了,他在纷杂的环境中迷失了,他有了狐狸精。那次她闹得很厉害,甚至从夏峻微信里找出了"狐狸精"的微信,从中发现,夏峻竟然给"狐狸精"发的自拍图点赞。是可忍孰不可忍,她追问他为什么给"狐狸精"点赞。夏峻气急了,发飙了,冷嘲热讽:"看别的女人都像狐狸精的女人,自己是有多不自信。"

佳佳当时就哭了。那是她人生中最灰暗的一段日子。她刚刚生完玥玥,人虚胖浮肿,脸上长了很多斑,过去的衣服都穿不上,买新衣也没心情,后来她才知道,那是抑郁症。

那次事件，最后逼得夏峻不得不当着她的面删掉了女助理的微信，并打电话告诉女助理："以后任何时间，不许接我的私人电话。"

夏峻虽然以这样的方式表了忠心，可她还是不信，每天十几个电话查岗，远程监控一般。隔了几日她仍不放心，也是像今日夏峻的行径一般，在家煮了排骨汤，中午辗转乘坐地铁，给他送到办公室去。那天并没有见到漂亮的女助理，但是见到夏峻正在办公室和一位优雅的女上司聊天。她径直推门进去，做出体贴温柔的姿态，告诉他，这排骨汤慢火煲了好几个小时，希望他趁热喝掉。夏峻与女上司面面相觑，尴尬无比。后来她才得知，那位女上司，是总公司亚洲地区的负责人，是大老板的女儿，那番实地考察，是有意选拔高层。后来，并没有任何人得到提拔，而是空降了一位华尔街工作背景的 CEO，再后来，夏峻就回家带孩子了。

她用了很长一段时间去调整心态，克服抑郁，报名参加网上的女子成长训练营，当她重返职场，身处其中，她才真正明白，这世上根本没有钱多事少离家近的工作，没有任何一份工作不辛苦，没有任何一个单位人事不复杂。她理解了当日的夏峻，也理解了今日的夏峻，同样，她也希望夏峻能理解今日的她。

第十二章

小小的心愿

＊ 1 ＊

夏峻带着马佐做了几次瑜伽，跑了几次步，马佐的抑郁症仍不见好转，睡眠越来越差，甚至有了脱发的征兆。夏峻决定下一剂猛药，请来了剪纸艺术家袁晓雯。

袁晓雯穿着一件淡绿色的苎麻盘扣的复古上衣，人淡如菊，恬淡地笑着："剪纸不仅是一门民间艺术，还能有效地缓解焦虑、抑郁等情绪，我亲试有效。"

印象中，传统手艺人都是老头老太太，而眼前的剪纸艺术家，竟然是个年轻清秀的佳人，钟秋野很意外，热情有加："这个我知道，我知道，剪纸还能治疗老年性痴呆呢！我姥姥的老年性痴呆，就是剪纸治好的。"

马佐半信半疑，对自己毫无信心："我连剪刀都拿不好。"

"很简单的。"说着，袁晓雯拿起一把剪刀，一张白纸，简单示范了一下。

钟秋野也拿起一把剪刀，谄媚道："我将带头学习。"

小野少儿美术已经开始招生了，刚刚有几位小朋友上完了他的体验课，已经在小贺老师那里报名了。一看旁边有位阿姨教人剪纸，几个小朋友也凑过来，小贺老师连忙把几把儿童剪刀递过来。

一张红纸，在袁晓雯的剪刀下，左转转，右转转，左剜剜，右剜剜，一个可爱的小猪佩奇就成形了。

小朋友们都艳羡不已,很想要阿姨的小猪佩奇,再看看自己手里的小猪佩奇,虽然也有点猪样,但还是差之千里。袁晓雯看出孩子们的心思,拿过一个小朋友的半成品,安慰她:"你这个已经很不错,你看这个眼睛,显得佩奇栩栩如生,我们给这只佩奇减减肥就好了。"

说着,她用自己的剪刀,在半成品上修改了几剪子,一只完美的小猪佩奇诞生了。小朋友拿着自己的小猪,心里美滋滋的。这可是自己的第一件剪纸作品,拿回家就可以向小伙伴炫耀了。

马佐剪得最认真,成品也最丑。他的作品被传阅着,大家像是在玩你剪我猜的游戏,各抒己见:

"像一只狗子。"

"我觉得像猫。"

"明明是只鸭子。"

马佐生无可恋:"能不能尊重一下我的劳动成果?我明明剪的是小猪佩奇。"

潼潼倒是很喜欢爸爸的作品,一把抢过去,大声喊道:"小马宝莉。"

大家都笑起来。

笑过闹过,马佐仍不气馁,拿过剪刀,一定要给女儿再剪一幅小猪。

袁晓雯微笑:"剪纸其实是一项很适合父母和孩子一起玩乐游戏的亲子活动,能够很好地开发大脑神经,是很好的脑、眼、手的协调训练。"

一个家长颇感兴趣:"咱们这里是不是有剪纸班?我也想学。"

袁晓雯依然淡定地笑笑:"我只是过来参观了解的,听说小野老师画画教得好,想让孩子过来学学。"

"是是是,小野老师的课很风趣。"小贺老师附和道。

一旁的钟秋野被夸得心花怒放,又急得上火,心里不停地喊着,姐姐啊!剪纸班的事,赶紧答应下来啊!

袁晓雯起身,叫钟秋野:"小野老师,我想跟你咨询一下给孩子报画画班的事,可能还会介绍几个孩子来,团报有优惠吗?"

钟秋野一头雾水,看不清这位宝藏姐姐的套路了,一会儿是剪纸艺术家,一会儿是学生家长。他回头看看夏峻,迟疑了一下,请袁晓雯到咨询室。

一进咨询室,钟秋野还傻乎乎的,直接说:"现在的优惠价就是报一年立减五百,还有砸金蛋,但是你是我哥的朋友,肯定会给你最大的优惠,姐姐,几个孩子啊?"

袁晓雯差点被这个一根筋的校长逗笑了,正色道:"小野老师,我是来和你谈合作的。"

原来好运来了,挡都挡不住。短短两个月,钟秋野选校址、拉投资、装修、宣传,一切都顺风顺水,现在又来了这么一位合作者,半个小时后,两人谈好了合作开班事宜。

从校长室出来,钟秋野还为刚才流失的剪纸班生源惋惜,叹道:"这么好的合作项目,夏峻也不早点和我说,刚才那个学生家长,你应该一口答应下来才对。培训机构刚开始做,每一个生源都很重要。"

"放心吧!他们会报名的。"

袁晓雯出来,和大家闲聊了几句,告辞离开了。

人前脚刚走,钟秋野马上拉住夏峻审问:"从哪里找的这位神仙姐姐?看着有点面熟啊!哦我想起来了,就是那次和你从酒店一起出来那个女的?"

一听从酒店一起出来,在场的人都投来八卦的目光。

"闭嘴,你别混淆视听啊!"

钟秋野用一种"我懂你"的表情打量着他,又痛心疾首地为表姐鸣不平,把他揪到一边:"你胆子够肥啊!不怕我表姐知道啊?你对得起她吗?"

"你够了啊!我要是有点什么事,我还会把她带到你这里?我现在是这家机构的股东,要为它的存亡发展考虑。现代社会,缺的不是人才,缺的是合作共赢的意识,你们要合作,把这份事业做大做强。好好干吧!"

夏峻回到家时,是下午四点,夏天快放学了,再过两个小时,佳佳也快下班了,他该准备晚饭了。煮夫和主妇一样,每天为做什么饭而发愁。

望着书房里那张小床上叠得整整齐齐的被褥,他心里颇不是滋味。记得夏天刚刚出生那段时间,他工作特别忙,而夏天闹觉,整晚不睡,搞得一家人都很崩溃。夏峻曾以晚上在家加班怕影响母子俩休息为由，搬到书房里躲清闲，此举让佳佳大为光火。那段时间她变得敏感又神经，疑神疑鬼，觉得他嫌弃她身材发福了，觉得他在外面有人了。每天早上，他刚刚出门，她的查岗电话就来了；有时他正在开会，她的电话一个接一个，同事们都暗暗嘲笑他，弄得他很没面子。最后，佳佳找碴儿和他大吵了一架，他妥协投降，搬回卧室，并保证以后的婚姻生活里，无论是工作繁忙，还是吵架生气，或者打鼾放屁，都不能成为分房睡的理由，有一万种理由，也不能分房睡。而现在，佳佳自己打破了这个约定。

他拿出手机，想给她打个电话，问她晚上回家吃饭不，想吃什么，又担心她在开会、在见客户、在培训，怕打扰到她，拿着手机看着她的号码发了会儿呆，又放下了。

走进厨房，看了看冰箱里的东西，他决定做炸酱面。做好炸酱，不管吃饭的人回来多晚，再煮面拌上炸酱就行。

炸酱刚做好，夏天回来了，进门满头大汗喊热，先咕嘟咕嘟仰脖喝了一大杯水，又去冰箱里找雪糕吃。

夏峻提醒他："天太热，喝水不能这么牛饮，要慢慢喝，对心脏好。"

看到夏天拿了一个冰激凌甜筒出来，他忍不住唠叨："马上吃饭了，又吃这种东西。"

夏天吃得津津有味，嘟囔道："爸，你越来越唠叨了，跟我妈有一拼了。"

话音未落，陈佳佳进了门。难得，她竟然提前下班回家了。"你小子，背后说我坏话，被我逮着了吧！""岂敢岂敢，我是说，我爸做饭的水平，和妈妈有一拼了。"小孩子真是鬼精，一箭双雕，把两个人都夸了一遍。"回来得正好，马上开饭。"夏峻热情搭腔。

佳佳轻轻地"嗯"了一声，洗手换衣服去了。

玥玥正专心致志地坐在围栏里玩芭比，看到哥哥吃冰激凌，也馋得不行，伸手要。夏天不给，还故意吧唧嘴，看得陈佳佳也馋，问："这外面的天也太热了，冰箱里还有雪糕没，给妈妈拿一个。"

夏天忙打开冰箱看了看，发现自己手里这个已经是最后一个了，他摊摊手，看看自己手里剩了一小半的甜筒，打算忍痛割爱："冰箱里没有了，就剩这点了，要吗？好吃的一起分享。"

玥玥已伸手来抢，陈佳佳只好接过剩下的那点蛋卷甜筒，给玥玥舔了舔上面的奶油冰激凌，夏峻见状阻止："不要给玥玥吃冰的，她还小。吃饭了吃饭了。"

面已经煮好了，他把玥玥的小碗面端过来在她鼻前晃了晃，吸引了她的注意力。佳佳便把剩下的甜筒吃了："咦！这个奶油冰激凌口味一般般，这个蛋筒竟然这么好吃。改天再买点，你吃上面的冰激凌，我吃蛋筒。""好啊好啊！弱弱地问一下，这就是现实中的买椟还珠吧！"夏天问。

煮夫把儿子和老婆的饭也端上了桌，顺便夸奖儿子："不错啊儿子！处处留心皆语文。"

回头又问佳佳："蛋筒真那么好吃？"

"嗯！好吃。"

他有心套近乎："真的吗？给我尝点儿。"

"不给。"佳佳把最后一点扔进嘴里，咔嚓咔嚓咬着。她还在生气。

热脸贴上冷屁股，夏峻自讨没趣，讪笑了一下，坐下来吃饭。

夏天吃着饭，忽然想起来，说："暑假我们学校组织新加坡游学，我想去啊！"

夏峻一激灵，先问："多少钱？"

"一万五千八。"

"抢钱啊！报团去一趟新加坡，撑死也就八千。现在的教育，全变味了，和旅行社一勾搭，搞个游学的噱头，家长就屁颠屁颠地去交钱。"夏峻对很多教育乱象诟病已久。

夏天颇感委屈："我马上就六年级了，从一年级开始，每年寒暑假都有游学，你们只给我报过两次。那两次，一次是内蒙古，一次是广东，都是国内。同学都笑我。"

一听这话，夏峻气不打一处来："国内怎么了？祖国的大好河山还不够你看的？小小年纪，还学会攀比了！如果游学是用来攀比的，那还是不要去了。"

"祖国的大好河山也行啊！那先把五一那次的三亚兑现了吧！"

一直默默吃饭听着父子俩唇枪舌剑的佳佳终于发话："新加坡不错，

环境好，适合孩子们学习语言，去吧！报名。"

夏峻本来还有对教育乱象的诸多牢骚，却忽然什么也不想说了。经济基础决定上层建筑，经济基础也决定了话语权，他发现，在决定孩子是否报名游学，是否续缴兴趣班的费用上，他已经失去了话语权。

晚上睡觉前，他听到手机支付宝提示音，打开一看，佳佳给里面转了一笔钱。她说："你明天去给他报名吧！"是发支付宝时的转账留言里说的。她仍睡在书房，房门紧闭着。

* 2 *

第二天一早，趁着遛孩子买菜，他顺便去了趟学校，给夏天把游学报名费交了。从财务室出来，就碰到了夏天的班主任李老师。夏峻抱着玥玥，站在学校走廊里格外醒目，李老师一眼就认出了他："你是夏天的爸爸吧？""是的是的，李老师您好！"为了不给夏天丢面子，夏峻出门前，特意刮了胡子，穿了一件新衬衫，虽然抱着孩子，看上去依然精神奕奕。

李老师眯着眼睛，大概在心里把他和去年寒假家长会上那个窘迫的爸爸做了甄别，想了想，说："你正好来了，我和你说吧！夏天妈妈的电话最近怎么回事，要么就是占线，要么没人接。""老师您以后就打我电话吧！她工作忙。"

李老师有点意外，皱眉看了看他。"夏天是不是又上课捣蛋了？没好好写家庭作业？最近我都有检查啊！""不是不是，学习上倒是上心了，有进步，就是啊！这孩子，最近跟几个同学，搞了个什么动物保护协会，说是救助流浪小动物，还在班里搞募捐，昨天还把几只流浪猫带到学校了，下课一群孩子追着野猫跑，你说，这像什么样子？"

夏峻一听，这还了得，马上谴责，表明态度："这真是不像话，学校是学习的地方，不是宠物乐园，也不是招猫逗狗的地方，这个问题不容小觑，我一定好好批评教育他。"

李老师还有课，也就没多说什么，互相告辞。临走，李老师还回头打量着这个抱着一两岁女婴的中年男子，走出了两步，又回头："那个，夏天爸爸,以后是你负责夏天的学习对吧!"

夏峻忙点头。

"你在家长群里吗?"

"在在在。"那个家长群,是去年陈佳佳把他拉进去的,布置作业、信息公告和作业完成情况,老师都会发到群里。家长群里一般四种人,一种是马屁精,无论老师发什么,赶在后面回复"老师辛苦了""老师注意休息";还有一种花式炫富、炫娃狂魔;然后就是清一色的刷屏机器人,只会回复"收到";而夏峻是最后一种——潜水员,从进群第一天就把消息设置成"免打扰",常年潜水。一个班几十个孩子,老师哪能每天统计谁的家长在群里回复了。

老师不会特别统计,但心里有数,她皱皱眉:"以后我发什么重要通知、布置作业,收到了也回复一下。"

夏峻忙不迭地点头,就这短短几分钟会面,他头上就出了一层汗,比他小时候考试还紧张。

从学校出来,夏峻去了趟宠物店,挑选了一只猫笼、几袋猫粮和一些养猫的必需品,装在后备厢,回家后又把三楼露台改造的阳光房清理了一块区域出来。他打算等夏天放学后,和他好好谈谈。

夏天午饭在学校吃,下午四点四十放学,如果不去玩,从校门口走回到家里大概是五点。虽然夏天顽劣,但陈佳佳的安全教育很到位。他要去同学家玩,或者干点类似喂养野猫这种不可告人的事,都会提前打个电话;若没有打电话,五点过了,夏天还没回来,夏峻会打个电话问问。

做好了晚饭,是玥玥喜欢的鸡粥,给她先吃。玥玥已经能很熟练地用勺子了,虽然有时糊一脸,但已经能独立吃完一碗饭了。夏峻把勺子交给她,转身去厨房收拾了一下,再回到饭桌时,发现玥玥把饭碗倒扣着,黏稠的粥糊了满脸满身,地上也撒了一摊。玥玥还学着妈妈晚上护肤的样子,两只小手在脸蛋上轻轻拍着。

夏峻扶额,气极反笑,只好再去拿毛巾、抹布、拖把,耐心地清理,然后把幸灾乐祸咯咯笑的女儿从儿童餐椅中拖出来,放进浴盆里。玥玥又欢快地扑起水,把浴室地面弄得湿漉漉。等他给玥玥洗完澡换好衣服,刚放在围栏里,她忽然又拉便便了。他叹一口气,强撑着,又去换纸尿裤。

等做完这一切，佳佳回来了。他暗暗松一口气，以为她可以搭一把手让他喘个气，谁知陈佳佳抱了抱玥玥，在她小脸蛋上亲了亲，说了几句安抚的话，又把她放回了围栏里，径直走进了书房，撂下一句："我还有点事没处理完。"

夏峻一抬头，发现已经七点了，夏天还没有回来，就给夏天拨了一个电话。破天荒的，夏天的电话手表竟然打不通了。他有点慌了，敲书房的门，探头进去，问佳佳是否知道和夏天相熟的那几个同学的联系方式。

陈佳佳一听，也有点急了，马上拿出手机打了几个电话。对方家长都表示，夏天并没有在他们家。最后，佳佳拨通了一个叫赵祉的同学妈妈的电话。电话一接通，佳佳刚介绍了自己是夏天的妈妈，就被对方劈头盖脸地呛了一通："你们怎么教育孩子的？我儿子被夏天打得脸都肿了，你还管我要儿子。什么人啊！……"

指责声几乎要把话筒炸了，陈佳佳还想追问，对方已经气冲冲地挂断了电话。

夏峻心一沉，丢了一句："你看好玥玥，我去找夏天。"

他拿了车钥匙，出了门。

天黑以后的烂尾楼工地连一盏路灯也无，夜黑路不平，野草齐肩，风一吹，窸窸窣窣地响。夏峻的车开到围墙外面，就无路可走，他只能下车，只身朝里面走，一边走一边喊："夏天，夏天，你在吗？我是爸爸，老夏啊！"

他声音很大，一是给自己壮胆，二是为让夏天听到。

"夏天！我给你的猫买了一个很漂亮的猫笼子，是妹妹挑选的，粉红色，你不会嫌弃吧？"

夏峻猜得没错，夏天在学校里犯了错，又不知为何打了人，他"畏罪潜逃"，又无处可去，可能来的地方，就是这里。

猫笼子的事话音刚落，草那边有人应声："爸爸，爸爸！"

夏峻打开手机手电筒，深一脚浅一脚，扒开草丛循声而去，一没留神，和一个黑影撞个满怀。是夏天，一头扎进爸爸怀里，声带哭腔："老夏，我又犯错了，你罚我吧！"

一只蚊子落在了夏天的额头，他下意识用手去拍，蚊子飞走了，巴掌拍在了脸上。夏峻心软又心疼,以为夏天愧疚,自罚呢!他大臂一揽,像哥们儿之间的勾肩搭背,调侃道:"罚你,那肯定要罚,先罚让一只蚊子咬你。走吧!"

父子俩往外走,夏天想起来,停下了脚步,迟疑道:"你刚说买了个猫笼子,什么意思?"

夏峻也停下脚步,转过身:"我不是说了嘛!我们可以养一只猫。"

"真的假的?"

"带我去看看。"

"什么?"

"你喂的猫。"

夏天恍然大悟,原来爸爸不仅知道了他打架的事,连他在外面喂流浪猫,还把流浪猫带到学校的事都知道了,甚至连他这个秘密基地也知道了。

他挠挠头,犹豫了:"算了,它们现在不知道野到哪里去了,再说,不是一只,是一群。"

"那,我们先回家吧!路上商量一下,总会有解决的办法。"

夏天顺从地上了车,车上空调开着,夏天由衷地感慨了一句:"那些流浪汉是怎么在大桥底下、破毛坯房里住的,热得要死,蚊子简直要吃人,算了吧!我宁愿被你和我妈男女混合双打,再也不离家出走、'畏罪潜逃'了。"

夏峻还假装一头雾水:"'畏罪潜逃'?你犯了什么事?男女混合双打?为什么要打你?"

夏天知道,老夏这是揣着明白装糊涂,故意给他一个坦白从宽的机会,只好顺坡而下:"那个赵祉真的太过分了,他虐待动物。他知道我们每天在这里喂流浪猫后,今天就提前过来,把猫绑在树上,底下还点了一堆火,要不是我们及时赶到,那只猫就变成烤肉了。你说,他该不该打?好吧!我知道打人不对,我应该晓之以理、动之以情,批评教育感化他。"

没想到,夏峻听完,愤愤地说:"打得对,打得好。"

夏天狐疑地看了爸爸一眼,有点诧异:"爸,你别这样。"

"爸爸是真的认为,这种兔崽子,是该好好教训教训。不过,有件事你确实做得不对,怎么能把猫带到学校呢?学校是大家学习的地方,你可以关爱小动物,献爱心,做好事,但你做一件好事的前提是,不能损害别人的利益。"

"那只老猫生孩子了,我们想把它们接过来,离得近点,随时照顾,就在后墙一个隐蔽的地方给它们安了一个窝。谁知道老猫跑出来了,有几个六年级的同学追着玩。老师批评我了,我也知道错了,她和你的说法一样,有爱心是好事,但这份爱心不能损害和妨碍到别人。所以,我们又把它们搬回老地方了,大不了每天多跑一点路。"

"你们?你们都是谁啊?"夏峻这只老狐狸,明知故问。

夏天还真是心无旁骛,坦然地说:"我和谢嘉艺啊,还有刘启阳、李子瑜他们几个。"

儿子这么坦荡,夏峻这场隐秘的审问和准备了很久的说教倒无法进行了,他沉默了一会儿,想了想,干脆开门见山:"那结婚证怎么回事?""什么?"显然,夏天已忘记了手工结婚证这个事。

夏峻以为儿子不信任他,不肯说实话,就继续循循善诱:"有什么不好意思的?爸爸小时候也暗恋过班里的女生呢!你就当老夏是哥们儿,是好朋友,说说呗!怎么回事?"

夏天懂了,也想起了结婚证那个事,马上戒备心起,知道了父母心里那点小九九,嗤之以鼻:"谁跟你是哥们儿,是朋友了?我有心里话和小秘密,怎么能跟你说?"

这么说,那是真有事啊!夏峻不淡定了,缓缓把车停到路边,痛心疾首:"夏天,你听爸爸说,你年龄还小,可能还分不清什么是友情,什么是好感,再受那些电视剧的影响,就……"

"这就对了,这才像个家长,像父母的样子,讲讲道理,循循善诱嘛!上赶着跟我做朋友,我是那缺朋友的人吗?朋友能这种口气教导我吗?我们最讨厌要和我们做朋友的父母了。父母做好了吗,就做朋友,朋友就那么好做?"

这熊孩子,呛得夏峻无话可说,他不伺候了,不循循善诱了,坐直了,正色道:"那说说吧!那结婚证怎么回事?"

"还能怎么回事啊?开玩笑呗!那几只猫是我和谢嘉艺最早去喂的,

养猫养狗的人，不都喜欢把猫狗当儿子嘛！他们几个就开玩笑说我们是猫爸猫妈，就玩儿嘛！我就画了那个玩意儿，我们老师也真是，小题大做。"

"是的，小题大做，就是纯洁的友谊嘛！我儿子多有眼光，和学霸交朋友，共同进步。"

说到这个，夏天得意扬扬："那是，我不会的题，谢嘉艺都会给我讲的，最近好几次小测试，我数学都满分，你等着吧！"

说到这个，夏峻想起谢嘉艺成绩退步到十名之后的事，忍不住调侃道："哥们儿你这是什么操作啊？你进步了，我可是听说那女孩退步了，难道是像武侠小说里，一个武艺高强的人给一个弱的人传授内功，自己损耗元气了？"

夏天被爸爸逗笑了，笑完又无奈地撇撇嘴叹叹气："这个，说来话长，这是我们的秘密，不便告诉你。"既如此，夏峻知道再追问下去会惹人厌，趁着气氛良好，对话结束，回家。

一路上，夏峻寻思着等明天起床了，要给那个被打的小孩一个不卑不亢的道歉，还要给一个老朋友打电话。那个朋友在动物保护协会做过义工，知道几家不错的流浪动物救助站。他答应了夏天妥善安排这些流浪猫，但又不能全养在家里，就要为它们都寻好去处。

快到家的时候，夏天有点发怵，犹犹豫豫："爸，我妈在家不？"

"在。"

"那，怎么办？"

"大不了女子单打咯！"

夏天扶额："我还是去流浪吧！"

夏峻笑了："放心吧！有我呢！"

进了家门，夏天畏畏缩缩地躲在夏峻后面，瞅着灯光昏暗、四下无人，正打算溜上楼，妈妈已哄睡了妹妹，打开卧室门出来了，一看到夏天，就气不打一处来，正要发作，夏峻嘘声示意："别把玥玥吵醒了。"回头一个眼神示意，让夏天赶紧上楼。夏天如遇大赦，连爬带滚地上了楼。

夫妻俩在客厅坐下，夏天上楼后可不安心，悄悄把门开一个缝，听爸妈怎么说。

"他去哪儿了，这么晚？"

"消消气，就是在一个同学家写作业，电话手表没电了。"

"那还把一个同学打了，什么情况？"

"小孩子打闹，这不是常有的事，你把那个家长电话给我，明天我问问清楚。你别管了，这么晚了，早点休息吧！"

陈佳佳见孩子平安回来，大家都累了，也没有再追问下去，打起了呵欠，朝书房走去。夏峻想起了还有一件大事没有完成，趁着人困意袭来，意志力最薄弱，才好一举拿下，忙叫住了她："佳佳！""什么？""我今天和儿子去动物保护协会了，儿子喜欢一只小猫，我打算明天收养回来。"

瞌睡的人果然意志力薄弱，耳根子软，万事好商量，佳佳摆摆手："只要你铲屎，你看着办吧！"

夏峻抬眼看看楼上，夏天迅速地关严了门，坐回书桌前，开始写作业——士为知己者死，老夏的这点情谊，只有他好好写作业回报了。

3

夏峻人在职场时，就是颇有行动力的一个人，这份行动力使在家庭上，也不缩水。第二天，他携玥玥送夏天上学，在学校门口等到赵祉和他的爸爸。赵爸爸是个光头壮汉，夏峻有一米八，赵爸爸比他还高半头。夏峻把夏天推到前面，让他对赵祉道歉，夏天撇撇嘴，不情不愿地说了句"对不起"。赵爸爸倒是一个大度的人，大大咧咧："男孩子嘛！打打闹闹常有的事。"

夏峻看了看赵祉的脸，光光净净，不红不肿，也就放下心来，计上心来，打算给这小子点颜色看看，和气地对赵爸爸笑笑："听说他俩是为争夺一只流浪猫的抚养权打起来的，其实都是有爱心的孩子。"

赵爸一听，又欣慰又生气，一脸宠溺："这孩子，什么时候喜欢猫了？你喜欢猫告诉我啊！我给你买一只，外面的流浪猫多脏啊！说不定还有病。"

"对啊！"夏峻附和道，"外面的流浪猫多脏啊！说不定还有病。不过，宠物店的猫够贵的，别花那个冤枉钱。狗贩子猫贩子，这后面其实是一个黑色的产业链。"

夏峻讲得一套一套的，赵爸爸听得一愣一愣的，只得点头："哦？

是吗？这样啊！也对。"

"现在不是提倡领养代替购买嘛！我知道有一家动物救助站，可以带他们去看看，有喜欢的小猫小狗，可以领养。"

"好啊好啊！赵祉，要不周末一起去看看，给你选一只。"

赵祉听出来了，这是夏天和他爸爸给自己上套呢！他才不上套，但是有爱心、爱小动物这样的高帽子已经戴上了，他也不敢在老爸面前否认，更不敢承认自己是因为虐待猫被夏天打的，只好推托道："算了算了，我妈说不许养宠物，算了。"

"不领养也没关系，你既然这么喜欢小猫小狗，经常去救助站看看它们，给它们带点好吃的，也算是尽心尽力了。"夏峻说。

没想到赵爸爸看着五大三粗，其实是个非常通情达理的人，马上替儿子应承下来："好好好，这方法也好，那我们周末就约个时间，一起去看看。"

"就这么愉快地决定了。"夏天狡黠地冲爸爸眨眨眼，还假装亲热地去揽赵祉的肩，赵祉微微耸肩，把他的手甩开。两个爸爸在后面欣慰地笑。

回到家，夏峻就给他那位做过动物保护志愿者的朋友打了个电话，说明了情况。那位朋友当即表示，可以接收流浪猫狗，也欢迎符合条件的人领养，捐款、捐物、捐狗粮猫粮，来者不拒。

下午放学，夏峻把玥玥托付给小野少儿美术的贺老师，打算自己和夏天去捉猫。钟秋野一听有流浪猫可以领养，也颇感兴趣："没病吧！给我这里带一只过来，我这门口，需要一个招财猫。"

马佐正带着女儿在剪纸，夏峻顺口一问："要不要给你也来一只？"

"算了吧！我连自己和孩子还养不明白呢！养什么猫。"

接到夏天，夏天听到小野叔也要领养一只，直夸老夏办事靠谱，早向老夏求助，不就没这么多幺蛾子了嘛！

"老爸！给力。"

"你早告诉我，我早帮你解决了。朋友嘛，就是用来利用的。"

"好吧！朋，朋友。"夏天勉为其难接受了这位朋友。

想起还要忽悠赵祉家领养一只，夏天不无担忧："他们真会领养一只吗？赵祉会不会还虐待猫啊？"

夏峻胜券在握,得意地笑笑:"放心吧!咱俩今天先把所有猫送到救助站,到时让他们通过救助站来挑选领养一只。领养有许多硬性的要求,要办理正规的领养手续,救助站的人会定期登门回访的。就当给他培养爱心吧!人啊,总要为自己的行为付出点代价和补偿的。"

"姜还是老的辣嘛!"夏天不吝赞美。

来到夏天的基地,夏天先声诱加食诱之,夏峻负责抓捕,父子俩齐心协力,才把这个区域的老老少少七只猫全装进笼子。夏天忍痛割爱,留下了一只叫雪球的白猫,给小野叔留下一只叫煤球的黑猫,其余的全送到了救助站。

看着那些流浪猫有了容身之所,看着它们和救助站的其他小猫滚作一团,夏天心里感慨万千,临走的时候,眼里泛起了泪花。夏峻摸他的头:"走吧!有空就带你来看它们。"

从救助站回来,他们带着剩下的两只猫去宠物医院做了检查、洗澡、打预防针,洗完澡的雪球一身洁白的皮毛,果然像一团雪球,小鼻子黑黑湿湿的,伸出粉红的舌头舔夏天的手。父子俩对视一笑。

夏峻想起一件重要的事,正色道:"有一件事你必须答应我。"

夏天早猜出来了爸爸同意让他养猫的交换条件,他懂得江湖规矩,马上主动说:"我答应你,努力学习,争取期末进步五个名次,可以吧?"

"前进五名?这可是你说的?"

"前进五名,不能再多了,人的潜力也是有限的。"

坦白说,夏峻想帮儿子处理流浪猫,同意他养猫,并没有想以此作为条件让夏天拿什么来交换。说高尚点儿,夏峻只是想保护孩子的那份好奇心和爱心,他认为这些是比成绩更重要的东西。他知道,有时在大人眼里无关紧要的事,在孩子们眼里,可能是天大的事。小时候,他也喜欢猫,想养一只猫,缠着妈妈说了很久,她都没有答应。她有很多理由:忙,没时间管,猫毛过敏影响她吊嗓子,她爱干净,屋子里没人铲屎……诸如此类的理由,她会温柔而坚决地说出来,他只好作罢。因为这样一件小事,小夏峻的心里也生出了"养母到底不亲"这样的怨怼。现在他早想通自己当初那点哀怨的小心思多么可笑,但推己及人,他不想孩子们的童年有任何一点阴影,一点遗憾。

但夏天主动承诺要前进五名，这真是意外之喜。夏峻不忘表扬："不错，有志向，五名就五名，先立一个小目标。"

说话间，雪球已经跑得没影，不知道钻到了哪个角落。

"那我回房间去奋发图强咯！"

夏天正要上楼，被夏峻叫住了："等等，你肯努力学习，这当然好，不过，这并不是我帮你解决流浪猫的交换条件。"

"那，是什么？"夏天有点担心，难道还有比提高学习成绩更难办到的事？

"铲屎。"

夏天大松口气，转忧为喜，做了一个"OK"的手势。

雪球在客厅玩了一会儿，吃了小鱼干，被捉住，放入楼上的笼子里。雪球虽然通身是温柔的白，可到底是野猫，半生放荡不羁爱自由，不肯在笼子里做囚徒。它整晚抓挠冲撞猫笼，后来累了，就"喵呜喵呜"地鬼叫，夏峻被聒噪得睡不着，只好把它从笼子里放出来。雪球摆脱束缚，撒腿就跑，上蹿下跳，并且很快在某个墙角拉了屁屁。猫仍保留了动物自保的天性，为避免被天敌跟踪，会找隐蔽的地方，拉完还要埋起来。住上了高楼的雪球依然如故，它把屁屁拉在墙角，如果不是恶臭无比，夏峻都难以发现。

他推开夏天的房门，发现他已经睡着了，无奈，夏峻只好勉为其难，亲自动手，捏着鼻子，拿着报纸，铲屎官走马上任。

猫屎怎么这么臭，已经见惯了屎尿屁这种大场面的夏峻强忍着胃液翻涌，干呕着，把裹着屁屁的报纸装进一个垃圾袋，再死死地绑起来。就在这时，佳佳回来了，听到开门响动，雪球警觉地一跃，"咻"的一下，一道白影从眼前飞过，不知藏到哪里去了。

佳佳眼一花："什么东西？"

虽然得到了妻子的同意，但夏峻心里还是有点打鼓，小声解释道："猫，儿子收留的流浪猫，我和你讲过的。不过你放心，已经在宠物医院检查过身体，打过防疫针，雪球很健康，一点毛病也没有。"

夏峻解释了一堆，佳佳倒是不甚在意，只是玩味道："雪球？它叫雪球？"

见佳佳没有反感和抗拒，夏峻暗暗松了一口气，呼唤雪球出来。雪球和夏峻已经混熟了，听到声音，从沙发底下钻出来，跃到夏峻怀里。

"你看，很可爱吧！"他说。

雪白的皮毛，无辜的眼神，我见犹怜，佳佳忍不住伸手抚摸雪球，夏峻也抚摸雪球，两只手碰到一起。佳佳触电似的，收回了手，白了他一眼，又回书房去了。

* 4 *

搞笑的是，放在小野少儿美术的那只猫，被称为煤球，因为它实在是太黑了。钟秋野看到猫第一眼，皱眉扶额，大呼上当："大哥，我说给我搞一只招财猫，你给我搞一只巫婆的黑猫，你，你……"

夏峻双手举猫，摆了个造型，为黑猫代言："不迷信，只迷人。黑猫多好啊！黑猫警长，我们童年的美好回忆。"

既来之则安之，钟秋野勉为其难接受了。

无论黑猫白猫，都自带软萌傲娇属性，黑猫果然如夏峻所言，在美术中心颇受孩子们欢迎。唯独马佐对黑猫敬而远之："走开走开，拿走，不要让那只猫靠近我。"

马佐也迷信，对夏峻、钟秋野、前台小妹，四处宣扬迷信："我妈说过，黑猫是不祥之物，邪气比较重的地方就会有黑猫出现。这猫哪里来的？赶紧扔掉，扔掉。"

"闭嘴。"夏峻严厉打断了马佐这种说法，纠正道，"胡说八道。黑猫自古以来被认为是镇宅、辟邪、招财之物，寓意吉祥。只有在中世纪的欧洲，黑猫才被定义为女巫的宠物。不懂就别瞎说。"

钟秋野也来教训马佐："哥们儿，别这么丧了，你最近过得应该很滋润嘛！听说弟妹时不时飞回国，金风玉露一相逢，便胜却人间无数，哪像我这单身狗！你看你这黑眼圈，我懂了，哈哈哈哈！"

被调侃的马佐只羞涩了两秒，又换上愁眉苦脸，嘟囔道："世间没人明白我，我就孤独着。"

没错，最近马佑回来得频繁了，据说是她供职的组织和中国地区有什么合作项目,由她牵头。回国后忙得脚不沾地,一天见不到人影,夫妻俩说不上几句话,他觉得佑佑变了,她不再那么顺从、乖巧听话了,他们俩之间像隔着一堵看不见的墙。做"药渣"?还真有,小夫妻一别数月,干柴烈火,柔情蜜意,他爱抚她,她不再是从前婉转承欢,闷声不响,她会放肆地叫,也会采取主动。她让他觉得陌生,这陌生让他觉得有一丝恐慌。

听到钟秋野的调侃,夏峻的心里颇不是滋味。做"药渣",他倒是也想做"药渣"呢!人到中年,身体机能衰退下降,保温杯是标配,夏峻庆幸自己有个好身体,没想到英雄还在宝刀未老,却没有了用武之地。男人和女人一样,每个月总有那么几天心情烦躁、郁闷、心慌慌,胸口像闷了一团湿棉花,想发脾气,看什么都不顺眼。他觉得分居这个事亟待解决,为了那点欲望也好,深刻反省了自己也罢,反正他必须有点行动。

佳佳晚上回来,饭桌上像没事人一样,和孩子们有说有笑,有时也和夏峻说话,吃完饭后,还和孩子一起给雪球喂食,摸它的皮毛,她看上去也很喜欢雪球。

夏峻就拿雪球和她套近乎,说:"它很可爱吧?"

"嗯!可爱,漂亮。"

"我从小就想养一只猫,你知道我为什么想养猫?"

"为什么?"佳佳一脸单纯,不知有诈。

夏峻诡秘地笑笑:"养一只猫,可以带它去遛弯,就会有女生过来摸它,我也摸它,就可以趁机摸女生的手。"

他的手,已恬不知耻地抓住了她放在猫背上摩挲的那只手,她一窘,甩掉了他的手,小声蹦出两个字:"无聊!"

路过的夏天看到这暗戳戳的一幕,大加赞扬:"哇!老夏你太会撩妹了。"

被撩的妹不吃这一套,白夏峻一眼,他仍不放弃,死乞白赖地追问:"我看你也挺喜欢猫的,为什么几年前,夏天想养一只猫,我也同意,你就是反对呢?为什么?"

佳佳想起了,有这么一回事,那时9楼张奶奶家的猫生了一窝小猫,答应送给夏天一只。夏峻给儿子当说客,可是好说歹说,佳佳就是不同意,她为什么不同意呢?现在想想,好像只是为了和他唱反调,他的天地那么大,而她只剩下家里这一亩三分地,他还时不时来指手画脚一番。那时她有时会剑拔弩张地和他吵架,有时又沉默得像个哑巴。女人的心胸宽广得像海,心眼有时却小得像针眼,他让她不开心,她睚眦必报。她在她的领地上,总有这个说"不"的特权吧!不许养猫。

现在她已经能坦然地说出来了:"为什么?可能只是为了和你唱反调吧!"

他在生活里让她为难,她也就让他为难,这很公平。

这个理由让夏峻很意外,他竟无言以对,尴尬地笑了:"呵呵!哈哈!这样啊!"

佳佳逗完猫,去给玥玥洗澡,然后抱到主卧讲故事,哄睡。夏峻在外面打扫卫生,辅导夏天作业,他下楼洗漱的时候,朝卧室里偷瞄了一眼,看到佳佳侧卧在床上打盹儿,玥玥在她身边已睡着。

他走过去,佳佳醒了,迷迷糊糊地揉揉眼睛,又起身打算回书房去睡。夏峻有点气急败坏,拉住了她,低声问:"你什么意思啊?你这样有意思吗?"

"怎么了?什么什么意思?"

"以前约定的,吵架不分居,你都忘了?"

佳佳反呛一句:"没吵架啊!"

她轻轻地挣脱他的手,径直走进书房。夏峻跟了进来,这一次,低声下气:"好了别闹了,我已经知道错了,我狭隘,我小人之心,我焦虑,我小心眼,我直男癌,老婆,我错了,我真的知道错了。"

这已经是夏峻第二次正式道歉了,好些天过去了,她的气也已慢慢化解了,但心里始终有根刺。这根刺,让她对彼此都有了一个新的认识,你我皆凡人,她曾视为天地的丈夫不过是只纸老虎,而她过去没有根基和底气的挣扎与嘶喊不过是徒劳。他们在这种秩序重建中痛苦磨合,似乎勘破了生活真相的一点边角,在她一路挣扎和摆脱那种痛苦的过程中,她才得到了他的一点尊重,一个真诚的道歉。

分居就像离家出走一样,走时容易,回来却很难。她还不想回卧室去睡,自尊心不允许她现在就回去,但是,她也需要给夏峻一个台阶。

她像抚慰一个承认错误的孩子,语气是温柔的,态度是软和的:"我最近睡眠质量很差,你晚上总打呼噜你知道吗?晚上睡不好,我早上还要早起。"

她成功地转移了话题,夏峻很意外:"我打呼噜,怎么可能?"

"不信你晚上睡觉开手机录一段,那声音,楼顶都在嗡嗡作响。"

"可是……"

他还要继续劝她,可佳佳已经温柔地下起了逐客令,起身推他出门:"早点睡吧!我还有点工作要做。去吧!给孩子盖好被子。"

虽然没把佳佳劝回来,但她的态度已软和了许多,这让夏峻心里安慰了许多。晚上睡觉,他真的打开了手机录音功能,早上打开一听,自己先绷不住笑了,或长吁短叹,或抑扬顿挫,小女儿每晚伴着这样的背景音入眠,也能一夜安睡,真是个奇迹。

佳佳已起床拿了公文包打算上班去,他打开手机音频,播放给她听。佳佳一愣,恍然大悟,两个人都笑。佳佳认真地说:"得空去医院看看吧!呼吸暂停综合征,要治。"

她还是关心他。

他忽然觉得心里那团燥火没有了。总有人比喻男人像一只风筝,而女人是抓住风筝线的那个人。他现在才觉得自己像风筝,不是高高在上,而是没有方向,迷迷糊糊时,那根弦就会紧一紧,收一收,是一种安全感,男人同样需要安全感。

周六,铲屎官夏天正式上任了。他干得还不错,不怕脏不怕累,训练雪球去猫砂里排泄。雪球大约以前就是被主人遗弃的宠物猫,适应能力很强,很快从暴躁小囚徒变身优雅小公主。夏天逗完猫咪,就上楼去写作业,插了旗,誓要报答爸爸让他养猫之恩。

下午,连接几个快递电话,大概是夏峻给雪球买的妙鲜包和猫玩具都到了,趁着玥玥午睡,他出去透个风,拿快递。一共有三个包裹,从快递柜里取出,拿着颇有些吃力,一回头,忽发现身侧一个女人经过,正淡淡地对他笑,是佳佳下班了。她主动接过一个包裹,掂了掂:"什么东西啊?还有点沉。"

从快递单上看,是食品店,具体是什么东西,他也忘了:"不知道啊!

最近买了好几样东西，忘了。"

"不错啊！现在成网购达人了。"不知这话是夸还是贬。

"你别说，不当家不知柴米油盐贵。我发现，这网上的东西，还真是便宜，还省了去超市路上奔波之苦，省了油费，省了时间，何乐而不为？"

佳佳意味深长地看了看他，善意提醒："网购好是好，不过，也要注意，买多了会有并发症——网购综合征。"

夏峻笑起来："过来人的忠告，哈哈！你的病痊愈了吧？"

夫妻俩一路说笑回到家，没想到夏天也有网购综合征，问是不是猫窝和玩具到了，自告奋勇要拆快递，三个包裹：一个猫窝，一大包猫粮，还有那个佳佳抱着有点沉的东西。有网购综合征的人对开包裹充满期待，有无限好奇，夏天一边用剪刀剪，一边说："是什么东西啊？"

打开一看，他愣了："这是，这是什么？是不是寄错了？"

夏峻过来一看，有点害羞起来："没寄错，是我买的。"

这是一箱五十支装的冰激凌蛋筒脆皮，二十五只白，二十五只黑，一半是白巧克力味，一半是黑巧克力味，没错，就是冰激凌甜筒的圆锥形甜筒，只有甜筒，没有冰激凌。

佳佳也探头过来看，好奇："你的美食号上要做甜品，冰激凌？怎么买这么多蛋筒？""嘿嘿！嘿嘿！"夏峻笑得有点莫测，又带一丝做好事被撞破的羞报，一丝做坏事的猥琐："嘿嘿！其实是给你买的。""给我买的？"佳佳一头雾水。"上次你跟儿子抢冰激凌吃，不是说外面那一层蛋筒脆皮好吃嘛！我一搜，网上也有卖，就买了一些。这家好评率很高，你尝尝，要是好吃我再买。""五十只，甜筒脆皮壳壳？"

夏天已拿出一只黑色脆皮，"咔嚓"咬着，揶揄老夏："哈哈哈哈哈哈哈，来自直男的爱，如此简单粗暴，哈哈哈哈哈！"

夏天笑得非常顽劣，让陈佳佳羞耻又无语，她目光复杂地看看夏峻，再看看箱子，也"扑哧"笑了，她拿起一只白色的，在他眼前晃了晃："谢谢了啊！我尝尝。"

这五十支蛋筒的爱意，让佳佳想起刚谈恋爱那会儿，有一次特别馋一家餐厅的红酒雪梨，雪梨去皮，与红酒和冰糖同煮，出锅浸泡冰镇之，是一道清新爽口的甜品。他带她去了就近的那家店，被告知那道甜品下架不再销售。这家餐厅在这座城市有七家分店，他带着她辗转穿梭在这座城市，问遍了这七家店，最后在西郊的那家店里，吃到了她心心念念的红酒雪梨。原来他们也有那样甜蜜的时刻，为何现在要在彼此怨恨和为难中度过呢？也不知是因为这份简单粗暴的礼物，还是因为夏峻的道歉足够诚恳，她在心里和那个别扭的自己和解了。

晚上睡觉前，玥玥像是和爸爸串通好似的，一直缠着妈妈讲故事，从《花婆婆》讲到《老鼠嫁女》，玥玥终于睡着了。佳佳也扛不住，进入一个浅浅的梦境里。夏峻见状，把孩子悄悄抱回婴儿床，再拿了一条毛巾毯，轻轻地给佳佳盖在腰上，虽然动作很轻，她还是醒了。

她抬眼看看他，没有说话。她想找一个舒适的姿势躺好，便起身，他马上拿了一个枕头垫在她颈下。余光一瞥，她发现，枕着的这只枕头，正是她拿到书房的那只，他已经拿回来了。

她笑了，舒舒服服地枕在枕头上，两个人都侧着脸，对视着：

"睡前十分钟。"

"吵架不过夜。"

"沙发不是床。"

"家务齐动手。"

……

难以想象，中年夫妻的夫妻生活、调情前戏，是互相背起了约法十章，这不断强化、加深记忆的语言，比山盟海誓更重，比什么情话都撩人。

第十三章

可怕的暑假

* 1 *

有猫的人生果然不一样了,夏天大概是被那只猫激励着,或是对爸爸受伤的手心存内疚,或是有如神助,期末考试,竟然从最后一名前进了十名,没错,他以前经常是倒数第一,现在却是班级倒数第十。倒数第十这样的好成绩,对于夏天一家人来说,是天大的喜事:妈妈得知喜讯,下班第一时间把他看中的那套乐高买了回来;爸爸得知喜讯,看着自己已痊愈的右手,几乎要老泪纵横了,激动地对右手说:"军功章里,有你的一半,也有我的一半。"

要开期末家长会,老师提前通知了,让夏天的家长准备发言稿。夏峻很激动,比他第一次给下属做培训还激动,一晚上在电脑前敲打,打印出来,洋洋洒洒三大张 A4 纸。夏天要求他先念一念,夏峻却先害羞起来,捂着不给看。

开家长会那天,夏峻特意把玥玥送到早教中心托管半天,然后盛装出席家长会,以示重视。所谓盛装,就是夏峻以前上班时常穿的夏季西装,夏天看了直皱眉:"有点像中介。"

"什么?你爸爸这气质,像中介?"

"最多也是中介经理吧!"

无奈，夏峻脱去了西装，反正也怪热的，然后问："这样呢？"

正装衬衫看上去不那么突兀，清爽正常了许多，夏天点头通过。

来到学校，一进门就遇到谢嘉艺，她身边跟着一位年轻男子，并不是夏峻在菜市场见过的那位卖猪肉的大哥。

夏天热情地和谢嘉艺打招呼，并兴奋地告诉她，自己进步了，是倒数第十。谢嘉艺扯扯嘴角，别扭地笑了笑，看了看身边的"家长"，紧走了两步，小声说："我先去教室了啊！"

进教室的时候，谢嘉艺的家长正在签到表上签字，面对老师狐疑的眼神，自我介绍道："老师您好，我是嘉艺的舅舅，她爸爸妈妈工作忙，我今天来给她开家长会。"

老师皱皱眉，看着谢嘉艺，叹了叹气。

夏天凑上去，悄悄问谢嘉艺："这个舅舅，又是花多少钱请的？"

谢同学红着脸，低声斥他："别管闲事。"

家长会开始了，夏天激动地在底下搓手手，悄悄问老夏："你是第几个发言？"

夏峻瞥他一眼："淡定。"

按照惯例，依然是老师慷慨陈词，各种概括总结，说到激动处，点名表扬了两个优等生，并将他们的成绩大事宣扬，然后隐晦地说："而某些同学，取得一些成绩，骄傲自满，对自己放任自流，降低要求，上课走神，作业敷衍，从第一、第二名，退步到十名之后，我就不点名了，希望能好好反省一下。"

虽没有点名，但夏峻看到，邻座的谢嘉艺同学羞赧地低着头，忐忑不安。

"某些同学"这种代号，如同打马赛克，给当事人留点脸面，可是这种打马赛克不如不打，不点名，其实欲盖弥彰，呼之欲出。班里同学都听出来了，底下窃窃私语，都把目光投向谢嘉艺这边。

老师发言完，接下来是模范家长教子经验谈、优秀学生学习经验谈，这一次，没有谢嘉艺，也没有她的家长。等模范家长和优秀学生发言完，终于轮到进步学生家长教子经验分享了，夏峻沉一口气，清清嗓子，站起来。夏天做一个手势，悄悄对老夏喊："加油！"

夏峻的开场白是这样的:"每年寒假和暑假前的这一天,可能对大多数孩子来说,是一个比较恐怖的日子,是国际打小孩子日,是孩子的受难日。以前我们家女子单打的时候,我更难,我是左右为难,不知道是该给我老婆帮忙,还是给孩子帮忙。家长会也是大多数家长的蒙羞日、丢脸日,很多人都是低着头来开会的,我老婆在家里地位是相当高的,说一不二的,但每次来开家长会,都是低着头的。为了替我老婆分担,所以今天我低着头来了……"

这个开场白深得人心,底下很多低着头的家长抬起了头,自嘲地笑了。

夏峻继续说:"为什么会这样呢?因为家长会,就意味着是成绩排名会、分数等级会、告状总结会。老师会统计数据,90分以上多少个,80分以上多少个,70分以上多少个,平均分是多少。无形之中,学生有了分类,有了等级,渐渐地,同学之间也会有鄙视链,家长们也会在心里给孩子划等级,成绩中等的孩子的家长会警告自己的孩子,你要和优等生玩,离那些差生远点。差生是传染病吗?显然不是,是大人们的偏见。成绩固然重要,但是,我始终认为,被生活养育出的真实的心跳,生机勃勃的笑脸,下雨天踩泥坑溅在裤腿上的泥点子,从心底自然涌出的善意,始终没有失去的好奇心,这些更重要。"

说到这里,台下有人犹犹豫豫、稀稀拉拉地鼓掌,有人点头称是,有人窃窃议论。台上老师的脸色有点难看,可夏峻不管不顾,继续慷慨激昂:"我希望,成绩好的学生和家长,不要看不起成绩差的同学,平时谦虚低调点;分数低的同学,也抬起头来,不要自卑,成绩单不是指责人的筹码。也希望老师和各位家长尊重每一位孩子,给他们一个平等、尊重、愉快、友善、健康的成长环境!"

话说完了,有家长带头鼓起掌来,一时间,教室里掌声雷动,议论嘈杂。就在热闹的掌声和议论声中,夏天不经意一转头,发现谢嘉艺哭了,她那位"舅舅"还不明所以,问:"你哭什么啊?你这成绩挺不错的嘛!"

夏天知道谢嘉艺为什么哭,可是众目睽睽,他不知如何是好,只好悄悄说:"喂!等会儿我请你吃冰激凌。"

人声嘈杂,女孩并没有听到他的话,只见她低着头,忽然起身,从后门跑了出去。

讲台上的李老师还没反应过来，夏天心觉不妙，忙追了出去。

不过数秒的工夫，谢嘉艺已不见了人影。他们教室在三楼，夏天站在三楼楼梯口迟疑着，不知该上还是下。

李老师和几个家长也跟出来了，大家都一头雾水，"舅舅"也一脸茫然地问旁人："这孩子怎么了？"

旁边的家长反问："你不是她家长吗？"

……

说话间，听到楼下传来保安焦急的喊声："快来人啊！有人跳楼了，快救人啊！"

夏天心里"咯噔"一下，脑子轰的一下炸开了，疯一样朝楼下跑去。

教学楼是那种老式的筒子楼格局，中间一条长长的通道，通道的尽头有一道门，门外是一个露天小阳台。平时，那道门是锁着的，因为阳台的栏杆年久失修，有两道松动了，校方叫了工人来修，还没修好。因为开家长会而搁置，工人忘了锁那道门，谢嘉艺像是被一只无形的手推着，跑向了那个阳台。

等夏天跑到楼下，那里已被围得里三层外三层，人群嘈杂，有人打110，有人打120。同学家长里有一个是医生，冲进去检查急救后，声称孩子并无生命危险，然后沉着冷静地吩咐几个男家长和学校的人，照他的方法，找担架、抬人、开车，不等120了，尽快送孩子去医院。

有人从体育室找来了担架，人群散开，谢嘉艺被抬了出来，只见她的双目紧闭，如睡着了一般，裸露的胳膊上有一些树枝擦伤的痕迹。

一位男教师开了学校的一辆中型面包车来，夏天拉爸爸的手，不由分说地上了车。"舅舅"见势不妙，躲开人群，打算溜走，李老师喊他："谢嘉艺舅舅，哎！你别走啊！"

那人紧走几步，一溜烟儿逃走了。

夏天小声说："别喊了，那不是她舅舅，是雇来的。赶紧开车吧！"

老师这才意识到事情并不是那么简单，意识到自己的失察，叫司机快点开车。

谢嘉艺被送到附近的一家医院。老师焦灼地在走廊走来走去，不断地拨打电话。

急救室外有一排座椅，夏天坐下来，又站起来，问爸爸："她会死吗？"

"不会。"刚才那位医生家长说了，她没有生命危险，具体情况要检查诊断后才能判断。

一同来的还有两位热心家长和两位老师，正在身后窃窃私语。那两位老师都认识谢嘉艺，对她成绩退步的事也略知一二，说现在的孩子缺少挫折教育云云。

夏峻也看不懂了，低声问夏天："到底怎么回事？怎么我发完言，就，她就跑出去了。我很慌。"

"和你没关系。我想，大概是她家的事吧！"

医生出来了，问谁是家属，一群人都围上去，却没有一个是家属。

谢嘉艺也是福大命大，那个阳台下面，有一棵高大的垂柳，因为这棵树的承接和缓冲，她并无大碍，当时只是昏迷，检查后，发现身体各器官都正常，只有一些树枝擦伤和软组织挫伤。

听说谢嘉艺已经醒了，夏天想进去看，就在这时，一个身材高大的中年男子从电梯出来，慌慌张张地四下张望着："哪位是李老师？谢嘉艺怎样了？"

李老师是从三年级开始接这个班的，这是她第一次见到谢嘉艺同学的父亲，真正的父亲。她后来才知道，每次在家长会上见到的谢爸爸、谢妈妈、大姨、舅舅，全都是假的。

真正的谢父是这座城市有名的企业家，他很忙，有开不完的会议、论坛，吃不完的饭局、酒局。他是本省的纳税大户，获得过"十佳企业家"称号，挣钱纳税的同时，他还富有爱心，热衷做慈善，亲自率队，驱车前往贫困山区，给孩子们送去书籍、文具、冬衣，给孤寡老人送去米、面、油和猪肉。如果还有一些闲暇时间，他会和红颜知己在一起。他和妻子分居多年，妻子和女儿住在另一栋房子里。后来，妻子出国留学，就把女儿留给了那栋大房子和保姆。谢嘉艺每年见到爸爸的日子屈指可数，有时是他的生日，有时是中秋节。她像被召见似的，司机来接她去爸爸的房子，她局促地站在那栋陌生的房子的客厅，看到一群人围着的那个中年人，觉得自己不认识他。

这一次，她已经有半年没有见到爸爸了，再见面，没想到是这种场合。

见谢父还在和老师交谈，夏天瞅着机会，推门溜进了急救室。

谢嘉艺已经做完了所有的检查和治疗，躺在一张病床上留待观察。急救室比一般病房大很多，她一个人孤零零地躺在那里，眼睛睁得老大老大。

夏天一进来就骂她："你是不是傻了？竟然跳楼？"

刚才那个沮丧挫败的劲儿随着那空中自由落体，早已烟消云散了，她听到夏天的声音后，转过头，为自己辩解："我才没有，别胡说。""那你怎么躺在这儿了？""我本来只是打算去阳台上哭一哭的，谁知道怎么一踩空，就掉下去了。"

就在这时，谢父进来了，那个面对采访和镜头镇定自若的男人，面对"跳楼"的女儿，也会紧张地搓手。夏天见状，吐吐舌头，悄悄地说："我走了，暑假见。"

夏天和爸爸刚下楼，忽见钟秋野拿着一摞单子从一个诊室出来，唉声叹气。

"病了？"夏峻问。

"咳嗽，小毛病。"说着，钟秋野轻轻地咳了两声，问，"怎么？夏天生病了？"

"没，他同学，我们过来看看。"看着钟秋野最近忙忙碌碌，有点消瘦，夏峻觉得浪子回头、孺子可教，便关切道，"小病也早治，年纪大了，抵抗力差，病痛扛不过去。"

"说的是啊！自己吃了几天药，不见好啊！还是要医生看看。"

"浩浩幼儿园放暑假了吧？孩子呢？"

"李筱音今天休息，她带孩子。"

提起浩浩放暑假，钟秋野就头疼，这熊孩子，现在"拆房子"的功力又升级了，才放假两天，钟秋野就快疯了。孩子上学老师疯，孩子放假家长疯，还好李筱音休假，他才得以脱身。

这对离婚不离家的冤家，难免让人八卦，夏峻问："你俩最近咋样？"

"嘿嘿！嘿嘿！"钟秋野笑得一脸猥琐，大概是因有夏天在侧，话题不好展开。夏峻就懒得理他，告辞回家。

回去的路上，夏天才向老夏交代了所有，据说谢嘉艺的父母在春天的时候终于离婚,但两人都不想要她的抚养权,这令谢嘉艺感到无比受伤,最后男方答应大笔股份和房产等补偿,女方才勉为其难接受女儿。她打算带女儿去国外读书,谢嘉艺不肯,在她眼里,妈妈是一个比保姆还陌生的人。她想到和一个陌生人在一个陌生的国度生活的情形,就觉得窒息。这段时间,她情绪波动很大,各种事情累积到一起,在家长会上被李老师批评,只是一个导火索。

夏峻一阵唏嘘:"虽然,让人心疼和同情,可是,跳楼这种行为,实不可取,不可以拿生命开玩笑。"

"不是跳楼,她才不会那么傻。好像是那个栏杆坏了。"夏天又吐吐舌头。

夏峻没有再问,迟疑了一下,像是在斟酌词句,说:"夏天,我希望,你有什么心事,不开心的事,自己没办法解决的事,都可以告诉我。我不是上赶着要和你做朋友啊,我是你爹,有啥事你就应该告诉我,对不对?"

夏天的眼珠子滴溜转了转,想了想:"什么事,你都能解决吗?"

"想办法解决啊!解决不了了,就再想想办法啊!"

"那我现在就有个问题。"

夏峻惊觉自己掉进了自己挖的坑,可是说出的话覆水难收,只能硬着头皮:"说。"

"暑假到了,能不能不给我报奥数班、奥语班?我想报游泳和机器人编程。"

"这个,嗯,也行吧!""到底行不行?""我是没问题啊!不过,咱们家是个民主家庭,是不是应该征求一下你妈妈的意见?"夏峻拉了一张大旗。"切!"夏天不屑地撇撇嘴。什么民主家庭,一个人没有话语权,做不了主,就拿"民主"做幌子。

后来警方介入,调取了监控录像,发现谢嘉艺确实不是自杀,而是栏杆松动而导致的失足。

晚上,夏峻把这件事告诉了佳佳,这件事对两人冲击都很大。佳佳对谢嘉艺有印象,那是一个漂亮又聪明的孩子,阳光自信,学霸人设,人见人爱,可是心里却有这么一块阳光照不到的阴影,这让他们不得不重新审视对夏天的教育。他们简单粗暴、敷衍、自以为是,认为"我们也是为你好"，打压他的爱好，有时还会来一段女子单打、男子单打，这些问题他们都有过。他们总觉得夏天没心没肺、皮实，最近才发现，这孩子也有敏感细腻的一面，他也会觉得受伤，他也会去别处寻求慰藉、抱团取暖。若行走在情绪的边缘，稍不留神就会跌进深渊，像谢同学一样。

夫妻俩一阵唏嘘，达成一致：孩子的教育无小事，以后一定要对孩子更加关注。夏峻趁机提出孩子的要求："他说喜欢游泳和机器人编程课，暑假想报这两个。"

"行啊！兴趣是最好的老师，尊重孩子的想法。"佳佳一口答应，夏峻知道，自己今日在孩子面前夸下的海口兑现了，面子也就保住了。

"哦对了，今天在医院遇到钟秋野了。"

"你们不是经常见吗？什么？在医院遇见他？他怎么了？陪女孩打胎？"佳佳忽然警觉。

夏峻被佳佳的反应逗笑了："想哪儿去了？他就是感冒咳嗽。我是说，我今天随口问了句，最近和李筱音怎么样？你猜怎么着？他像个纯情少男一样，傻笑起来。我看这两人，不定哪天就复婚了，你有空也撮合撮合。"

"撮合？这种伤天害理的事你让我干？还去祸害人李筱音？让他好好反省去吧！"佳佳虽然嘴上这么说，但心里由衷地欣慰，夫妻离婚，最无辜的是孩子，若是小野能浪子回头、改过自新，再把李筱音追回来，那就再好不过了。

第二日，佳佳去上班，夏峻把夫妻会议的结果告诉夏天，两人全票通过，同意他上游泳课和机器人编程课。夏天乐得冒泡，还不忘调侃老夏："爸，你知道什么风威力最大？"

夏峻一时没反应过来，以为孩子请教学习上的问题，还认真地思考了一下，说："台风吗？利马奇就很厉害。"

"错，我老夏的枕边风威力最大，哈哈哈哈！"说着，夏天一溜烟逃上楼。

∗ 2 ∗

暑假生活正式开启。

夏天特别仗义,去医院看谢嘉艺。谢同学福大命大,早已满血复活。夏天去的时候,她正在吃苹果,戴着耳机听英语。她的妈妈也在,是一个身材高挑、气质出众的中年女子,看到有小朋友来,妈妈就借故出去了。

夏天开门见山:"我爸爸说,也许你需要心理干预,他说他认识一个心理医生。"

"不用,我不抑郁啊!也没啥心理问题,好得很。"

一般说自己"好得很"的人,其实没那么好,但谢嘉艺看上去确实又是阳光少女一枚了。她悄悄告诉夏天:"我不用去美国了。"

"我们可以一起参加新加坡游学,一起学游泳?"夏天喜出望外。

说来令人悲哀,因为这次被误解的"跳楼"事件,因祸得福,谢嘉艺的父母也深深地意识到长久以来对孩子的忽略,又重新聚在了孩子身边。妈妈决定回国发展,陪在女儿身边,爸爸也保证以后每个星期来看她,陪她吃晚饭,每个学期的家长会,他一定参加。保证完了,爸爸语重心长:"无论如何,你可千万不要再冲动干傻事啊!"

谢嘉艺也不说破,就只是偷偷笑。

他们这所学校是百年老校,极重声誉,可是关于校方安全隐患和只重成绩不重视学生心理健康两种声音甚嚣尘上,校方想息事宁人,将影响降到最小。谢嘉艺的家长倒也通情达理,认为主要责任在己方,并没有追究校方责任。恰逢暑假,这件事的热度很快退去,被新的新闻热点代替。校方也对教学和管理进行了反省和自检,谢嘉艺的父母也重新担负起为人父母的责任,许多家长也以此为戒,暗暗告诫自己多关注孩子的心理健康,不知一切算不算皆大欢喜。

暑假生活正式开启。几人欢喜几人忧。

夏天这个暑假就比较惨了,他的新加坡游学安排在七月下旬,而其他时间,全部被兴趣班填满。姜还是老的辣,妈妈虽然同意了他报游泳班和机器人编程班,但是附带条件是也要上奥数班和作文班,再加上本来就有的跆拳道和英语,他每天的时间被排得满满的。为了他喜欢的课,他只好答应了这不平等条约,每天早上七点半起床,八点就要赶到奥数班,一天都在赶场子,晚上回到家时已经七点了,回家了还会被老夏勒令去铲屎,生活苦不堪言啊!

夏峻的日子也不好过。平时夏天去上学,老婆去上班,家里就剩下他和玥玥,时间统筹兼顾好,他还能喘息一会儿;而现在夏天每天自己出去上课,但中午会回家吃饭和午休,早餐尚可在外面解决,午餐既在家里吃,他就不得不认真对待。玥玥还小,饮食毕竟和其他人有别,夏峻就常常需要分别做两种饭,大暑天在厨房里烟熏火燎,他就暗自懊悔,当初装修时,怎么没在厨房里装空调?

中午午睡也让人头疼,夏天吃完饭就要午睡,因为两点还有他喜欢的编程课,可是玥玥那时还精力充沛,刚刚吃饱,力大无穷,走路已经很稳当的她喜欢探索新鲜事物和领地,"拆家"功力也不弱。夏峻为了保证儿子那半个多小时的睡眠,要和女儿斗智斗勇,使尽浑身解数陪她玩。

别以为两个年龄相差比较大的孩子不会吵架打架,他们也会有矛盾和争执,这时夏峻就要充当裁判、法官,从中调停、判案、安抚,不偏不倚,不能伤害任何一方的情绪。既然都说了孩子的成长无小事,他就要从自己做起。才坚持三四天,他就觉得,自己快要疯了。

陈佳佳的烦恼在于暑假开销太大,仅仅夏天的各种兴趣班加游学的费用,就已经花费近四万,再加上房贷、生活费,像一座座山似的,压得人喘不过气来。她有点后悔怂恿夏峻留在家里带孩子了,如果两人一起分担经济压力,一定会好很多。现在,处在这个主外的位置,她理解了从前的夏峻,他回家后的沉默、他的坏脾气、他的挑剔、他的不温柔。正是理解了这些,她才要求,自己现在要做得比他更好,这一次的角色互换才更有意义。

钟秋野的日子就更艰难了。他的小野少儿美术正式开始招生营业了,共招生十二名,分为三个班,一个低龄涂鸦班,一个中段创意班,还有一个剪纸班。对于一个新开的培训机构来说,十二人已经是很好的开端,他每天信心满满,相信假以时日,他的培训机构可以做大做强,成为百人校区、五百人校区、千人校区。让他崩溃的是,在他走向成功的路上,多了一个拖后腿的人——浩浩。浩浩放暑假了,小野老师要二十四小时陪着儿子了。

浩浩放假第一天就问爸爸："我放暑假了，可以天天陪着爸爸了，你开心吗？"

爸爸笑得很心虚："只要你不'拆家'，爸爸就开心。"

浩浩可比蜡笔小新战斗力强多了。他会在吃完早餐换好衣服和爸爸一起出门上班前，忽然反悔，不想去了，抱住爸爸的腿，是真的拖后腿，哭闹着要求爸爸留在家里陪他玩积木。把他好容易哄好塞车里，他不知什么时候，竟然学会解开儿童座椅的安全带，刹车时忽然从座位中前倾，头撞上前座，钟秋野吓出一身冷汗。

李筱音善解人意，声称如果他太忙顾不过来，那就请一个保姆照顾孩子，被钟秋野婉言谢绝了。他带孩子，李筱音每个月会固定支付他工资，还会支付家用。他现在是创业之初，还入不敷出，还要靠李筱音给的工资和生活费贴补呢！人穷不光会志短，其实人穷也会志长——他要做一个事业和育儿兼顾的男人，这志向多伟大啊！

佑佑的新工作在相邻的C城。她在美国时认识的一位长期做社会工作的同伴，提议回国做社区养老服务项目，她考虑可以离家近一些，就一起回来了。

项目试点距离家一百公里，她每周可以回来一次。她们做社区夕阳红食堂，有政府的牵头和介入，但前期的一些工作，市场调研、运营模式、经费预算、选址布局、人员配置、餐饮配送、安全生产，事无巨细，都由她们团队的几个人来做。社区夕阳红食堂是公益项目，有政府的财政支持，亦有慈善家出资，但她们仍会面对经费超支、成本增加的难题，有时，佑佑不得不下场游说一些热心公益的企业家捐款，比如她的父亲，老头子也乐得支持女儿的公益事业。

搜刮完老爹，她也拿自己的钱包下手，有一天回家来，问马佐："上一次给你那张卡，钱还在吗？是买股票了还是基金了？能拿出来不？我有用。"

"我买商铺和房子了。"马佐相信自己的投资眼光。

马佑愁眉不展："那可怎么办呢？这个月又超支了，菜的种类和品质下降，大家会有意见，入口的东西，成本不能压缩。"

马佐不以为然："谁有意见？低于市场价那么多，差不多便宜了一半，这样赔本的买卖，谁会有意见？不知道你们为什么要干这种出力不讨好的事。"

"话不能这么说，既然要做，我们就要做到最好，这怎么能是出力不讨好呢？这个食堂很受欢迎啊！不仅解决了老人们单人做饭花样少、口味单调的问题，也满足了老人们的精神需求。"

"精神需求？呵呵！"马佐现在对妻子感情复杂，又期待她回到身边，又对她不安于室充满怨言，因此动不动就"呵呵"。

面对"呵呵"，是可忍孰不可忍啊！

佑佑不解："你呵呵什么啊？老人们走出家门，和老伙伴们一起就餐，聊聊天，多开心啊！这就是精神需求啊！我爸都说，他也想住处附近开一家这样的食堂，他每天都去吃。"

"呵呵！你们开心就好。"马佐就不明白了，保姆每天做好营养均衡的一日三餐不好吃吗？想去吃大锅饭？

"哦对了，你买的哪里的商铺啊？几间？"

佑佑惦记起他买的商铺来，马佐心里"咯噔"一下，迟疑道："春晓居的商铺，买了两间，怎么了？"

"能不能先卖一间？我们周转一下，最近我们真是有点困难。做点事真是不容易呢！"

佑佑真诚地看着他，是商量的口气，眨巴着眼睛，像学生时代那样，冲他卖萌，甚至带了点讨好的意思。

马佐怒了："你疯了吗？有钱烧得慌？你做那个不挣钱不说，还出力出钱，图什么啊？商铺刚买的，就卖，有很高的税你懂吗？"

豌豆公主还真的不懂这些，她有点委屈，撇撇嘴，泄了气："那算了，我再想想别的办法。"

还要再想想别的办法？马佐快要被自己这个蠢婆娘气死了，转身倒头就睡，不想再多说什么。

隔一周，佑佑再回家来，开心地对马佐说："经费问题解决了，政府增加了补贴，我们又去几家企业化缘，都解决了。"

她眉飞色舞，比小孩子考了一百分还开心，马佐不忍拂了她的意，淡淡地说："那就好！"

晚饭过后，佑佑回了房间，潼潼闹着要出门，马佐打算出去遛娃，站在门口喊佑佑："一起去吧！""好啊！等一下。"

说等一下，他等了两下三下好几下，她还没出来，他就进屋来催："快点啊！磨蹭什么呢？"

屋子里气氛有点诡异，佑佑正坐在床边，表情凝重地翻看着一沓文件。

马佐有点慌，上前一看，心里陡然提起一口气，却装作若无其事的样子，伸手去拿那一沓文件，轻描淡写地说："走吧！孩子都急了。"

她的手轻轻一闪，躲开了，问："这是那两间商铺的购房合同？""是啊！你翻这个干什么？"

她本来只是要找自己的学历证和义工证书，上级部门有个审核，上次回来，自己随手一放，忘了放哪里了，在卧室翻找了一遍，竟发现了这几份购房合同，合同没什么问题，只是落款分别是公公和婆婆的名字。

佑佑有时好像不谙世事，但并不是傻，她知道这意味着什么。她不介意爱她的这个男人，爱她的年轻、美丽、家世、金钱，这些都是她的组成部分，她个人的魅力筹码之一，但她讨厌被算计。这些钱是她从小到大的压岁钱、零花钱，还有自己上学时和同学在外办补习班赚的钱，五百多万，相对于父亲的资产来说，只是九牛一毛。这些钱，即使是给他去创业、去投资、去打水漂，都败得起，可他却暗戳戳地盯着这点苍蝇肉，买商铺投资，还别有用心地写上他父母的名字。她在意的不是钱，而是在这件事上，她看到了他的二心。她觉得可悲又可笑。

她看了看，轻轻地笑了笑，又合上，放回了原处，像没事人一样，站起身："走吧！"

马佐蒙了，额头冒了一层汗，跟在她身后，气息不足地叫："佑佑，你听我说啊！"

潼潼已经等不及了，佑佑走过去，推起童车："走吧！我们出去玩滑滑梯咯！"

黄昏的小区暑气退去，楼下有很多孩子在追跑打闹，年轻的妈妈们推着婴儿车，三五成群，小区里有一个人工湖，送来习习凉风，马佐跟在佑佑身边，心头燥热，惴惴不安。

"佑佑，你别误会啊！"他觉得需要解释一下。

佑佑转头，依然笑容恬淡："误会什么？"

"那个，合同，写我爸妈的名字，就是意思一下，表达一下我的孝心，让他们心里踏实。""哦！"

这个"哦"，让马佐实在接收不到她传递的任何信息、任何情绪，这才更让人觉得可怕。"他们一辈子也不容易，为了供我上学，省吃俭用，也没什么积蓄和产业。我写他们名字，就是，就是……""不用解释，我明白。老公，我的就是你的。"

马佐大松一口气，像吃了一颗定心丸，附和道："是啊！我们是夫妻嘛！我的也是你的。"

佑佑一直微笑的脸忽然沉下来，正色道："我的可以是你的，也可以不是；你的是我的，可是你有什么？连一颗真心也没有。我们应该孝敬你父母，送房子，送铺子，都没有问题，但是，我希望你做这些事的时候，光明正大、坦坦荡荡地和我商量一下，或者只是简单地告诉我一声，可以吗？"

"你那时不是在国外吗？"他声小如蚊，替自己辩解。

佑佑像没听到似的，俯身和潼潼说话。潼潼想要下车追蝴蝶，她便抱她下车，陪她去追一只蝴蝶，将马佐撇到身后。

"可是你有什么？"这句话像针一样刺着他。他有什么？他也问自己，显赫的出身、成功的事业、丰厚的身家，他都没有，他只有一颗郁郁不得志的心，一些暗戳戳觊觎老婆零花钱的小伎俩。从前他以为有堂堂的外表、学霸的光环，就可以收获那些城市女的芳心。佑佑仰望他，捧着他，他就飘了起来。可是，当走入社会走入婚姻，那些光环褪去，他才发现，自己不过是一个再普通不过的男人，老婆可以给他糖吃，现在却不给了。千万不要以为女人生了孩子就被绑住了手脚、拿住了七寸，不要以为女人有了孩子，就打不走，吵不离。她们狠起心来，把孩子丢给男人，孩子在男人这里，就成了烫手山芋，男人抱着这个烫手山芋哭吧！他现在有什么？永远堆满脏碗筷的灶台，总是搞不定的孩子，老婆的轻视，小区大妈们的议论而已。那些没有漂洗干净的衣物、有点油腻的盘子、凌乱的房间、头发乱蓬蓬的女儿，无法成为他的荣誉勋章。他从一个普通的男人，变成一个更加普通甚至有点差劲儿的男人。

这样的一个人，能不抑郁吗？

他望着眼前母女俩一大一小的身影,喟叹着,在湖边的凉亭里坐下来,抽一根烟,点开了手机,一条新闻跳出来:"春晓居开发商跑路,楼盘烂尾怎么办?"

不知哪个小孩给湖里扔了一块石头,"扑通"一声,吓了他一跳,他的心"咯噔"一下,手里的烟掉到了地上。

* 3 *

李筱音最近遇到点麻烦。她最近负责的一个大型画展出了问题,有两幅名家作品在搬运工搬运过程中被不慎损坏,后来那次画展虽然如期举行,但缺失的那两幅画成为遗憾。这次纰漏责任在她,新闻通稿对那两幅作品通篇惋惜,圈内的舆论矛头也指向她。虽然那些名家作品都买过高额的保险,但她深知艺术的价值无法用金钱估量,李筱音寝食难安,深深地自责。

保险是通过佳佳买的。这天下午,佳佳和一个同事一起过来,负责理赔的现场勘查和调查取证。

这个险种是佳佳的那位同事负责,佳佳只是转介绍。李筱音交接了理赔的相关资料,那位同事就和李筱音的助理去展馆了解情况去了。

佳佳和李筱音坐在展馆外的一家咖啡馆,"自从我工作以来,还没有出现过这么大的失误。忽然觉得,自己的人生挺失败的。"李筱音心事重重,眉头已有了川字纹。看得出,这次工作事故对李筱音的影响挺大的。这是佳佳第一次看到李筱音脆弱的样子。

佳佳当然知道,李筱音说的人生失败,并不仅仅指眼前这一件事情。那些伪女权者太过于强调事业独立带给女人的满足,而一味去鄙薄女人对情感的需求、对婚姻的依托,好像独立就是不再需要男人,笑称"你们都拥有爱情吧,而让我拥有金钱"。这样的认知恰恰是一种虚张声势的浅薄,只有真正拥有过幸福的人才会知道,那种发自内心的满足和从容,千金难换。而这种满足和从容,佳佳没有,李筱音的脸上也看不到。

她安慰她,也安慰自己:"没有哪份工作是钱多事少离家近、位高权重责任轻的，如果有，那一定是做梦还没醒。哈哈哈！"

李筱音舒开眉头，笑了："姐姐，你现在越来越幽默了。"

其实李筱音比佳佳还大两岁，但是随着钟秋野管佳佳叫"姐"，一直也没改。

"我压力也挺大的，上个月逞强，想来个新官上任三把火，接了新的任务，一个新险种的推广营销，叫全职妈妈幸福险，现在很难做，我这愁得头发都白了许多。"

隔行如隔山，李筱音过去总觉得佳佳的这个行业门槛低，现在看来，鱼有鱼路，虾有虾路，各有各的道，可是要在自己的道上畅通无阻，都有门道，各凭本事。

"你有夏峻做坚定的后盾，他在家不过是休养生息，你们俩就像彼此的替补队员，随时都可以换对方上场，说真的，有时真的挺羡慕你们的。我呢，我父母年纪也大了，又不在身边，有时回头望望自己身后，空无一人，想喘口气都不行。"

别以为女强人永远坚硬如铁，没有脆弱，她们也是人，只是看这份脆弱向谁倾诉。李筱音在佳佳面前，没有掩饰脆弱。

"话可不能这么说，你身后不是有小野嘛！小野不是在创业嘛！夏峻最近和他见面多，说小野变了，做事很用心。"

佳佳不知不觉成为了"七大姑八大姨"的角色，看到没结婚的都想说道说道，看到分手离婚的就想撮合撮合。她表弟再混蛋，她还是想有机会说和他和李筱音和好。

李筱音并不反感提起前夫，他们离婚未离家，对彼此期望值降低了，倒有些相敬如宾的意思了。她淡淡一笑，宽容地说："男人啊！成熟得晚。"

"对，他以前就是不成熟。"佳佳接过李筱音的话茬，开始夸小野，"今年过年的时候，在我娘家，小野也去拜年，临走的时候，嗬！这家伙，连吃带拿，让我妈把那个自己腌的豇豆给他装一瓶，说筱音爱吃。怎么样？那酸豆角味道怎么样？"

提起这个豇豆，李筱音想起来了，她还真的吃过，他用它炒过酸豆角肉末，也用来配早餐的粥，非常开胃下饭，不过，她并没有问过来处。

"那个酸豆角是阿姨腌的啊！味道清爽可口，很下饭的，也没有超市买的那种防腐剂的味。"李筱音顾左右而言他，把话题扯远了。她当然听出了佳佳的话音，小野的好始终都在，但他的"坏"也像烙印一样烙烫在她的心里。她很忙，忙到常常忽略了那种痛，但偶尔闲暇下来，那种钝痛就会铺天盖地地袭来，她忘不了。

佳佳又把话题拉回来，总结陈词："小野心里有你。"

"……"李筱音沉默。

"家里人现在还不知道你们离婚的事，过年在父母亲戚面前，他还在遮掩打掩护，说你出差了工作太忙。我知道，他想给自己一个机会。"

李筱音再次沉默，苦笑了一下。

"其实小野在你面前，一直是自卑的，接受女强男弱的婚姻，是需要勇气的。你不知道，你们刚谈恋爱那会儿，小野第一次在我面前提起你，那两眼放光，一脸兴奋，说你是女神，从小是学霸，每次考试第一名，一次偶然没考好，心里就和自己暗暗较劲，下学期一定要追回第一名。"

李筱音的思绪也被拉回她和小野刚刚认识的时光，他们新鲜又热情，像彼此的一个反面，彼此对对方充满新奇感和诱惑，那时多美好，现在就多惨淡。

她一时有些伤感，说："佳佳，其实，我挺反感那种毒鸡汤的，感情和婚姻一出问题，就告诉女人，全是男人的错。他不珍惜你，是他的损失，你将来会找到更好的。你若盛开，清风自来，你是受害者，男人就是混蛋。对，他是混蛋，我和闺蜜和娘家人在一起，可以一起骂骂出口气，在人前我可以强撑着，说不爱就不爱，下一个更乖，这样的狠话有什么意义？一个人的时候，还是要想一想，到底为什么？一次考试没考好，老师都会教我们分析错题，一个项目出现问题，我也会反省哪个环节没做好，那么，一段失败的婚姻……"

说到这里，佳佳忍不住打断了她："打住，筱音，我要批评你了，你就是这格局吗？什么叫失败的婚姻，我最烦人常说某某有一段失败的婚姻，永不离婚的婚姻就是成功的吗？衡量婚姻幸福和成功的标准是什么？结束一段不舒服的、让你受到伤害的关系，这叫及时止损，这本身就是一种幸运。离婚，只是一段关系的结束，同时也是一种新的生活状态的开始，我觉得，无论是恋爱，还是婚姻，能够让人变得从容平静，内心充实，感到幸福，才是一段良性的关系，那才是值得拥有的。"

这一番话，无论是书里读来的鸡汤，还是陈佳佳的人生经验，此刻都令李筱音刮目相看，钟秋野这个表姐，她从前小瞧了。这碗鸡汤喝下去，妥帖。

"谢谢你！佳佳。"

这时，李筱音的电话响起来，是小野打来的，她接起来，钟秋野口气焦灼："筱音，下午有空吗？来我画室一趟，大家一起商量点事。"

"什么事？大家，大家是谁？"

钟秋野语无伦次、三言两语把春晓居的事说了，李筱音倒是不慌不忙，说："好，我知道了，等会儿忙完就过去。"

挂了电话，李筱音问佳佳："姐，你们买春晓居的房子了吗？"

"还没啊！夏峻的股票赔了，家里就剩下些基金，没钱。怎么了？"

"楼盘烂尾，开发商跑路了。"

开发商？老薛吗？那琉可呢？陈佳佳心里打起了鼓。这时，夏峻的电话也打来了："下午到小野这里开个会，对了，你联系一下琉可，看能不能约出来。"

这个暑假，可热闹起来了。一众人晚上聚集在小野少儿美术的教室里开会。

损失最惨重的当然是马佐，他在春晓居买了一套两居室和两套小商铺，且全款付清；其次是李筱音，她这次买房，是为改善，买了四居洋房，首付一半，有贷款；还有陈佳佳那个小同事霏霏，首付款是自己工作多年的积蓄，还有父母拿的一部分钱，这笔损失，对于她来说，是剜肉之痛；只有夏峻一家下手最晚，只交了两万块定金，损失最小。

春晓居的开发商是本地乃至全国知名的，开发商的老婆琉可，是佳佳介绍给大家的，佳佳有责任为大家追讨损失，伸张正义。

她了解完情况，打了个电话给琉可，很快接通了。琉可一接她的电话，先哭了，买房的人惨，她比大家更惨，老薛因为银行贷款的合同纠纷跑路了，躲在国外，国内的资产也被冻结了，她的银行卡也被冻结了，现在全身上下就一千块钱，连门也不敢出，司机辞退了，孩子暑假的画画课也交不起费用了:"佳佳,你说我怎么办啊?"

琉可一哭,佳佳心软了。她们是大学同窗,多年的好友,琉可对她的哭诉,不是商人面对危机时的公关,她相信琉可,也同情她,在这种时候,她不能落井下石,几句安慰之后,她反而给她转去了五千块:"你保重,先应应急。"

在座的人惊掉下巴。霏霏快哭了。李筱音也不好怪罪到佳佳的头上,马佐急了,脱口而出:"她一看就是装可怜博取同情啊!嫂子,你不要被她骗了。我这钱,还能拿回来不?嫂子,你得帮我。"

虽然大家都焦头烂额,但马佐这样说,让佳佳尴尬无比。夏峻虽然觉得大家蒙受损失都很焦虑,但责任不在佳佳,护妻心切,他不忍佳佳受这份责难,拍了拍马佐以示安抚,但口气却是强硬的:"这么大的事,她管不了。哥知道你着急上火,我也急,男人,应该泰山崩于前而色不变,淡定点,我们应该先找个律师。"

钟秋野瞪了马佐一眼:"冤有头债有主,这事怪不得佳佳姐,受害者不只是咱们,我觉得,还是走法律程序吧!"

大家都这么说,马佐也只能唉声叹气,商议半天,他们又不能去烂尾的楼盘前拉横幅维权,唯一的解决途径,就是走法律程序了。

话题无以为继,大家忽然都沉默下来,钟秋野想讲点开心的事活跃一下气氛,也想在李筱音面前表现自己,说:"这个星期的公开体验课,招了十个学生,有两个还是双科,报了剪纸。牛吧!"

大家都满腔心事,意兴阑珊,没心情夸他。李筱音到底见过世面,虽说被叫来开这个会,她倒云淡风轻,不急不躁,听到钟秋野说起自己的生意经,倒是颇感兴趣:"真的吗?才刚开始,就有这么多学生,那很难得了。"

得到李筱音的认可,钟秋野更有劲头,两眼放光,夸夸其谈:"今年定了200万的业绩目标,现在看来,好像定得低了。"

佳佳听到这里还有剪纸班,再一抬头,看到墙上还有剪纸老师的个人海报和简介,倒是觉得新奇,也闲聊问道:"你这里还有剪纸班啊?还有孩子学这个啊?"

"有啊!小孩子们挺感兴趣的。"

"我还以为剪纸艺术家都是那种老人呢！没想到这个老师还很年轻呢！"

钟秋野一时忘形："这位剪纸老师，还是我夏峻哥给我介绍的呢！"

话一出口，他觉得有点不对劲，挠了挠头，目光移向一边，看了看夏峻。

还不待佳佳发问，外面忽然有人敲门，小贺老师去开门，两个中年男子有点迟疑地走进来，一个微胖，戴副眼镜，另一个高高瘦瘦，夹着公文包。

钟秋野以为是前来咨询给孩子报名的家长，马上笑脸相迎："你好！孩子多大了？喜欢画画是吧？"

不料，胖男子拿下眼镜，又戴上，上下打量打量他，又环顾四周，疑惑道："我记得之前这里是一家母婴店啊！"

"你要找谁？"钟秋野觉得不对劲。

"我是房东啊！这房子租约到期了，我现在也不想往外租了，打算卖了。"

"什么什么？你是房东？你再说一遍。这房子我租了两年，我白纸黑字签过合同，我真金白银付了几十万房租的。你谁啊？"

那中年男也不急不躁，坐下来，看看在座的众人，正色道："兄弟，你怕是被人骗了，这铺子是我的，我是房主，现在我老婆病了，我要把这个铺子卖了给她治病。这么说，你听明白了吗？"

钟秋野的脑子"轰"的一下，像被扔了颗小型手雷，眼前的日光灯晃得他眼前一片模糊，他忽然觉得胸闷，脚一软，颓然地坐下来，叫人给他倒一杯水来，喘了口气，说："别急，我捋捋啊！我捋捋！"

一波未平，一波又起。

在座的各位见情势不妙，纷纷给钟秋野出主意：

"看看他证件和房产证。"

"你给房东打电话，打，现在就打。"

"别急，坐下来慢慢谈。"

眼前这房主喟叹道："你说的房东，是叫李志吧？他电话我打过了，打不通啊！是他租的我的铺子，租了两年，开母婴店。这两天租约到期了。兄弟，你怕是被他骗了吧？"

钟秋野不信，手哆哆嗦嗦地拿出手机，拨打李志的电话，果然，电话里始终传来"您拨打的电话无法接通"的声音。

胖男子从包里拿出房产证、户口本等各种证件，放在桌上。

高瘦男一直四处打量着，问："你这房有纠纷啊？到底能不能卖啊？"

"卖，卖！"房东说。

夏峻在记忆中搜索着和钟秋野一起来看房见"房东"的那一天，他也隐隐有些怀疑，看出一丝马脚，但还是大意疏忽了。钟秋野除了泡女人，可说是不谙世事，他那日叫他去，就是让他这老江湖把关的，如此把关，出了纰漏，在这件事上，夏峻觉得自己也有责任。他拍拍钟秋野的肩，虚无地安慰他："别急！搞清楚再说。"

钟秋野一遍一遍拨打着那个始终无法接通的电话，无果，只好半信半疑地翻了翻对方拿出的那些证件，仔细地甄别着，抬头问夏峻："那个李志，给的那些证件，都是伪造的？"

"……"

李筱音冷眼旁观，这才意识到问题的严重性，她拿出手机："报警吧！"

钟秋野快哭了："报警有什么用啊？我等不起啊？这里一摊子怎么办？刚刚开的班，刚刚招的学生，怎么办？"

马佐也有点慌了，迟疑地问："我投资的钱，会不会打水漂啊？"

"没做好失败的打算，输不起，就不要创业。"李筱音忽然厉声斥责钟秋野，提高了分贝，把在座的人都吓了一跳。

她接着说："投资者也是，坚信被投资方肯定能成功，是不理智的，理性的投资者要能够接受失败的投资，要有冒险精神。"

话虽没错，可这么明显的护犊心切，任谁都听出来了。大家面面相觑，李筱音意识到自己的失态，顿了顿，平了一口气，说："报警吧！"

* 4 *

这注定是一个不寻常的暑假。

那晚报警，出警，一直折腾到很晚，后来又立案、侦查、找律师，小野少儿美术暂时关张，他安抚家长，应对责难和怀疑，被骂骗子，退费，短短十来天，就瘦了十斤，终于扛不住病倒了。

钟秋野重感冒、发烧、上火，去上厕所，尿液里竟然有血。他吓了一跳，以为自己快要死了。

因为他发烧卧床，李筱音只好请假在家带孩子，顺便照顾他。尿血的那一天，他裤子都没来得及提，从卫生间跌跌撞撞地跑出来，惊慌失措："要死了，我要死了，老婆，我要死了。"

他情急之下脱口而出的还是"老婆"，李筱音瞪他一眼，喊他快点把裤子穿好，问他发什么神经。

看到马桶里还未冲走和马桶上洒落的那些黄中带红的痕迹，她似乎明白了什么。她把浩浩放到夏峻家里，带钟秋野去医院。昂藏七尺男儿，蜷缩在副驾驶，像一条濒死的虫子，又像一个受了委屈的孩子。

李筱音很看不惯，从抽纸盒里抽出一张纸甩给他，像训斥孩子："把鼻涕擦擦。"

钟秋野就战战兢兢地擦鼻子。

那天做了很多检查，抽血，拍片，李筱音楼上楼下地跑，他就像个犯了错的孩子，垂头丧气地跟在后面。

当他拿着一个小量杯，在厕所里暗戳戳地装满尿液时，他感到羞耻涌上心头。少男们大概都有这样的经验，在男生厕所站一排排，有时是暗暗较劲，有时是明目张胆，比谁尿得远。男人有了那话儿就觉得顶天立地，特别了不起，那话儿健康有力，能生崽，能在床上征战，都觉得自己是条汉子；可现在，那话儿流出不明液体，预示着某种隐疾，他既觉得如临大敌，又深深地觉得羞耻。他一定不是一个健康的男人了。

大夫拿着他的各种化验单、片子，皱着眉头，翻来覆去地看。"大夫，我什么病啊？就是上火了，是吧？""别急啊！有病就配合治疗。"大夫答非所问。"到底是什么病啊？能治好吗？我还年轻，我不想死啊！"钟秋野哭丧着脸。

大夫放下化验单，叹口气："不好说啊！肾有点问题，你别紧张，再做个肾穿刺，我们科室会诊一下。"

一听会诊，李筱音的心里也"咯噔"一下。需要部门会诊的大都是疑难杂症，难道，钟秋野果真得了什么不好的病？

大夫给穿刺预约单，又抬眼问李筱音："你是他什么人啊？这个穿刺有一定的风险，需要家属签同意书。""她是我老婆。"钟秋野脱口而出。

"我，我是他前妻。"李筱音白他一眼。

大夫为难了，放下在电脑前打字的手："前妻那也不行啊，必须直系亲属签字才可以。"

前夫前妻都犯了难。

从诊室出来，钟秋野主动给自己父母打电话，响了半天，那边才接通，母亲听上去心情不错，兴奋满溢："小野啊！我和你爸出来旅游了，你猜我们现在在哪里？洛杉矶。这里可真漂亮。哦你有事没？这电话可是国际长途呢，没事的话，等晚上到了酒店有网了，咱们视频说。"

"没，没什么事。你们好好玩！"他木木地挂断了电话。

"不告诉他们你生病的事？"李筱音问。

"先别说吧！免得他们跟着担惊受怕，老人好不容易出去玩一趟。要不，我让佳佳姐来签字。"

李筱音没好气地白他一眼："你搞笑的吧！佳佳姐是表姐，不是直系亲属。白痴！"

身患"绝症"已经很惨了，还要被前妻骂白痴，钟秋野也没反抗，颓然地在医院等候区的椅子上坐下来，望着眼前穿梭不停的、匆忙的脚步发呆，一阵无力感袭来，低下头，叹了口气："半生潦倒，一事无成啊！"

人一旦生点病，性命攸关，就开始思考起人生和生命这些深刻的命题来。李筱音也坐下来，想安慰他，却不知道从何说起。

一阵女性的馨香幽幽地萦绕着他，他侧过脸，望着自己的前妻，她依然不失为一个魅力女性，他忽然自嘲地笑了笑，说："仔细想想，我人生最辉煌的时刻，其实是我们结婚的那一天。你那么美，我拥有了你，那是我这半生最大的成就，而我，把这份成就，也搞丢了。"

这情话若在别的时间说出，那必定是不走心的谎话，李筱音是断然不信的，但在这个充斥着消毒水的医院里，听到这种话，她却莫名地伤感起来。

"人生还长。"她空洞无力地安慰了一句。

忽然，不远处传来一阵嘈杂声，一张担架床从手术室推出，一个女人哭得撕心裂肺，声声叫着"老公"，几欲晕厥。床被推走了，那女人也被家人和护士扶着，脚步踉跄虚软地离开了。

钟秋野的太阳穴突突地跳，心绷紧了，等那些人远去了，才回过神来，喃喃地说："人生有时也挺短的。"

李筱音深吸一口气，忽然语气轻松地问："钟秋野，你最近谈恋爱了吗？""没有啊！别瞎说，我这么忙。"他连声否认。"好像小贺老师对你有点意思。""没有的事，人家有男友，马上就要结婚了。"提起小贺老师，钟秋野还颇感愧疚，他把人家从一个好单位挖了过来，现在，他这边关了门，惹上官司，小贺老师只能另寻下家重找工作了。"走吧！"李筱音起身。"去哪儿？""跟我走吧！"

半个小时后，他们站在民政局门口。李筱音沉一口气，颇有破釜沉舟赌一把的气势，说："进去吧！"

钟秋野一头雾水，忽然明白了，也退缩了："不，这不行，筱音，义气不是这么讲的，婚姻不能儿戏。"

"别废话了，保命要紧。"她冷着脸，不像是开玩笑。

生死关头，也不知是对未知的恐惧，还是成熟的担当，钟秋野再不是游戏人间、吊儿郎当的做派了，他不肯进去："这要真是什么不好的病，你犯不着和我绑在一起，你还得照顾儿子。别管了，等我爸妈回来再说吧！一时半会儿死不了。"

李筱音有点气急败坏，忽然发飙爆粗："放屁，你还要老娘向你求婚不成？少废话，走！"

钟秋野着实被她这副拉壮丁的气势震住了，却又在她愤怒的目光里，看到了一丝柔情。这一丝柔情，忽然让他窥探到两人之间的某种可能性，他"屈从"了，跟她走进了结婚登记处。

拿着结婚证，他的心里升腾起一种奇异的感觉，和几年前拿到结婚证的感觉完全不一样。那时他像捧着一颗宝石，志得意满，招摇过市，却从未认真想过这颗宝石饱含的深意；而现在他拿着这份结婚证，就像怀揣着一颗夜明珠，他一无所有，想捧在手里，又想揣在裤兜里，放在哪里都觉不妥当，这是他黑夜里的光。

"你可别反悔。"他说。

"少废话。"她目视前方，认真开着车，用表情伪装冷漠，一丝柔情也无。

路口红灯，车子停下来。他看着她好看的侧颜，冷不丁凑上去，斗胆亲了一下。

李筱音吓了一跳，下意识去躲，胳膊撞到了窗玻璃，语气也很夸张："干什么啊？你有毛病啊？"

钟秋野理直气壮："我行使我的权利啊！"

绿灯了，李筱音再次启动车子，厉声道："你给我老实坐好，再不老实，信不信我把你踹下去？"

钟秋野撇撇嘴，怏怏的，不敢再造次。

再次来到医院，已经快下班了，他们把结婚证亮给医生，钟秋野颇有些得意地说："好了，现在我们是夫妻了，有人签同意书了，可以开预约单了吗？"

大夫戴上眼镜，煞有介事地看了看结婚证上的日期，一脸困惑："这日期是今天啊！你们这是……你们？唉，现在这年轻人，唉！"

钟秋野像谈恋爱被家长发现且责骂的少年一样，被骂得又甜蜜，又觉羞赧不安，只能嘻嘻傻笑。

大夫开好预约单，李筱音大笔一挥签了字，预约的时间是第二天，夫妻俩就打算去接孩子一起回家。

路上，身患疑难杂症的钟秋野难掩兴奋，对李筱音说："你觉得，什么是轰轰烈烈的爱情？"

她知道钟秋野又要骚包地抒情了，故意不接他的招，淡淡道："最近你可能要常跑医院，我也有很多事要处理，给浩浩找个暑假托管班吧！"

钟秋野和李筱音是两套语言系统，他抒情的心无法抑制，依然自顾说道："我觉得，我们之间，就是轰轰烈烈的爱情。"

李筱音沉默着，没有回应，开车朝陈佳佳家的方向驶去。

* 5 *

浩浩被放在夏峻家里共享育儿的这天,佳佳也在家,夏天也没课,这阵子烦心事多,官司缠身,夏峻做饭就潦潦草草。这天人多,他就好好做了几个菜,主食是绉纱馄饨,肉馅里放了核桃碎、花生碎、芝麻,再加一点白菜解腻,喊着要减肥的陈佳佳连吃了两碗,夏天一边吃一边学着《舌尖上的中国》进行解说:"在中国北方的小城,夏家的孩子被一种家常的美味滋养着。夏峻将一碗热气腾腾的馄饨端上桌,这是他忙碌一个小时的结果。在吃的法则里,味道重于一切,夏峻怀着对食物的理解,在不断尝试中寻求灵感。口感鲜美的馅料,是一碗馄饨的关键,一碗看似简单的馄饨,其实内在精致复杂。……"

被儿子捧得天花乱坠,夏峻有点飘,拿出手机:"让开,先别吃,我拍一下。"

夏峻现在拍照和修图的水平已经炉火纯青了,拍好几张美食馄饨图,加滤镜,再加几句简单的文案,朋友圈和×音号同时发布,然后满怀信心地等待收获赞美。

佳佳喝光了最后一滴汤,酒足饭饱的人心情不错,拿出手机,说:"那我给你点个赞。本姑姑好几天没登录了呢!"

很快,夏峻新发布的短视频下,出现了昵称"姑姑"的点赞。

他愣住了,老脸一烧,像做了亏心事似的,耳根不自觉地红了,声音有点发紧:"姑姑?这个'姑姑'是你啊?"

"是啊,怎么了?"

"没,没事。"夏峻转下头,作势去批评玥玥,"哎哟我的乖乖,怎么能吃到眉毛上去了?"

女人的第六感让佳佳觉察出夏峻的异样,她不依不饶,追问:"你以为姑姑是谁啊?你昵称叫'过儿',谁会起个'姑姑'的名儿,和你组CP啊?"

"啥?CP是什么?"夏峻第一次听到这个词。

"就是情侣关系的角色配对。"夏天为老夏扫盲。

"哦!"夏峻讪讪然,解释道,"我以为是个陌生网友,随便瞎起的名,凑巧了吧！哪知道是你。"

陈佳佳反呛："知道是我，很失望吧？"

"瞎说，老婆工作之余，如此关注我，我开心惊喜都来不及。"求生欲让他做着最后的挣扎，忙收拾碗筷去洗碗。一场暗流悄悄涌动着。

李筱音和钟秋野来接孩子。一进家门，钟秋野就嚷嚷着也要吃馄饨："还有没有？我看你发朋友圈了，很好吃的样子，给我来一碗。"

夏峻包了很多馄饨囤在冰箱里，听说他俩还没吃饭，就要去煮馄饨。李筱音婉言谢绝了，三个孩子能翻天，浩浩在这里放了半天，她过意不去，哪好意思再留下吃饭？

夏峻以为他们夫妻俩是一起处理那边的租房纠纷，看钟秋野心情不错，于是，他问道："那个事，处理得怎么样了？都解决了？"

"没有！不过，有比这个更好的事，想不想听？"钟秋野恨不能马上把因病复婚的事公之于众，这比他泡妞史上任何一笔都荣耀。他喜形于色，全然忘了自己可能是个身患"绝症"的病人。

李筱音羞赧，暗暗拽他："赶紧回吧！我真的还有事。"

钟秋野现在"新"婚，唯老婆命是从，就不提吃馄饨的事了，带着儿子，一家人开开心心回家去了。

陈佳佳直叹气摇头："我这表弟啊！还是这么没心没肺的，没点长进，你是不是也投了钱？这下好了，都打水漂了。"

"这事还没有定论，看看最后怎么解决吧！"夏峻自己替自己宽心。

不过，钟秋野的到来，让佳佳想起在他的画室墙上挂的那位美女剪纸老师来，恍惚听小野提了一句，那位老师还是夏峻介绍去的，事情似乎没那么简单。

晚上睡觉前，佳佳负责给玥玥讲故事哄睡，夏峻在卫生间一直洗洗涮涮没进来，忙碌到十点多，看到佳佳和孩子都睡了，他才蹑手蹑脚地进屋，刚上床，忽然听到佳佳问："你这是把四季的衣服都洗了吗？不是有洗衣机吗？"

"我女儿的衣服，必须手洗。"

只见佳佳拿着手机正在翻看图片，夏峻好奇凑过去一看，全是剪纸图片，竟然还有袁晓雯获奖的照片。夏峻心里咯噔一下，佯装镇定。

"是她吗？"

夏峻故作恍然大悟状："噢！是袁老师啊！"

"可以啊！眼光不错，是百度都能搜到的人物呢！"陈佳佳冷嘲热讽。

"你这话是什么意思？什么就眼光不错？"

"客厅那幅剪纸，就是袁老师的作品吧？"

"对。"夏峻深谙孙子兵法——知己知彼，百战不殆。现在，他不知道"敌人"掌握了他多少军情，因此只能按兵不动，先看看佳佳反应再说。

陈佳佳也想按兵不动，先暗中调查取证一番再说，可她毕竟是个心思敏感的女人，她做不到。

人到中年的婚姻和爱情，貌合神离者有之，鸡飞狗跳者有之，反目成仇者有之，她每每听到身边这种八卦，心惊肉跳之余，唏嘘感慨自己婚姻的小舟还未逝，尚能共余生，男耕女织就算是调转成女耕男织，回家来一双欢实娇憨的儿女，一个浑身小毛病但也不坏的黄脸汉，一日三餐她就算只吃一餐，心里也暖。现在，看到夏峻也有一些苗头，虽然还没掌握证据，她就有点方寸大乱，先咒骂起钟秋野来："好啊！钟秋野这个吃里扒外的白眼狼，他到这边上大学，我给他送被子，塞零花钱，周末来我这里蹭饭改善伙食。现在好了，你们哥俩儿好啊，倒替你打起掩护来。""胡拉乱扯什么啊？你到底想说什么？"夏峻看出来了，佳佳只是瞎猜疑，况且他并没有什么出格的行为，因此迅速说服了自己——他没做错什么，他问心无愧。"你也不是什么好东西，说吧！和这个袁晓雯怎么认识的？发展到哪一步了？"

陈佳佳此话一出，夏峻顿时气结。他曾以为佳佳变了，变得通达智慧了，可是一落到这些问题上，她还是尖酸咒骂、奚落讽刺、胡搅蛮缠、撒泼、咄咄逼人，和从前的她没什么两样。

见夏峻不说话，陈佳佳更觉他心虚，更觉自己占理，也更觉印证了自己的猜测，不禁悲从心来："好啊！难怪刚才知道'姑姑'是我，就一脸失落，怕是整天对着'姑姑'的昵称心猿意马，想入非非呢？"

不幸被陈佳佳言中了，他确实对着"姑姑"的昵称心猿意马过，不自觉地和袁晓雯联系起来。这种言中，也让他这一次审视自己的心——他在婚姻里的这颗心，也并不总是坚如磐石的，他有过浮想、游离、偏移，人性的这些弱点他都有。那佳佳的这些猜疑和质问就所言不虚，他应该给她一个解释。

"佳佳，你听我解释。"

这是一次真的解释，没有隐瞒，没有欺哄。他从第一次见面说起，到后面的几次偶遇，逐渐熟悉，慢慢有了交集，包括在剪纸店喝茶、他疲倦睡着、她教他做菜，他情绪和心态的一些细微变化，他都事无巨细说了出来，然后，他屏息不语，沉默着，像一个犯了错的孩子，等待发落。

佳佳也沉默了，屋子里静静的，玥玥在婴儿床里熟睡，竟扯起了小小的鼾声，屋中的一切在台灯的微光中默默的，像一幅静美的静物画。而这种生活表象的静美，被他坦白的事实打破了。她脸色平静，心里却已是雷霆万钧，地动山摇，不知该如何是好。

时间过去了许久，夜已深了，墙上的时钟指向十二点，她终于给他发落，轻轻地说："我知道了。很晚了，睡吧！"说完，自己侧身睡去。

就这样？夏峻有点愣怔，这样的发落有点出乎意料，或者说，这是佳佳的缓兵之计，是择日再审，还是择日宣判？这些小情绪、小心思、小秘密说出来，他感到前所未有的轻松，又有点不安。夏峻也悄悄侧个身，但是，他睡不着了，千头万绪，涌上心头。

他知道，佳佳是一个眼里容不得沙子的人，她会不会要离婚？如果她坚持要离婚，他该怎么办？两个孩子的抚养权归谁？玥玥他舍不得，夏天也不能给啊！他不想为这点事闹到法庭去。还有，家里的财产怎么分？都给她也行，那出租的小户型就留给自己吧！男人嘛，大方点。如果离婚了，那他还是要出去工作，经济不独立，想要孩子抚养权都难。能不能不离婚？说到底他并没有犯什么实质性的错误，明日再找佳佳解释解释吧！这些问题在夏峻心里翻来覆去，直到后半夜，他才迷迷糊糊睡去。

陈佳佳也睡不着。看多了身边的一些例子，那些老实巴交的丈夫出轨的也比比皆是。她虽然相信夏峻的人品，但也不敢保证他就能始终忠诚，直觉告诉她，他还没有越出雷池，他的解释，也足够坦白坦诚，她有点后悔自己的挖掘和质问。这种坦诚，就像是把一个烫手山芋扔给了她，她选择丢掉，还是继续捧在手里，决定权在她。

可是，她的决定是什么呢？她也不知道。

第十四章

中年危机

* 1 *

第二天佳佳去上班后,夏峻惶惶不可终日,早上遛娃的时候,想约他的男团同伴们互诉衷肠,发微信到群里询问。钟秋野发来一张合影,他正恬不知耻地依偎在李筱音肩旁,腻腻歪歪,附言:"新婚燕尔,如胶似漆,哪都不去。"

昨日夏峻就看出钟秋野欲言又止、喜不自胜的样子,现在终于按捺不住昭告天下了,不过,夏峻一腔心事,此刻见不得旁人恩爱,因此尖酸刻薄地回复:"你一定想让我问,你们为什么复婚了?"

"对啊!你不想知道吗?"

"不,我偏不问。"

钟秋野倾诉无门,发了一个捶打的表情,匿了。

夏峻又艾特马佐,过了好久,马佐才上线,先回复钟秋野:"秀恩爱死得快。"大概是觉得此言不妥,发出后又马上撤回了,然后再回复夏峻,"我哪儿都去不了,病了。"

"怎么了?"

"别提了,不是啥大病,但是我不想说。"

钟秋野马上跳出来:"哈哈哈哈!难言之隐?哥们儿,别愁,患难见真情，生一场病，才更能体会爱的真谛。"

马佐无语，连发一串再见挥手的表情。

一个人也约不到，夏峻只好带玥玥就在小区楼下遛遛。刚出单元门，佳佳迎面走来。夏峻心一紧——不会是连班都不上了，回来找他算账的吧？"你怎么这个点回来了？"他声音有点发紧。

陈佳佳冲女儿笑了笑，摸摸她的小脸，面对他时，马上换上严肃面孔："有事，一会儿要出差，我回来收拾一下行李。"

原来不是回来谈离婚的啊！夏峻松了口气。

陈佳佳无法做出决断，工作出差替她决断了——搁置争议。就像给一个电影点了一个暂停，故事就发展到这里，进度条就停在这里。

钟秋野在等待穿刺结果的时候，马佐也在和病魔做斗争。他确实患了难言之隐。

俗话说"十人九痔"，这点小问题，他上大学时就有，根本没当回事，有时会抹点马应龙，这一次，如厕时忽然爆发，喷血不止。他像钟秋野一样，也吓得够呛，把孩子放到小区的托管中心，自己悄悄去肛肠科看医生。他挂了一个专家号，是个五十岁左右的男大夫。尽管马佐已经做好了充分的心理准备，但是，当大夫让他把裤子脱掉，跪在检查床上，把屁股撅起来时，他还是扭捏了一下。大夫用戴着一次性手套的手指粗暴地触碰病灶，并像探头一样向内探索，问他："疼吗？"

疼！他疼得龇牙咧嘴，不光疼，他还感到深深的羞耻。

大夫检查完，说："必须手术了。"

既然要做手术，且是特殊部位，恐怕行动不便了，那孩子怎么办？谁来照顾他？这些都是问题，他本想给父母打个电话，一想到老父亲腰伤未好，只好作罢。

思来想去，他只能给佑佑打电话，他们毕竟是夫妻，夫妻就有共同扶持、互相照顾的义务。虽然他得罪了她，两人有了嫌隙，但在这种时候，马佑不会不管他吧？他也不确定。

佑佑听完他含含糊糊、遮遮掩掩地描述完病情后，并没有他想象中的冷淡和坐视不管，但也没有过分关心和热情，只是淡淡地说："那我现在就回来，你和医院预约手术时间。"

当天晚上，佑佑就回来了，还带了一个保姆，和敏姨是一个村的，敏姨介绍的。

佑佑说："你安心做手术，孩子和家里的事你放心，交给我了。"话虽说得亲亲热热，还像贴心的妻子，但是到了晚上休息，她抱着孩子去儿童房睡了。他心里清楚得很，她对他有怨气。

手术就安排在第二天，佑佑陪着他，楼上楼下跑前跑后，缴费，办住院手续，安顿他入住病房，向医生询问病情，和临床的大爷打招呼。他再一次在心里感慨，佑佑的确是变了，想当初，她是一个连地铁都不会乘坐的公主。他记得有一次，周五来接她回家的司机临时有事来不了，她就死乞白赖来央求他送她回家。他查了路线，带她去乘地铁，教她买票，和她一起进闸口。车来了，她竟然朝反方向的那辆车冲过去，被他一把拉了回来，那是他第一次拉她的手，少女的手，软软的、滑滑的，像绸子。

他被推向手术室，她一直跟着，进手术室那道门之前，她忽然温柔地握了握他的手，安慰他："别怕！只是个小手术。"

手术室的那道门缓缓关上，将她最后焦灼和疼惜的眼神定格在那个瞬间。他有点感动，佑佑始终是爱他、在乎他的。他想起她生孩子的那天，羊水破的时候，是个半夜，她独自上完卫生间，回到床边，轻轻地推他。他睡得正熟，还有点不耐烦。到了医院，佑佑的宫口开得还算快，进手术室的时候，她忽然想起来，说："听说巧克力能补充体力，你去买点吧！"那时候是凌晨四点，他觉得能买到巧克力的店不好找，况且不吃巧克力也没那么要紧吧！就没好气地说："现在上哪儿去买巧克力啊？你早干啥去了？"手术室的那道门快要关上了，佑佑又说："给我爸爸打个电话，让他过来。"

现在想想，他有点混蛋啊！那时她多么无助和害怕啊！她一定是对他特别失望，才会说叫爸爸过来。在一个女人最苦难的时候，不能给她温暖和慰藉，他真没用啊！

在马佐的自责中，他感到腰部一阵凉麻，他的两腿被分开，这姿势一点也不舒服，像一只任人宰割的羔羊，也有点像女人生孩子。主刀大夫拿着手术器械，对他的身体做着不可描述的事情，因为用了麻药，他的腰部以下没有知觉，毫无痛苦，甚至还能和大夫说话。大夫开玩笑说："你身上掉下来的肉，你等会儿要不要带走留作纪念。"

手术做了大约三十分钟，他从手术室出来时，头脑清醒，佑佑激动地凑上来："没事了，护士说手术很顺利。"

他冲她笑笑，他觉得，佑佑还是很紧张他很在乎他的。

麻药劲退了以后，那个部位一张一合一呼一吸都疼痛难忍，肚子里还是早上做肠镜后的胀气感，病灶处的异物感和坠痛感像轰隆隆的火车一样不断袭来。他疼得直冒冷汗，却强忍着，把脸背过去，不想让佑佑看到，因为他没脸在她面前喊痛。听说生孩子的疼为十二级，如同二十根肋骨同时折断，那么瘦弱的佑佑一个人躺在产床上，是怎么撑过来的？他无法想象。

邻床的那位病友大叔比他早两天做手术，已经可以下床了，每次去上厕所，都要经过马佐的床前。他叉着两条腿，僵硬地挪动，样子滑稽可笑，从厕所回来，他看到大叔的裤子屁股处，氲着一大团淡黄的印迹，真是狼狈，马佐有点想笑。

麻药散尽后能进半流食，佑佑给他喂小米粥，马佐不好意思，自己端过碗吃了。记得她生完孩子后第一次进食，也是喝小米粥，她喊侧切伤口痛，让他喂。他喂了两口就递给了她，理由是"侧切伤口痛，又不是手痛"，现在想想，他说完那句话后，她的心更痛吧？

进食后的马佐，很快恢复了排泄，他悲哀地发现，这才是命运对他最严厉的惩罚。

痛楚牵扯着括约肌的神经，他越绷紧就越痛，一股腹胀和坠痛袭来，像是一把锋利的水果刀在那里剜啊挖啊，肠液、脓血和碎肉块混在一起，喷薄在裤子上。他站在厕所，手足无措，屈辱的泪水不自觉地流下来。佑佑推开厕所的门，手里拿着干净的裤子。他就那样，臭烘烘地投入了她馨香的怀抱，抱着她，羞耻地哭了，从小声啜泣到大哭出声，他骄傲的自尊心在这个瞬间土崩瓦解、灰飞烟灭，他把头埋在她的脖颈，不断地说："佑佑，我错了，对不起，我错了。"

她就像母亲哄儿子一般，轻轻地拍他的背，抚摸他的后脑勺，说："没事了，没关系，好了！"

在这个瞬间，他忽然想起前几日钟秋野在群里的调侃，他说："患难见真情，生一场病，才更能体会爱的真谛。"

事实证明，这个经验丰富的渣男，所言不虚。

马佐不知道，这个手术到底是来拯救他的，还是来击垮他的，就像是他心里始终有一座坚固的大楼，那座虚如幻境、脆弱无力的大楼现在被摧毁了，不复存在了；在废墟上，另一座大楼拔地而起。也许只有这种死去活来的疼痛，才能让他对生活有新的认识和理解。生活的真相就是这么残酷，承认脆弱无力并不是什么丢脸的事，重要的是，接受真实的自己，脚踏实地地做一回好丈夫、好父亲、好儿子，更能接近幸福和快乐。

* 2 *

工作室的二房东欺诈租金携款潜逃的事正式立案，小野少儿美术无奈关闭。几个剪纸学生喜欢袁晓雯的课，愿意追随她，到她的剪纸店去上课。钟秋野也收获了几个忠实小粉丝，仍想跟着钟秋野学画画，愿意周末到钟秋野的家里去上课。他征求李筱音的意见，她竟然答应了，钟秋野颇感意外，要知道李筱音最爱干净和清静，工作起来日夜颠倒，最怕自己睡觉时被打扰。他有点不安："会不会吵到你啊？"李筱音答："不会。你开心就好。"

千万不要以为"你开心就好"是一句揶揄，李筱音说这话的时候特别真诚，特别温柔，像变了一个人，钟秋野被感动得眼泪哗哗的，哽咽地问："筱音，你为什么对我这么好？"

李筱音想了想，半开玩笑回答了他："我总觉得，一个长久地热爱并专注一件事的人，还是可以抢救一下。"

他连忙适时索吻，告白："我长久热爱并专注的那件事，其实是爱你。"

李筱音早已对他的甜言蜜语免疫，轻轻一躲，闪开了。

钟秋野还是按捺不住在群里倾诉他和李筱音和好复婚的来龙去脉，大家对他复婚的事并没有太大兴趣，毕竟他们离婚不离家，和没离婚没什么两样，但听到他说病理穿刺时，还是吓了一跳。"什么疑难杂症？还要做病理穿刺？"夏峻现在一听到身边哪位朋友患病了、得癌了、猝死了，就心里一紧，他的大学和高中同学里，已经有三个英年早逝了。他赶紧握紧了自己的保温杯，给里面多放了两颗枸杞。

钟秋野倒是"视死如归"："生命诚可贵，爱情价更高。嘿嘿！"

彼时正在病床上疼得龇牙咧嘴的马佐，辗转反侧，撅着屁股，捧着手机，打出一行痛的领悟："有啥别有病，疼啊！呜呜呜！""你到底啥病啊？""你到底啥病啊？"

两人异口同声，马佐就是不说，又匿了。

虽然大人们过得鸡飞狗跳，但孩子们依然逍遥自在，夏天的新加坡游学多姿多彩，早已乐不思蜀了。

游学结束，夏峻去机场接夏天。远远看去，夏天黑得发亮，但似乎长高了一截，仍和那个女生谢嘉艺站在一起有说有笑。夏峻抱着玥玥走近，谢嘉艺笑盈盈地问好，夏峻就询问有没有人接她。他可以顺路一起送她，谢嘉艺有点犹豫，忽然，她眼睛一亮，朝不远处挥挥手，和夏峻父子俩告辞："不用了，叔叔，我妈妈来接我了。"

夏峻看着这孩子欢快的背影，想起刚才她还没看到妈妈时落寞的表情，心里一阵唏嘘。

回去的路上，他向夏天打探军情："你妈这几天和你视频了吗？""视频啊！她在出差，每天晚上都视频。"

"说什么了？"

"就问每天吃什么了，去什么地方了，热不热。"

"就这些？"

"那天我发了在新加坡国立大学的照片，我妈说，让我好好学习，将来她送我到新加坡国立大学留学。"

看吧看吧！他就知道，这个女人开始暗暗动作，笼络人心，要和他争孩子的抚养权了，她真的在打算离婚了。

不打无准备之仗，夏峻觉得，不能掉以轻心、坐以待毙了，他必须要做点什么。

回到家，哄睡了玥玥，给夏天做了一桌菜，他坐在旁边看着他吃，发了一会儿呆。

人到中年，危机四伏，工作、孩子、婚姻、健康，像几座大山一样压着，他事业的这架梯子爬到半中腰，人忽然摔了下来。他本想休养生息过渡一段时间，再寻找良机，最后悲哀地发现，中年跳槽，年龄是一道坎，经验和能力兼具的同时，也伴随着身体健康每况愈下，记忆力减退，神经衰弱，无法承担高强度的工作。职场新人猛如虎，而夏峻他们这些老家伙根本不具有竞争力，但是，如果佳佳一定要离婚，他可没脸也没资格吃她这碗软饭了。男人啊！经济独立最重要，他还是要找工作。这么想着，他打开了求职网站。

才刚在电脑前坐了一会儿，他就觉得腰酸背痛，老眼昏花。想起钟秋野和马佐相继患病，他们还都比他年轻，夏峻不由得恐慌起来。还在证券公司上班时，单位每年安排有体检，去年查出他有点高血脂，他也没在意，最近总觉得腰椎也有点问题。身体是革命的本钱，他觉得自己也应该对健康重视起来，于是马上打开手机 APP 给自己预订了一个体检套餐。

第二天，他把玥玥放到早教中心，独自去医院体检。

抽血的时候，小姑娘说："大叔，握一握拳头。"他握了握拳头，心里很不爽——大眼睛出气啊！我不是你大叔。

体检完毕，很快就出结果，除了老毛病高血脂，还有点腰肌劳损，其他基本正常，他放下心来，觉得这个体检套餐还不错，便宜实惠，项目又全，性价比很高，就在 APP 上给评价了五星，并且又给佳佳下了一单。

从体检中心往出走，一不留神，和一个人撞了一下，定睛一看，竟然是钟秋野。世界真小，有缘的人总会遇到。

钟秋野正拿着几张单子，愁眉苦脸。

夏峻心觉不妙，关心地问他："你的病理报告出来了？到底什么病？能治好吗？"

"能，没啥大问题。"他依然愁眉苦脸，好像天要塌下来了。

夏峻拿过他手中的报告看了一眼，一切正常，确实没什么大问题。

"那你干吗哭丧个脸啊？"

"哎哥们儿，你医院认识人不，我想把这报告改一改。"

"改一改？改成什么？"

"改成'有病'。"

"你有病吧！"

这人有神经病，夏峻没心情和他多说，丢下他走了。

3

钟秋野取病理报告的这天，李筱音请了假陪他来的。

在路上，他有点不安，问李筱音："如果我没病，你是不是又不要我了？"

李筱音在认真开车，目视前方，反问道："你说呢？"

"你说呢"，这是什么话？在剩下的路程，钟秋野把这三个字的深意翻来覆去地想，他觉得，李筱音那天和他领证是出于一种江湖儿女的义气和悲悯，可能旧情也有，但这些天，他告白表忠心，连一个吻都没落到，他有点灰心。

到达医院后，李筱音去停车，本来叫他在路边等着，他敷衍着，自己一溜烟上了楼。钟秋野的心情其实很复杂，他当然不希望自己患疑难杂症、不治之症，可是他又舍不下李筱音对他的这份情谊，怜悯也好，心疼也好，仗义也罢，他都不想松手了。如果能让这份疼惜和关心长久一点，他宁愿是多愁多病身。

他很顺利地拿到了病理报告，那些简单的术语他也能看个大概。给他拿报告的值班医生也解释说，他没啥大毛病，只是有点上火。

这个结果才让他上火，病来时声势浩荡的，没想到雷声大雨点小，连个泥点子都没砸出，哪怕是开个刀住个院，也不枉李筱音轰轰烈烈、义无反顾的壮举啊！

他走出了两步，又拿着报告折返，对着窗口的医生觍着脸赔着笑："大夫，你们这个穿刺结果，权威吗？会不会不准啊！我觉得我挺严重啊！这耽误病情怎么办？"

那医生头也不抬："放心吧！我们会对每一个患者负责的，不会出错的。"

医院里的病患来来往往，有人愁眉苦脸，有人一脸轻松，有人伤心绝望，有人劫后余生。医院是生死门，每天都在上演着悲欢离合，生离死别，未能勘破生死的芸芸众生，孰不爱生？用药丸、营养液、呼吸机、起搏器、血液循环机苟延残喘，在这世间争分夺秒。

像钟秋野这样祈求生点病的人，并不多见。他这点小心思，有点像小时候，有个头疼脑热了，一向严厉的妈妈忽然待他温柔起来，煮独一份的荷包蛋给他，允许他在床上吃，可以看动画片。他喜欢那时候的妈妈，就像他贪恋现在的妻子。

李筱音的电话打过来："在哪一层啊？你拿到结果了吗？怎么样？"

钟秋野接电话的手在抖，声音也抖："我，我还没到，没呢，不知道。你在楼下等我吧！别上来了！"

李筱音恰好接了一个客户电话，耽误了一会儿，果然没有马上上来。

他就在这时碰到了夏峻，"病"急乱投医的他问夏峻在医院有没有熟人，给他改改这个报告书，改成"有病"。听完他的诉求，夏峻骂他有病，就一脸嫌弃地撂下他走了。

缓兵之计再缓，兵就快到了。钟秋野一筹莫展，心想，算了，给她说实话吧！她要是因为他没病没灾了，又要抛弃他，他也无话可说。

就在这时，他听到有人叫他，回头一看，是一个穿白大褂的医生，冲他惊喜地笑："真是你啊！野哥。"

管他叫"野哥"的是他的高中同学周路，现在穿着白大褂，戴着眼镜，一脸斯文，和过去跟在他身后的黑小子判若两人。周路他妈妈是钟秋野的美术老师，一心想把儿子培养成齐白石、徐悲鸿，无奈儿子天分不足，老师就天天对他夸她的得意门生小野。周路就对钟秋野怨恨起来，有一次争吵起来撕了他的画，不打不相识，两人后来关系不错，一起追过班里的一个女孩，最后钟秋野胜出。周路心服口服，甘拜下风，还说要拜他为师，只是后来很快高考毕业，各奔东西，拜师学艺的事也就不了了之。

眼下的周路已经29岁"高"龄，在小城市他妈妈的眼里，已经到了最危急的时候，剩男的桂冠加冕，急需甩掉，每周被妈妈叫回去相亲，现在他已经有了周末恐惧症。

两人一番寒暄，几句概括了彼此失联的这几年，互诉衷肠，十分想念，然后，终于步入主题：

"路路，帮个忙！"

"野哥，帮个忙！"

"你说。""你先说。"钟秋野把自己的诉求说出来，周路马上一口答应。他在病历档案室工作，打印点东西，搞点小动作很简单，只要野哥不去伤天害理，都好说。

周路的诉求也很简单，听说钟秋野有一套泡妞秘籍，希望他能传授给他，助他早日脱单。钟秋野也满口答应下来。"让你生点什么病比较好呢？肾癌？尿毒症？"周路对着电脑复制粘贴，修修改改，征求钟秋野的意见。"真狠毒啊！这病太大了，戏没法演，最后不死没法交代，再想想。""那就，肾结石呢？""这个行，能治好，花钱少，死不了，又能有效激起对方对我的关爱和同情，增进感情。就这个。""厉害了师父，请收下我的膝盖。"

打印机嗡嗡作响，一份新的病理报告出炉。钟秋野拿着报告，急匆匆告辞，打算开始表演。周路犹在身后传来声音："野哥，秘籍的事，别忘了。"

李筱音刚刚打完一个电话，正站在门诊大楼一楼的电梯口，他从楼梯下了楼，看到她，百感交集地叫了声"老婆"，然后一头扑进她的怀里。"我刚才一个人等着拿我的报告，心里七上八下，快担心死了。我真怕我有个三长两短，你和浩浩怎么办啊？我要是不做早餐，你就总是不记得吃早餐，这么大个人，还丢三落四，忘带钥匙，忘带手机，忘带护照。有一次人到了机场，飞机快起飞了，才想起来出差会议要用的U盘没带，我开车去给你送，还被你骂太慢了。我要是死了，最放心不下的是我们儿子了，他那么调皮，不服管教，有时气得我都想揍他，我要是死了，你给他找个后爸，能待见我儿子吗？……"

话说得声情并茂，鼻音里略带一点哽咽，痛苦中夹杂着劫后余生的喜悦，他自己都差点被感动了。李筱音也感动了，温柔地呵斥他："别瞎说，整天死啊活啊！结果呢？到底什么病？还是，根本就没病？"

他这才离开她的怀抱，心有不安地把报告递给她："病，有点，但是不严重。"

肾结石是常见病，可治愈，保守治疗，服止痛抗炎的药即可，平日合理膳食，少摄入高蛋白、高嘌呤和高钙食物。

做戏要做足，钟秋野把刚刚百度到的关于肾结石的知识复述了一遍。"药呢？开了什么药？"

这个他也想到了，让周路给他开了几种药，处方上写得明明白白，他去拿了药，和李筱音一同回家。在车上坐定，李筱音就给他拧开了矿泉水的瓶盖，迫不及待地催他吃药。

有病吃药，如果没病还吃药，会不会吃死人？他拿着药丸，看着李筱音殷殷的眼神，心一横，把药扔进嘴巴，仰脖子喝水。

药丸在舌头底下压久了，胶囊衣慢慢软化，药粉的苦开始在舌头下蔓延。他瞅见路旁有公厕，谎称要上厕所，才从车里脱身，把药丸吐掉。

让他欣慰的是，这个不大不小的病，有效地牵住了李筱音。她关心他的健康，他是个病人，她暂时不会抛弃他了。

回想荒唐的小半生，钟秋野撒过很多谎，而唯独这次撒谎，他觉得最有意义。

人生常常需要很多谎言来粉饰，云里雾里，云山雾罩，看上去很美。很显然，夏峻并不明白这个道理。他的大实话把他撂到了坑里。

在佳佳不在的这几天，夏峻除了体检，还四处投递简历，幸运的是，他得到了两个面试机会。就在他发愁带着玥玥这个小尾巴无法脱身时，夏美玲老师回来了。她带了两盒鲜花饼，还给他看她和刘医生在云南买的房子照片，她种的辣椒苗已经在茁壮成长。这次回来，他们是打算见见彼此的家人，一起吃顿饭，领证结婚，然后再去云南种辣椒。

这本该是一件值得开心并为之祝福的事，可夏峻听得有点心不在焉。

"峻峻，我问你话呢！明天中午，一起吃饭可以吗？""嗯？你说什么？明天中午？"他从一个走神中回过神来，说，"明天中午我有个面试，妈，你帮我带一下孩子。""面试？找工作？""对！"

夏美玲这才留意到儿子脸上的表情，他双目呆滞，抱孩子时也有点恍惚：孩子要他抱，他就抱着孩子；孩子在怀里乱拱，他就放她下来。至于夏美玲说了什么，他看起来是在认真听，其实没几句听进去。

此刻是下午四点，工作日，佳佳的上班时间，夏美玲觉得哪里不对劲儿，问夏峻："你和佳佳吵架了？"

"没，没有。"夏峻目光躲闪，矢口否认。

客厅里有点乱，玩具扔了一地，玄关处的鞋也横七竖八，刚进门的时候，她还看到卧室的被子揉成一团窝在床上。看一个人的心情如何，就看看他（她）的房间。夏美玲看出来了，夏峻的心情，就跟这房间一样乱。

"一个人带孩子，应付不来？要不，妈帮你带一带。"

说"要不"的人,看似多给了一个选项,但夏峻知道,这个话其实很勉强,他也不愿因为自己的不作为、无能耐,把母亲卷入这生活的一团乱麻里,她的人生新阶段不应该再次被他打断。

"还好,我可以。你就明天帮我带一下。"

"好!"

夏天饿了,从楼上探头下来,喊道:"奶奶,咱俩一起和玥玥玩吧!让爸爸做饭,爸爸现在做饭可香了。"

到了晚上,夏美玲才知道,佳佳已经出差好几天了。她看出儿子一人带两娃的不易,也看到儿媳的辛苦,劝他:"夫妻相处之道,妈妈也没什么经验之谈,但是我知道,两个在一起生活的人,要互相理解,佳佳也不容易。"

"知道了,妈,你早点睡!"

晚上睡觉前,佳佳打来视频电话,说想孩子了。他接了视频,听她和孩子隔着屏幕"小可爱小宝贝"地聊,他看到她刚洗过的头发还湿着,用酒店的白毛巾在擦,她对孩子笑得很甜,叮嘱她要听爸爸的话,但没有一句话是对他说的。直到她和孩子在视频里互道晚安了,他才以逗孩子的方式说:"玥玥问妈妈什么时候回家,说玥玥和爸爸都想她了。"

玥玥还不到两岁,当然不会说这样的长句子,陈佳佳回答他:"明天下午。"

* 4 *

夏峻要去面试的这家公司,仍是他擅长的领域——一家上市证券公司。年纪大了,去挑战新的行业和岗位,他真的感觉力不从心,为五斗米折腰,他只能委曲求全来做他并不喜欢的工作。

面试的主考官有两个:一个二十多岁的部门主管,还有一位与夏峻年龄相仿的。那位年轻的部门主管看了看夏峻的简历,再抬头看看夏峻,随即露出惊喜的目光:"你真是夏峻?我在财经节目上看过你的访谈,我,我还去长星公司应聘过,当时是你面试的我,不过,我没被录取。"

风水轮流转。夏峻实在想不起他曾面试过眼前的这位，也想不到会以这种方式再见面，他只得尴尬地笑笑："是嘛！那真是有缘。"

不过这位部门主管并不是睚眦必报的小人，他问了几个常见的专业性问题，夏峻都轻松对答。结束的时候，这位后辈依然用敬仰的语气欢迎他的加入，声称会把面试结果呈报大 Boss，会由大老板亲自谈薪酬待遇。谈毕，这位后辈非常恭敬地起身，送他到面试室的门口。

从面试的会议室出来，夏峻心里五味杂陈，他知道拿下这份工作不在话下，只是这个面试过程令他觉得颇为讽刺，但即使如此，要和一个被他轻慢、被他拒绝过的年轻人一起工作，他想了想，也可以接受。人的原则总是在不断改变的。

这家公司规模很大，有一条长长的甬道。他正独自走着，忽然看到佳佳和一位男同伴从一间办公室出来，正在与室内送客的人告辞。四目撞上，躲也躲不开。

"你怎么在这儿？"

"你怎么在这儿？"

两人几乎是异口同声。

佳佳让男同事先行离开。夫妻二人默默同行，在楼下的咖啡厅角落坐下来。

"我，我来应聘。这家公司看上去很不错。"

"我们保险公司和这家公司有个金融保险的合作，我只是过来送份文件。你面试，还顺利吗？"

"还行，看看再说吧！"

两个人交代完这些，都沉默下来。

侍者端上他们点的咖啡，热气与香味弥散，她端起自己的咖啡喝了一口，忽然意识到什么，解释道："我今天提前回来了，所以，所以先来公司，处理一些事。"

夏峻也端起自己的咖啡喝了一口，苦笑了一下，想了想，还是没有揭穿她。她根本没有出差，这几天，她一直在公司附近的某酒店里，每晚她和玥玥视频，他都能听到楼下公交车清晰的报站声："188 路无人售票车。"有一次，他还听到楼下有人用本地方言吵架。无论她是做那只把头埋起来的鸵鸟，还是单纯只是想静一静，他都理解她。

"你知道吗？前年从民政局官网爆出一个数据，因出轨而离婚的夫妻占很大的比例，女人出轨，也挺多的。你知道出轨的女人中，占比例最高的是哪种人群吗？"

夏峻听得云山雾罩，还傻乎乎地问："哪种？"

"你一定想不到，占比例最高的竟然是全职主妇。"佳佳义愤填膺，稍稍抬高了声音，"这要不是官网的数据，我简直不能相信，这不是朝全职主妇身上泼脏水吗？每天蓬头垢面，根本没时间打扮自己，自己老公都不稀罕看一眼，每天忙得像陀螺，晚上瘫倒在床上就想睡，哪有时间和精力出轨？谁信？"

夏峻也不信，附和了一句："瞎扯！网上那种调查数据，就是哗众取宠，博人眼球的。"

"可是我现在信了。换位思考，角色互换一下，全职爸爸也是啊，只是全职爸爸这个群体被关注得比较少罢了。结合你的事，再参考那个数据，其实得出的结论就是，全职在家带孩子的，无论男女，出轨的比例最高；他们并不是闲，而是空虚，得不到认可，因此婚外有人给了一点温情，就像飞蛾一样扑了上去。你就是佐证。"她终于将矛头指向了他。

"我没出轨啊！你不要给我扣这样的帽子。"夏峻矢口否认。

佳佳倒是心平气和："精神出轨也是出轨。"

夫妻俩在咖啡桌旁，进行了一场即时的小型辩论。

夏峻小声反驳："精神出轨不算出轨，那你对着电视剧里的小鲜肉流口水，我说你什么了？"

"什么就流口水？哪有的事，你别乱说。"

"就那个什么，叫什么钟，钟什么？"

"钟汉良。"

"对，钟汉良。你天天喊自己累，还追剧追到半夜，那种脑残剧有什么好看的？"夏峻一激动，忘记了辩论的原则，竟然上升到人身攻击。

是可忍孰不可忍，他竟然敢攻击她的偶像，佳佳撇撇嘴冷笑了一下："你还好意思说，说什么小鲜肉，人家年纪比你还大，说人家小鲜肉的，不反省反省自己。"

"那个男人比我还大？"夏峻差点把咖啡喷出来，声音也抬高了分贝，引得旁边的人好奇侧目。

这种对话很容易让不明真相的人产生歧义，佳佳被旁人的目光看得羞窘，压低了声音："说你呢！你乱扯什么？"

"我怎么了？嫌我老了？嫌我不帅？那男的真的比我大？我不信。"

话不投机半句多，夏峻开始胡搅蛮缠，像一个撒泼的孩子——我就是没考好，我就是不起来，我就是要糖吃。

陈佳佳本想坐下来好好谈谈，她特意躲开他，自己慢慢消化那些不良情绪，把要说的话在心里梳理了很多遍，却没有想到，在一个不相干的明星身上绊住了，他们的谈话无法再进行下去了。"我还有个会，我先回公司，晚上回去再说吧！"她起身，想起玥玥来，问，"对了，你来面试，玥玥呢？"

"我妈回来了。"

"哦！"

下午六点多，陈佳佳"出差"回来了。据说这次出差的地点是杭州，她回来还给孩子们带了当地的糕点——真空包装的东坡肉，还给婆婆带了一条丝巾，说是特意在杭州给她买的，打算寄给她呢！夏美玲自然欢欢喜喜地收下，并且马上绕在脖颈儿上试戴，给出赞美："佳佳就是有眼光，这颜色多素雅。"

夏峻冷眼旁观，却并不揭穿。他有点犯嘀咕，这个女人葫芦里卖的什么药？还在搞好婆媳关系，说明她没想翻脸离婚啊！

晚饭是佳佳和婆婆一起做的，吃饭的时候，一家人也其乐融融，佳佳还一直向夏美玲询问云南的气候、美食，哪些景点人少，哪里值得一去。夏美玲答了，佳佳一脸憧憬，看了看夏峻和夏天，对婆婆说："那好啊！等国庆节的时候，我们一家人去云南旅游吧！"

夏天最爱逛了，连声答应："只是别像上次的三亚之行，最后又黄了。"

一家人去旅游？一家人？夏峻那颗毛躁的心瞬间被这句话抚平了，安定了。只要不离婚，一切都好说，一想到弃夫的生活，他的心就如同被刀绞。

晚饭后，夏峻和夏天父子俩竟然抢着去洗碗。佳佳实在想不通，从来没有步入过婚姻的夏美玲，却仿佛有一股神奇的魔力，让家里大大小小的男人都俯首称臣。

"佳佳，最近工作很忙吧？"

"还好，我升职了呢！现在自己带一个团队，开发推广一个新的险种。"一提起自己的工作，佳佳就满面喜色，得意扬扬，眼睛都在发光。

夏美玲马上表示："什么险种啊！我买一份，支持你的工作，也为自己多一份保障。"

佳佳和夏峻不约而同地笑起来，夏峻说："算了吧！她那个保险，不适合你。"

夏美玲被笑得一头雾水，也没多问，想起自己的大事来，说："明天晚上，我们和刘大夫他们一家一起吃个饭，他的两个孩子也从国外回来了。"

"好啊好啊！我们是你的后盾。"陈佳佳满口答应。

晚上，夏峻哄睡了玥玥，佳佳洗完澡进屋来，半靠在床头，没有敷面膜，侧身面向他，是认真的语气，说："我今天本来是要好好跟你谈的，被你胡搅蛮缠给打断了。"

"谁胡搅蛮缠了？"

"那能认真听我把话说完吗？"

"行，你说。"

"你想离婚吗？"

这两个字终于蹦出来了，夏峻太阳穴一跳，心一紧，口中却假装满不在乎："看你啊！生死大权在你手里啊！""别看我。我问的是你，你想离婚吗？你回答想，还是不想。"陈佳佳正色。"不想。""好，我也不想。既然我们都不想，不想离婚，是我们共同的需求，那我们就都应该正视问题，解决问题。今天我们说的是，你精神出轨了，你别反驳，你先听我说完。你精神出轨了，她不是电影明星，是现实中的人，有交集，有交流，甚至，会继续发展。那么精神出轨到底算不算出轨？答案是，是的，肯定是，但是人们常常无法原谅的是肉体的出轨，因为肉体的出轨不易隐藏，发生了就是发生了，有些人还能被捉奸在床。精神的贞节呢！谁知道一个人每天在想些什么呢？可是那些小情绪小心思就那么不可原谅吗？谁能保证一辈子只爱一个人，就像你说的，其实喜欢一个明星，也算精神出轨；走在路上，看到养眼的帅哥，我也会多看几眼。婚姻是缔结契约，一纸契约能够约束很多行为，责任感也能让我们屏蔽和过滤掉所谓的心动。水至清则无鱼，我可以去理解你，也希望你能尊重我们的婚姻，尊重我。""我知道，我知道，屏蔽、过滤，我知道怎么做的，我和袁晓雯真的只是朋友，我能介绍她去小野那里，证明我坦坦荡荡啊！我绝对没有别的想法……"

夏峻急不可耐地表忠心，佳佳轻轻地打断了他："不用解释了，我都知道。我今天遇到你偷偷去应聘……""谁偷偷了，我不是光明正大的吗？""我遇到你去面试，才忽然意识到，无论男女，当退身到家庭里，全职去打理一个家，照顾孩子，都会焦虑、恐慌，没有安全感，全职主妇或煮夫的工作无法得到量化。如果一方选择留在家里，可能是以损耗了个人职场竞争力、牺牲了事业、斩断了前途作为代价的，而这些损耗和牺牲，更无法量化衡量。过去我在家做全职主妇时，那种焦虑、恐慌、没有存在感、没有安全感的情绪不比你少，这其实很难去靠几句鸡汤化解。"

说着，佳佳从床头柜的抽屉里拿出早已准备好的银行卡递给他："这个给你。如果你要去上班，我支持你，家里的事，我们再想办法。如果你还留在家里带孩子，这个你拿上，我们公司在做全职妈妈幸福险，我觉得很不错，可惜还没有人关注到全职爸爸，但是你的辛苦和付出不能否认。就算损耗和牺牲了个人事业，也得心里有个数。幸福的家，也许不是安宁的，不是富足的，但一定是能够托底的。我想给你这个信心和底气，虽然你在我做全职主妇的时候没有这么做。"

佳佳的话，夏峻听明白了，他既觉感动，又深深地汗颜。他有"错"在先，却由她来弥补，他没想到的，她都想到了。他凝视着枕边人，像是第一次认识了她，抑或是，他认识了一个新的她，过去的陈佳佳在他眼里，有点粗枝大叶、絮叨、急躁、抓狂，她是从什么时候开始变了呢？也许不单单是因为工作，她那股在职场上的拼劲，也不是自由切换、招之即来的。佳佳从没告诉过他，他也没有意识到，是婚姻和育儿中的困顿如同一把钝刀子，一刀一刀，把她雕刻成了现在的模样。

他接过卡，故作淡然掩饰羞赧："交给理财专家，你就放心吧！"

佳佳也就一改刚才的一本正经，说："你要不是理财专家，我还不给你呢!"

"一箭双雕,高!"

夜深了,万籁俱寂,窗外适时传来公交车进站的声音:"188路开往……"夏峻坏笑着,说:"理财专家提醒你,生气就跑外面开酒店去住,很不划算的。"

佳佳刚躺下,马上扭过身:"你怎么知道的?"

"188路公交车,报站声太动听了。"

佳佳不好意思地讪笑了一下,自嘲:"只许你想静静,不许我想静静啊!"

"丝巾也买得不错,是在你公司附近的那个商场买的吧?"

这个人真是讨厌呢!佳佳撇撇嘴,不置可否:"赶紧睡觉,明天精精神神,打扮漂亮,要给妈长脸。"

他凑到她耳边:"谢谢你,老婆,我要做那个为你的幸福托底的人。"

* 5 *

吃饭的地方是刘大夫从美国回来的儿子选的,叫高山流水。里面曲水流觞,装修得古朴典雅,大厅中央的一簇翠竹掩映下,一位长衫的女子在弹古筝。他们定的包间叫蘅芜苑。

夏峻一家盛装出席。

刘大夫一家人都到了。大儿子戴眼镜,四十岁左右,看上去儒雅谦逊;小女儿打了招呼,就全程冷着脸,一直在玩手机。

夏美玲坐到了刘大夫旁边,两人对视一笑。

点的菜依次上了桌,夏峻才发现,多数菜都有辣。玥玥对满桌美食充满欲望,跃跃欲试,却都不能吃。夏峻只好叫来侍者,点了瑶柱蒸水蛋。

大儿子英文名叫威尔逊,威尔逊表示歉意:"我不知道有小孩子,点菜时疏忽了。抱歉!"

刘大夫表示不满:"我给你讲过的,夏老师有个小孙女,软萌软萌的。"

大家的话题就围绕着玥玥说开来,见夏峻说起育儿头头是道,威尔逊有点意外，问道："夏峻兄在哪里高就？"

现在，夏峻已经能坦然回答这个问题了，说："我是一家公司的CEO，一天工作二十四小时，很累啊！"

夏天和陈佳佳齐齐转过头——咦！这个人撒谎。

威尔逊不明就里，追问："工作二十四小时？刚刚创业？压力很大吗？"

夏峻不慌不忙，慢条斯理："我这个CEO身兼数职。我是厨师，每天要负责孩子们的一日三餐，如果夏天上学了我可以减轻点负担；我是保洁员，负责整理收拾地板上乱扔的玩具、孩子每天换下的衣服；我还是采购员，要负责购买孩子和家里的日用品；有时还是财务人员，管理和支出每一笔钱；熊孩子在学校惹了事，小玥玥和小朋友打了架，我就得是公关，要得体周到地应对老师、家长、邻居。我难啊！"

这一番幽默的解读有效缓解了他面对"全职爸爸"身份质疑时的尴尬，也恰到好处地调节了气氛。

一直没说话的刘家小女儿抬起头："不就是全职奶爸嘛！说得那么辛苦。你们中国男人就是没担当，还矫情，全职爸爸在国外有很多。"

"你们"两字马上引起反感，刘大夫喝止女儿："刘菲，你吃菜，或者玩手机吧！"

威尔逊见这位CEO先生原来是位在家带孩子的煮夫，便没放在眼里，他一边吃饭，一边和自己的老父亲高谈阔论，从国际政治格局，到最新的金融政策、人类学、经济学，没有他不懂的。老头子聊了几句有点意兴阑珊，不忍冷落了他的心上人，威尔逊的话题就时不时被夏峻接过去，展开一番讨论，并抛出自己的观点。最后，威尔逊老兄忍不住又问："夏峻兄，你以前在哪儿高就的？"

往事不要再提，人生已多风雨。夏峻打了个哈哈敷衍过去，劝菜劝酒，岔开了话题。陈佳佳在一旁偷眼看着，觉得老公今天特别帅。

酒过三巡，刘大夫步入正题，一手举起酒杯，一手拉起了夏老师的手，说："我说两句啊！我和夏老师，美玲，打算结婚了。"

几只酒杯都举起来，夏天也举起了一杯果汁，玥玥也举起小勺子晃，夏峻祝福："我们做儿女的只有深深的祝福，看到妈妈在晚年能遇到自己的幸福，我真的很开心。"

威尔逊也满面堆笑："祝福爸爸，祝福夏阿姨，我们也是同意的。"

这个威尔逊，虽在国外文化中浸淫多年，还是一颗中国心，说出的话也是中国味，只不过这中国味，让刘大夫听着，很不是滋味，刘大夫白了儿子一眼："谁要你同意了？我只是通知你一下。"

这话并没有喝住儿子，威尔逊继续说："同意是同意的，只是，有些问题，还是要考虑清楚的，比如说，房产、存款什么的。老年人的晚年婚姻，毕竟和初婚是不一样的。"

一直玩手机的小女儿举了一下手："附议。"

夏美玲举着酒杯的手慢慢放了下来，众人脸上的笑都有点僵了，然后泄了。夏美玲一辈子在台上唱戏，唱《七仙女》，一辈子没进入过婚姻的琐碎，没有在丈夫、婆婆、大姑子、小姑子、妯娌这样的关系网里打过滚，过的是仙女一样的生活，有些问题她自动忽略了。这种前妻儿女争房产的世俗问题，她在电视新闻里网络上也看到过，总觉得那是离她生活很远的事，现在，威尔逊把这个问题摊开来摆出来说，她一下子蒙了，回过神来，她后知后觉地感到耻辱：不会吧！他们当她是觊觎退休高干老头房产的那种老太太？这太可笑了。

夏峻明白母亲此刻的心情，也放下了酒杯，坐下来，正色道："行啊！绍兴古宅、杭州西湖区大三居洋房，了解一下，还有上海的公寓，了解一下。"

这些都是夏美玲的产业。

气氛陡然诡异起来，刘大夫端着酒杯的手在颤抖。佳佳望着眼前剑拔弩张的情形，觉得少儿不宜，借口带孩子去上厕所，把两个孩子带出去了。

"你们，这是做什么？"夏美玲就像单纯的少女，从来没想过这个问题。

刘大夫却怒了："胡闹，我的财产，我愿意怎么处理就怎么处理，我死后全捐了都行，你们管不着。"

"爸爸，我们也不是那种惦记你房产的儿女，我们什么都有。那位夏阿姨也不是穷人。跟你也是真心相爱，你的财产，爱怎么处理就怎么处理，爱和谁分享就和谁分享。我就是提醒一下你，你的财产，还有我妈那一份呢！这位夏阿姨也有儿子。"

夏美玲是脸皮薄的人，这种事在台面上说，她难以接受，站起身，说话也结巴了："我觉得,今天不适合谈这个,我,我先回吧!"

刘大夫拉住了夏美玲的手,像小孩子的眼神。她马上心软了,拍拍他的手:"好好好,不走不走。"

"吃饭,叫孩子们回来吃饭。"刘大夫摆出了长辈的威严,夏峻出去叫孩子们,那一双儿女也噤声了。

饭桌上又恢复了一团"和气",大家虚与委蛇,推杯换盏,劝酒劝菜,聊聊天气,聊聊教育,后半场在愉悦的氛围中结束了。刘大夫让大家各自回家,他和夏老师要去湖边散步。

回去的路上,佳佳悄悄问夏峻:"妈真的有那么多房子?那老宅,跟四合院一样,老贵了吧?上海的公寓,在哪里啊?"

绍兴的老宅,佳佳过年和夏峻回去过几次,古香古色,木质的楼梯踩上去吱吱作响,家里还有他俩的房间,雕花床。夏天说,帐子拉上,就像睡在露营的帐篷里。

夏峻笑了:"上海的公寓,我胡说的。"

"杭州的房价也不便宜呢!"佳佳感慨了一句。

"想什么呢?我妈把我养大,给我一个家,我很感激她,现在她老了,她要去做什么,我也会像小时候她支持我那样去支持她。如果她被欺骗被欺负了,我也会像小时候她保护我那样去保护她。"

说这话的老夏,看上去真的帅爆了呢!佳佳想。

晚上,夏美玲依然像从前一样,是哼着戏回来的,带了一束花。插完花,她叫夏峻和佳佳都出来,坐在客厅里。

"刚才,我和刘大夫聊过了,也达成了共识。以前,有些问题是我们忽略了,其实,健康良好的恋爱关系或者夫妻关系,是要谈钱的,那些问题不谈,不代表就不存在。你看有情饮水饱和贫贱夫妻百事哀这两种观点是对立的,幸福的生活需要金钱的灌溉。我和刘大夫经济都尚可,但是他儿子说的也对,这不是年轻人的初婚,我们是应该考虑清楚的,将来的养老,生老病死,两家各有子女,财产的继承,是应理清的。"

夏峻表态:"妈,你做什么决定,我都支持你。"

夏美玲喝了一口水,清清嗓子,继续说:"刘大夫可能是会写一份遗嘱,我呢!不想写那玩意儿,怪晦气的,我想现在就把杭州的那套房子过户到峻峻名下；至于绍兴的老宅，我是打算将来做一个小型的越剧博物馆，这算是我的一个小小的心愿吧！至于上海的公寓，在哪里呢？哈哈！"

夏峻不好意思地笑笑，点了点头。

"最近抽空，你跟我回一趟老家，把手续办一办，顺便回去看看，好久没回去了。"

"好！"

夫妻俩回到房间，双双都睡不着了。不是为这份突如其来的财产，而是一种莫名的感动在激荡着心。

"我觉得妈是一个特别有魅力的女人，知道自己是谁，知道自己想要什么，要怎么做，一辈子都没委屈自己，特别有智慧，还有一种，一种莫名的力量。"

"对，她就一直是那种，从来不催我写作业，我却能很自觉就去写作业。她自己做自己的事，让我知道，自己该干什么。"

两人正交流所思所想，对夏美玲溢美之词不断。"写作业"这个词忽然冒出来，夏峻一个激灵，忽然起身："天啊！夏天的暑假作业写完了吗？明天要开学了，我差点忘了。"

第十五章

育儿无小事

* 1 *

陈佳佳的车限号，夏峻便开车送儿子上学，送佳佳去上班。

夏天新学期就上六年级了，小升初的节点至关重要。校门口旗帜飘扬，孩子们疯了一个暑假，经月不见，个个欢天喜地地回到学校。夏天老远看到与自己关系不错的小伙伴，就跟父母打了个招呼，奔了过去。夫妻俩在校门口遇到夏天的数学老师，跟老师聊了几句，刚刚告辞转身往回走，夏峻一抬眼看到袁晓雯，她刚刚与一个扎马尾的小女孩挥手再见。

袁晓雯也看到了他，微笑着打招呼："夏峻，你也送孩子上学？"

夏峻面上有点不自然，陈佳佳马上明白了，眼前这个女人，就是那个剪纸艺术家袁晓雯，画室的教师照片她看过一眼，网上搜到的照片她也看过了，有经过美化的个人形象照，也有抓拍的瞬间，虽与本人有差别，但她仍能分辨出。她看着夏峻，他脸上的那丝不自然很快调整过来，语气很自然，为两人介绍："这位是我的朋友，也是一位剪纸艺术家，袁晓雯。这位是我爱人，佳佳。"

两个女人打了招呼，袁晓雯倒是坦然得很，与两人聊了几句，说这所学校特别难进，她托了很多关系花了不少钱才把刚上一年级的女儿送进来。

夏峻便感慨："这个也算重点学校了，自然是难进。刚才那个扎辫子的是你女儿啊！很可爱。"

佳佳也感慨："可怜天下父母心啊！教育资源不公平，好的师资和管理都流向城市，流向名校，我们做家长的，想让孩子不输在起跑线上，只能这样了。"

"对了，我听说这个学校特别重视学生成绩，不关注孩子的心理发展，上学期有个孩子压力太大跳楼了，真的有这事吗？"

看来谢同学那件事影响甚广，夫妻俩迅速交换了眼神，夏峻回答："没有的事，肯定是谣传，我儿子成绩一般，每天还不是没心没肺乐逍遥。"

"哦是吗？那老师是不是抓得不紧啊？抓得不紧也不行啊！"袁晓雯又担忧地问。

佳佳被她这副样子逗笑了，调侃道："学校说，我真难啊！"

"你杞人忧天了，只要孩子身心健康成长，没有比这更重要的事。"

三人在路口告辞，夏峻开车送佳佳上班去。佳佳带着淡淡的酸味评价道："长得也一般嘛！年纪也不小，就是比我瘦点，看上去也是个很朴实普通的女人，你看上她哪点了？"

夏峻握着方向盘，就等着她这一出呢！说："什么就看上了？该说的我都说了，人你也看了，根本就没什么。你不能就这样揪着不放，别忘了我们的公约还有一条。"

"什么？""不许翻旧账。""好吧！不说了。我相信你。"

车子在红灯路口停下来，夏峻又想起来夸了佳佳一句："不过你今天值得表扬，没有见人就推销保险。"

一提到这个，佳佳恍然想起，一拍额，一脸悔恨的表情："啊你不说我真把这个忘了，真是的。"

夏峻得意地笑起来："我是该夸你大方得体呢，还是叹你业务水平下降了呢？"

"你刚才介绍她的时候，说是剪纸艺术家，那介绍我的时候，应该也加上职业啊，这位是我的爱人，一位优秀的保险业务经理，应该这样介绍。"佳佳煞有介事。

"放心吧！我早就说过你是一位优秀的保险业务经理，她也正想给孩子买保险的，回头你们俩联系一下。"

"真的吗？你是怎么对别人介绍我的，我听听？"

"我就说，我老婆很厉害，在家带娃时，孩子们白白胖胖，一转身跳进职场，也能做得风生水起。安静时，是个美人；战斗时，是个英雄。"

其实，最后一句是夏峻临时编的，佳佳听得很受用，满足又得意地笑起来，拿出了手机："这还差不多，快把她的微信推给我。""这样不太好吧！等她再提起保险的事来，我再推你，不是更好吗？"

佳佳一想也对，也就作罢。

送完佳佳，他开车去前两日面试的公司，对方邀他来谈薪资。

手机响了，马佐在群里温馨提示："爸爸技能大赛，早十点，广电大厦七楼，别忘了啊！"

钟秋野很快回复了一条语音，里面传来浩浩杀猪般的号叫，他气急败坏："我还不知道能不能去呢！这熊孩子，放个暑假，心收不回来了，死活不去幼儿园。"

马佐如果不提，夏峻差点忘了还有这个比赛，可是看看时间，和应聘公司那边约的是九点半，谈完估计也十点多了，应该赶不及了。他望着早高峰的车流，望车兴叹，回复道："看情况吧！我估计赶不过去了，大奖我就让给你们了。"

马佐还在群里追问，前面车流缓缓移动，夏峻启动车子。

好不容易在九点半赶到应聘公司，见到了公司的 CEO 和 HR，没想到不到二十分钟就结束了。他微笑着和对方告辞，走出了公司，在车里抽了一支烟。家里小女娇嫩，佳佳又有点咽炎，他已经很少抽烟了，偶尔想抽，就去卫生间或楼下抽一根过过瘾。烟酒不沾不算什么美德，自律的人生有时挺憋屈的。他在烟雾弥漫中，让自己的心情平复下来，安定下来，不抱怨，不丧气，告诉自己人生还有别的意义。

现在经济不景气，很多大公司都在裁人减薪，前几日他在一个行业群里还看到有人调侃：现在能发出工资的公司，就是好公司。只是夏峻没想到，今天这家公司给他开出的薪水，和他的期望值相差甚远，几乎比他过去的年薪少了三分之一。如果没有高薪支撑，他很难有信心去做好一份自己本就不那么喜欢的工作，自尊心也不允许他接受这样一份工作。他又一次放弃了。

抽完一支烟，看看时间，九点四十五了。马佐在群里报告行踪："我已到达阵地，你们来了吗？在哪里？"

钟秋野回复："到楼下了，马上。"

"等我。"夏峻捻灭烟头，启动车子。

赶到比赛中心时，已经是十点十五分，他还没有拿参赛证，正担心不让进呢！门口的工作人员一听说他是参赛的爸爸，马上请他快进去。

到了赛场一看，比起初赛时人才济济的盛况，这日可以用门可罗雀来形容，只罗到十几只雀，夏峻悄悄对钟秋野说："看来这次中奖率是百分百啊！"

"百分百怎么了？我可不喜欢一提纸尿裤，这玩意儿我们已经用不上了，我要那大奖——钢琴，钢琴不行就那个按摩椅，实在不行那个平衡车也行啊！"

"不好意思，你的对手太强了，你恐怕不能得逞。"

两人都贫嘴着。

只有马佐最务实，说："我不挑，只要能进决赛，安慰奖也行，证明我可以，比起大多数爸爸，我是个还凑合的爸爸，就行了。"

说话间，钟秋野的手机响了，他接起来，因为现场有点吵，就打开了听筒外放，传来李筱音温柔又略带严厉的声音："你吃药了吗？记得按时吃药。"

"吃了吃了，刚刚吃的，放心吧！我爱你老婆，么么哒！"挂完电话，他还故作无奈地抱怨，"这女人，太黏人，没办法。"

酸得让人掉牙。夏峻和马佐撇嘴，鄙视之。

比赛要开始了。

复赛三个项目，洗衣服、讲故事、做饭。一看到这几个项目，夏峻更是信心爆棚，全是他的强项啊！

洗衣服并不是简单的洗衣服，每个人分到的衣服，问题都不一样，有上面沾了胶水的，有白衬衣泛黄有汗渍的，有浅色衣服上沾了蓝墨水的，有深色衣服会掉色的，还有吃饭沾了油渍的。每个人的面前，都摆了各种可能用于洗涤的物品，除了常用的肥皂、洗衣粉、洗衣液，还有84消毒液、明矾、柠檬、醋、盐、丙酮等一些不常见的东西。

夏峻拿到的是一件有汗渍的泛黄的白衬衫。他皱着鼻子一脸嫌弃，想不通谁出的馊主意，主办方从哪里找来的这些来历不明的脏东西；但是嫌弃归嫌弃，既来之则安之，他现在是一位爸爸，要把这件衣服想象成自己女儿的。女儿要穿这件白衬衫参加幼儿园的"六一"表演，爸爸有办法：首先将沾有汗渍的衣服放入稀释了的84消毒液中，和清水的比例是1：100，大概就是1个矿泉水瓶盖的84混合1000毫升水，浸泡10分钟左右，然后再用肥皂水和清水搓洗。

看着别的爸爸面对脏衣服和一堆洗涤用品束手无策，抓耳挠腮，夏峻泰然处之，衣服已经亮丽如新了。拍摄的镜头也对准了他，他不慌不忙地介绍方法，并且对着镜头说："提醒一下，不能用热水清洗汗渍，这样的话汗渍的颜色会加重，就会变得事倍功半了。"

再看看钟秋野，真是好运爆棚，竟然分到一件染了颜料的衣服，这个他太内行了。他也三下五除二就洗好了衣服，镜头对准他，他也说得头头是道："画画的孩子，很容易将颜料染到衣服上。小孩子嘛，我们不要责备他，这些都是小问题。小野老师来告诉你，先看看你染到的是水粉颜料还是油画颜料。水粉颜料是溶于水的，只需要在水里稍微多泡一会儿，打点肥皂一搓就干净了；对于顽固性的颜料祛除，可以用温度略高的水。没错，这个问题对于我来说很常见，因为我就是画画的。会画画的小野老师，搜索2299345×音号，来欣赏小野老师的教学作品吧！"

广告做得猝不及防，摄像大哥连忙移开了镜头，钟秋野还提醒着："这段千万别剪了啊！"

两位富有生活经验的爸爸都完成了任务，只有马佐没有在规定时间内完成，他有点丧气，寻找原因："我从小到大的衣服，都是我妈和我两个姐洗的，上大学的脏衣服都是攒两个星期拿回家洗的，现在的衣服都是洗衣机洗的。"

听完这些，夏峻和钟秋野纷纷表示对他不同情，活该！

第二个项目是讲故事，这个钟秋野也擅长，他性格外向，爱开玩笑，给孩子讲故事也常声情并茂地做鬼脸，讲故事相当精彩。夏峻和马佐与其相比，虽差了那么一点，但也勉强过关。

最后一项是做饭，夏峻挑挑眉头，摩拳擦掌，一副志在必得的样子。

等命题一揭晓,他傻眼了,竟然是蒸水蛋。蒸水蛋他给玥玥做过几次,不是蒸老了像蜂窝煤,就是太稀了根本不凝固,孩子不爱吃,索性他也就不做了。蒸水蛋,他真不在行啊!左右看看,马佐这一次看上去胸有成竹,动作自如地用打蛋器搅拌着蛋液,夏峻小声求助:"怎样才能蒸嫩一点啊!我蒸的都像蜂窝煤,自己都不爱吃。"

台上的工作人员小声提醒:"不兴作弊啊!"

夏峻撇撇嘴,只好应付差事,草草了事。最后一轮结束,果然,夏峻的蒸水蛋成了蜂窝煤,而这一次,摄影大哥的镜头对准了马佐,他侃侃而谈:"小时候没啥好吃的,我妈就经常偷偷蒸个鸡蛋给我吃,我见她做过,给蛋液里加水很重要,不能是凉水,不能是热水,一定要用温水,水和蛋液的比例是一比一。蒸的过程也很重要,水开后隔水蒸,碗口覆一层保鲜膜……"

这样啊!挺简单嘛!我又学到了。夏峻不忿地想。

复赛结束了,因为人数基数太小,只筛掉两三个人,其他人都进入决赛。主持人在镜头前做最后的总结陈词:"作为父母,我们对孩子总是期望满满,苛责太多,要求他的成绩名列前茅,做三好学生,乖巧听话,考重点名校、北大清华,但那样的孩子在哪里?你会发现,自己的孩子总是有这样那样的缺点,那种完美小孩,都是别人家的小孩;同样,在今天这个赛场上,我发现,完美的爸爸也是不存在的。有的爸爸洗衣服洗得不错,有的爸爸故事讲得精彩,有的爸爸厨艺高超,我们应该去学会欣赏和宽容,欣赏他们的优点,宽容他们有时笨手笨脚,宽容他们扎的麻花辫,宽容他们菜里又多放了盐。爸爸们也不必苛责自己,我们并不完美,但我们一直在进步。"

* 2 *

玥玥一岁八个月了,会走路,会说简单的短句,脾气大,性格开朗,喜欢交朋友,喜欢出去玩。长这么大,孩子还没出过远门。夏美玲要和夏峻去杭州给房子办过户,顺便回老家转转,夏峻决定也带上玥玥。

女儿第一次出远门，陈佳佳不放心，亲自给女儿收拾行李，箱子盖上了，又想起还有益生菌没有装，最后竟然还要装一个保温焖烧杯，怕女儿不习惯外地的饮食，好煮点粥或面条。

夏峻望着溢出来的行李箱，无语摊手，夏美玲笑笑："我来吧！我可是有几十年经验的驴友了，带孩子旅游也很有经验，夏峻一岁多就跟我走南闯北了。"

只见婆婆把一些多余的重复的衣服都拿出来，厚薄不一的衣服各带两套，小儿常备药在隔层里装好，干纸、湿巾、隔汗巾、口水巾、水瓶、奶嘴，缺一不可，又从自己旅行箱里拿出几个新的封口袋，装孩子的小零食小饼干小零碎，还有几个分装的小瓶罐，形状大小不一，用法与封口袋一样。等婆婆收拾完，行李箱竟然还空出一块地方，她把夏峻的一件外套放了进去。

佳佳看完，佩服得五体投地，夏峻挑挑眉，揽了揽老妈的肩："还是我妈爱我，就想给我多装一件外套，怕我冻着。"

夏天蠢蠢欲动，下楼来软磨硬泡："我也想去。""不，你不想，你只想读书。"夏峻头也不抬。"带我去吧！""不，你不想去，你只想当学霸。"陈佳佳笑眯眯，把儿子往楼上推。

小玥玥第一次坐飞机，一点也不怯，舷窗外云海翻滚，她的两只大眼睛目不暇接，滴溜溜地转。前座有一个两岁多的小男孩，坐了一会儿，开始烦躁不安，哭闹起来，妈妈怎么也哄不好。玥玥探头看那个男孩，大眼睛瞪一瞪他，先是拿自己的一个小芭比给他。那男孩正烦躁，对芭比不屑一顾，小巴掌一挥，就把小芭比打掉了。小男孩的妈妈心烦意乱，忙不迭地道歉，玥玥小嘴一嘟，两臂抱怀，做出生气的样子："熊孩子，不乖。"

四周的乘客都笑了，空姐捡起了芭比，还给了玥玥。前面的妈妈烦躁又尴尬，忍不住对小男孩发火了："你再不听话，以后再也不带你出来了。"

夏美玲抚抚玥玥的头，从自己随身的包里掏出一本绘本，轻声和玥玥商量："我们把这个给小哥哥看，好不好？"

得到玥玥的点头许可，夏美玲把绘本递给了前面那位妈妈。那是一本恐龙题材的儿童绘本，男孩女孩皆宜，那小男孩得到恐龙绘本，果然被吸引，安静下来，认真地听妈妈讲故事了。

一本小小的书，解救了整个飞机乘客的耳朵。夏峻悄悄地赞扬老妈："你还真有一套。"

夏美玲也不谦虚了，谆谆教诲："带娃出门旅行啊！可是个技术活呢！各种突发状况都要预知到，该带的东西，一样都不能少。"

夏峻信服地点头，夏美玲追问一句："玥玥的拉拉裤带够了吗？"

"放心吧！我带了很多，到地方不够了再买。"

夏峻放心得过早了。一路乖乖巧巧的玥玥，在快到达的时候，忽然要拉便便了。他正要带孩子去上厕所，飞机忽然颠簸起来，乘务长广播通知大家不要走动，系紧安全带。他只好安抚孩子暂且忍耐一下。玥玥在座位上扭手扭脚，小脸憋红，一用力，伴随着轰鸣声，一缕淡淡的难以描述的气味传来。

终于等到颠簸停止，平稳飞行，夏峻忙带玥玥去上厕所。狭小的空间里，他局促地弓着腰，小心翼翼地帮孩子脱下外裤，再撕掉拉拉裤，把那团黄黄黏黏的东西包裹好，扔进垃圾桶里。正要帮孩子擦屁股，飞机忽然又颠簸起来，他重心不稳，头重重地磕在门上，身体歪倒。他第一反应一把抱住孩子，另一手护住孩子的头。玥玥初生牛犊不怕虎，只当是坐门口的摇摇车，还笑嘻嘻的。这阵颠簸很快过去，他重新帮孩子擦拭，换裤子，这时，才发现手臂上沾满了黄色半固体物质。他皱着眉，龇牙咧嘴地在水龙头下冲洗胳膊，玥玥一脸懵懂："爸爸，你怎么了？"

好不容易整理完毕，从厕所出来，在座位坐定，玥玥已神清气爽，玩起了自己的小玩具，他长长地舒了口气。夏美玲看了看他，从包里拿出一张湿纸巾，轻轻地帮他擦拭了手臂上一处没擦拭干净的污渍，意味深长地笑了笑："屎尿屁可是人生头等大事，带孩子出门，是一定要做好充足准备的。"

夏峻无奈地笑笑，闭目养神了一会儿，飞机落地，乘客依次下机，玥玥忽然羞报一笑："爸爸，嘘嘘了！"

夏峻没当回事："你穿着纸尿裤呢！怕啥！"

他背起随身的妈咪包，去抱玥玥，她忽然哇地哭了，只见她屁股下的座椅上，湿了一大片，她的裤子也从大腿根湿到整条裤腿。脱下湿裤子一看，原来是刚才在厕所太紧张着急，拉拉裤没穿正，漏尿了。

夏峻扶额，迅速帮孩子脱掉湿裤子，从妈咪包里重新拿了一条拉拉裤给孩子换上，可是外裤湿了，没法再穿了。玥玥光腿站在座位上，可怜巴巴地看看爸爸，再看看奶奶，大眼睛无辜地扑闪扑闪。

空乘走过来，微笑着询问有什么可以帮忙的，夏峻摊摊手，空乘见状，也为难了。夏峻的目光落在了自己搭在座椅上的那件外套，灵机一动，把玥玥的两条腿分别塞进袖子里，从上往下拉下拉锁，把玥玥整个包裹在衣服里，抱起孩子，得意地冲老妈和空乘挑眉笑笑："我真是个机灵鬼。"

飞机落地杭州萧山国际机场，下了飞机，来到行李传送带，夏峻抱累了，把玥玥放在地上站着。她穿着那件宽大的灰色衣服，活像一只笨拙的小企鹅，路过的人都盯着她，露出善意的会心一笑。有一位小姐姐故意逗玥玥："小朋友，你穿的什么啊？好可爱啊！"

玥玥被笑得不好意思，指着行李传送带对小姐姐解释："等裤子的，宝宝有裤子。"

半个小时后，他们入住酒店。酒店是位于西湖边的一家老字号酒店，民国建筑，百年老店，酒店的门口就是西湖。一路舟车劳顿，秋老虎正盛，夏峻一身汗，玥玥也一身奇怪的味道，洗漱完毕，他已累得散架，想瘫在床上休息一下，玥玥却还是电量满格，过来扯他："宝宝要坐船。"

刚才在来酒店的路上，她看到湖面上有许多小船。

夏峻没动，玥玥又溜下床，去拽奶奶的衣服："宝宝要坐船。"

夏美玲虽是资深驴友，但年纪毕竟大了，也想休息一会儿，无耐拗不过孙女，只好笑着答应。夏峻见状，也只好起身一起去。

湖边凉风习习，湖面水波浩渺，漂着游船。玥玥坐在自己的童车里，一路叽叽喳喳，虽然话都说不利索，但并不影响她说话的心情。她跟人说话，还必须有回应，否则就会一直叫"爸爸爸爸"。夏峻一开始还会耐心作答，后来就变成了敷衍："嗯！对啊！是吗？哦？哈哈哈！这样啊！嗯！"再后来，夏峻口干舌燥，求助地看看老妈，他只想静静。

好容易排队坐上了船，没想到，船儿漂漂荡荡晃悠着，玥玥刚上船没两分钟就被晃睡着了。夏峻喜出望外，连忙停船靠岸，抱着孩子回酒店，打算安顿好孩子好好休息一下。谁知，刚把玥玥放到床上，她醒了，睁着大眼睛，嗲嗲地说："喝奶奶，吃饭饭。"

祖孙三人又下楼吃饭，那短短不足二十分钟的睡眠如同给玥玥充满了电，她在吃饭的过程中，还下了婴儿餐椅，和邻桌的小姐姐去玩，等吃完饭，已经夜色向晚，而玥玥还和小姐姐玩得不亦乐乎。夏峻累极了，千哄万哄，威逼利诱，才把她哄回房间。

回到房间，玥玥把席梦思床当游乐场的蹦蹦床，跳了快一个多小时，直到十点多，才终于睡着了。而夏峻的老腰已失去了知觉，他想，反正不跟团游，明天先睡个懒觉。

然而小冤家是不会让他睡懒觉的，玥玥早上六点就醒来，开始对着爸爸抠鼻子挖眼睛："起床，起床。"

夏峻挣扎着爬起了床，洗漱，早餐，然后带妈妈和女儿去灵隐寺。

千年古刹，梵音袅袅，游人如织，一路多是山路和台阶，因为不方便推童车，夏峻腰上绑了抱娃腰凳来抱玥玥。快两岁的女儿，看上去娇小玲珑，抱在怀里像个小猪仔，走了一半，还没到寺庙门口，夏峻已累得气喘吁吁，祖孙三人就在路边的椅子上坐下休息。

刚刚在休息椅上坐定，只见一个三岁左右的小男孩跌跌撞撞地走过来，走两步，跑两步，一边走一边哭，身上还背着一个小水壶，眼泪鼻涕糊了脸，口里喊着："妈妈！妈妈！"

夏美玲环顾四周，零星经过的几位游客行色匆匆，看起来都不认识这个孩子，很明显，这个孩子和家长走散了。她忙起身，招呼孩子："来，小朋友，到奶奶这里来。"

小男生站定，犹犹豫豫地走过来，看看夏峻，又看看眼前这位奶奶，在夏美玲一米开外又站住了，看来这孩子的父母对孩子平时的安全教育还不错，孩子颇有防范意识。夏峻笑了："别怕，找不到爸爸妈妈了吧！你和小妹妹玩一会儿，他们马上就过来找你了。"

小男孩这才开口说话："妈妈会来找我吗？""肯定会啊！别怕。""奶奶你能让妈妈快点来找我吗？""放心吧！妈妈就快到了，等会儿见到妈妈，可不能让妈妈看到你哭成了小花猫，来擦擦。"夏美玲拿纸巾给孩子擦脸，又拿出一架玩具小飞机，两个孩子就围着座椅玩起来。

两个孩子玩得不亦乐乎，夏美玲和夏峻间或询问几句，得知这孩子竟然也叫浩浩，是和妈妈一起出来旅游的。又聊了几句，小男孩背出了妈妈的电话号码。夏峻连忙拨打，等输入号码，才发现孩子背出的电话号码少了一位；再问他，孩子又背了一遍，还是怎么也想不起最后一位数。夏峻只好从0到9依次输入试错，打错了六个电话，接第七个电话的，是一个焦急的女人。一说明情况，女人在电话那头语无伦次，像是哭了，问清了地址，称马上赶过来。

通往景区大门就这样一条主路，只要家长没走远，原路找回来，肯定不会走岔。

十分钟后，一个惊慌失措的年轻女子一路朝他们的方向小跑过来，一看到小男孩，一把抱进怀里，失态地哭起来。小男孩早已经冷静下来，淡定地把刚才听到的奶奶说的道理讲给妈妈听："育儿无小事，走路别大意啊！"

妈妈被儿子训得又哭又笑，转头对着两位恩人千恩万谢，最后要带男孩离开时，小男孩和玥玥拉着手，还难舍难分起来，两个小人儿还约定明天再到这里一起玩。

看着小男生和妈妈远去的背影，夏美玲忆起往事，说："你还记不记得，小时候，我第一次带你来杭州，去灵隐寺，也差点把你丢了，我都快急死了。"

"我其实是躺到佛像后面睡着了，外面太热，大殿很凉快，很舒服，哈哈！"夏峻记得那是他七岁的暑假，天气闷热，妈妈带他游历，去了很多地方，走丢只是一个小小的插曲。

夏美玲拍了拍儿子的肩："还笑，我都快急哭了。养孩子不是养小猫小狗，小猫小狗丢了，都会伤心，何况是一个活蹦乱跳的孩子？养育一个孩子，肩上就担了一份不可推卸的责任，和孩子有关的事，没有一件事是小事。"

"我知道我知道，育儿无小事，走路别大意啊！谢谢你，妈妈！"

祖孙三人在杭州逗留了两日，办房子的过户，又将房子委托到中介出租。夏峻租了一辆车，一路向东，回到老家绍兴。

绍兴是鲁迅先生的故乡，也是夏峻土生土长的地方。夏峻家在咸欢河边一座两进的宅院，前面一进重新翻修过，租了出去，临街开的商店；

后面一进修葺了一道围墙，和前院隔开，四间二层楼房；楼下小堂前，是饭厅和客厅；楼下一间是夏美玲的卧室，夏峻住楼上。这里门朝咸欢河，游客较少，临水，僻静。小时候，夏美玲对着河水吊嗓子，咿咿呀呀的声音传向很远。

家里大半年无人居住，等开门进去，里面却窗明几净，一尘不染，夏峻纳闷。夏美玲告诉他，在回来的路上，她已打电话给一家常用的保洁公司，保洁员从她相熟的一位老友处拿了备用钥匙，将家里打扫得干干净净，茶几上摆着保洁员代她买来的水果，花瓶里插着刚买的鲜花，是雏菊和小向日葵。夏美玲觉得插得不好看，自己动手摆弄了几下。

夏峻的房间在楼上，也算是他在这个家的婚房，墙上挂了一家人的全家福。在那张雕花大床的旁边，放了一张竹制的婴儿床，是夏美玲刚刚从储物间拿出来的。小床被认真地擦拭过，铺了干净的新褥子，围栏的折角和凸起的地方，都用棉布细心地包裹了起来，是防止孩子被棱角划伤和磕碰。夏峻对这个婴儿床有印象，那是他小时候用过的，后来长大了不用了，就放在角落。他记得，那时的小床也缠着棉布条。他把玥玥放进去，孩子手舞足蹈地在里面玩起来。

打开窗户，能看到厨房袅袅蒸腾出热气。院子里一些花草虽残败了，但一些常绿的植物仍生机勃勃，花架上爬满了五颜六色的大叶牵牛和爬山虎，花架下有一套防腐木桌和凳子，已经铺上了桌布和坐垫。夏美玲掀开厨房的帘子，探头出来，喊道："吃饭了。"

夏峻抱着孩子下了楼。

饭菜简单，几个家常小菜、绉纱馄饨。坐在自家院子里吃饭，往日时光纷沓而至：两岁，在这里蹒跚学步，妈妈在一旁练功、吊嗓。四岁，摔倒了，妈妈笑着说："你是小小男子汉，自己可以爬起来。"六岁，他学着用筷子吃饭，妈妈说："多吃点青菜，会长得更高。"后来，他上了小学，放学后就趴在院子的小桌上写生字，写完了给妈妈看，妈妈会说："写得真不错，这个横写直一点就更好看。"那些点点滴滴，原来他从来也没忘过。

吃完饭，母子俩带玥玥出门散步消食，不知不觉走到了他的母校。过去破败的小学早已盖起新的校舍，铺设着宽敞的橡胶跑道，校名闪闪发光，红旗迎风招展。学校里传来琅琅的读书声。夏峻和妈妈从围墙外慢慢走过，他想起一件事来，说："妈，您还记不记得，小时候，你为了我，和一个家长打架的事？"

夏美玲故作吃惊，不好意思地笑了："有吗？哪有啊？怎么可能啊？"

那时夏峻上三年级，还没长开，瘦瘦小小，成绩好，老师喜欢。一个混世小魔王老欺负他，夏峻不惹事，一开始忍让着，被打了，就告诉老师。那孩子家里颇有点势力，老师也不能奈他何，总是不痛不痒地批评几句了事。后来，夏峻忍无可忍就还了手，两个孩子脸上都挂了点彩，被叫家长。对方家长不依不饶，偏袒自己孩子，指责夏峻下手太重，要带孩子去医院做脑部检查。夏峻辩解是对方先动手。那家长话说得漂亮，称还手就是你的不对了，你应该告诉老师，让老师来处理。话音刚落，那妈妈的脸上就吃了夏美玲一个巴掌。那妈妈也不是善茬，马上回击了夏美玲一个耳光。那是夏美玲长那么大第一次打人，也是第一次挨打。她的脸颊泛起淡淡的红印，却没有再还手，只是淡定地问："我打你，你为什么还手？"这句话，和那个耳光，镇住了那位家长和老师。那件事的处理结果是各回各家、各找各妈，但从此以后，再没有人敢欺负夏峻，更没有人敢欺负夏美玲。

夏峻讲完，夏美玲夸张地否认："怎么可能？我会那么硬核，那么剽悍？你就瞎编吧！我是温柔优雅的公主啊！哈哈哈哈！"

他们全都记得。他成长的时光树上，妈妈是和风细雨、蝉鸣鸟语；雷霆闪电时，她却是他头顶的那棵大树。那些和风细雨、蝉鸣鸟语和雷霆闪电来临时，妈妈伸出的双臂、挺直的背脊，是责任，是为人父母的担当。

* 3 *

在绍兴逗留三两日，办妥一切事情，祖孙三人踏上返程。

到达机场，夏峻去柜台办理行李托运。他的前面是一位戴帽子的胖胖的大叔，手提肩背的，机票咬在嘴里，一不小心，掉到了夏峻的脚下。他帮忙捡起来递给大叔，一张戴着眼镜的胖胖的圆脸冲他笑："谢谢啊！"

这张脸有点熟悉，夏峻眯眼看了看，一时却想不起来。好巧不巧，登机的时候,胖大叔就走在他前面,旁边有一对小情侣一边走一边谈装修婚房的事。夏峻脑子一个激灵,忽然想起来了,那次钟秋野带着他去看场地,那个胖胖的"假房东"就是眼前这个人。

夏峻忽然兴奋起来。

此刻,大叔走在他的前面,用手夹着机票,进入舱门。空乘检票,大叔还是走在他的前面,过道有点拥挤,大叔停下来,拿着机票的那只手搭在旁边的椅背上。夏峻转身把玥玥交给了奶奶,悄悄拿出手机,迅速拍下了那张机票,机票显示,这个人叫李志。

找到座位落座,夏峻留意了一番,看到大叔正好坐在他的后排。他再次拿出手机,给自己和玥玥自拍,让大叔入镜了。拍好照片,连同机票照片,迅速发给钟秋野:"我身后这个人,疑似假房东,赶快报警。"

钟秋野接到夏峻微信的那一刻,正在和李筱音吵架,不,是他单方面被李筱音训斥。

"这是什么?你告诉我,这是什么?"李筱音拿着一个药瓶。

"药,药啊!"钟秋野心虚,有点结巴。"什么药?""维生素。"他不敢抬头看李筱音。

李筱音忽然笑了,像是先狠狠吸了一口烟,忽然被呛住了,然后狠狠地咳起来。她是夸张地笑起来,笑得钟秋野心里直发毛,笑平息下来,她说:"你说谎的毛病什么时候能改?""筱音,你听我解释。""好,你解释解释。"她冷静下来。"我不是有意要骗你的,这个事情是这样的,一开始,真的不是我骗你,我真的生病了啊!我没想到你,没想到你还当我是亲人,在那个穿刺同意书上签字。我们复婚了,你不知道我多开心,那种失而复得的心情,你懂吗?就想紧紧抓在手里,不想松开,后来检查结果出来了,没什么大碍,不是绝症,我怕你反悔,就……""没什么病,这不是一件让人开心的事吗?你傻啊!"李筱音坐下来,叹了口气。

钟秋野忽然一把抱住了她,像一只八爪鱼一般紧紧地箍住她,不给她一丝喘息的机会,语无伦次地说:"我知道错了,我都改了,不要离婚,我不离婚,筱音,我再也不骗你了,原谅我好吗?"

李筱音没说原谅,也没说不原谅,许久,拍了拍他的后背:"松开。""不松。"他此刻怎能松开?无论何时,泡妞秘籍他都牢记心中,坚持不要脸。

李筱音耸动了下身体："不松开怎么接电话啊？你电话响了。"

　　电话响了，是钟秋野的手机，幼儿园来电。他松开了她，接起电话，那头传来一位老师畏畏缩缩的声音："钟浩轩的爸爸吗？你赶快来一趟中心医院。"

　　夫妻俩对视一眼，慌了，马上手忙脚乱地换鞋，拿包和钥匙。

　　他以迅雷不及掩耳的速度换好了鞋，追问电话那边："孩子怎么了？""肠胃不舒服，又吐又拉。反正你快来吧！"

　　当夫妻俩开着车狂奔在路上时，浩浩的幼儿园班级群已经炸了，家长们义愤填膺，众说纷纭："早上出门还好好的，怎么现在就去医院了？"

　　"一个去医院，全班都去医院？你们给孩子吃什么了？"

　　"中心医院内科，我已经到了，孩子们食物中毒。情况堪忧，其他家长快点吧！"

　　"这事一定要调查清楚。"

　　钟秋野的脑袋轰的一下，像是被炸开了。向来淡定的李筱音也慌了，伸手握住了他那只抓着方向盘的手，她的手是凉的，声音也发紧："怎么办？老公，浩浩不会有事吧！"

　　"别怕！不会有事的。"他一脚油门疾驰而去。

　　夏峻的那条微信，就这样被忽略了。

　　待他们赶到医院，刚刚下车，李筱音吐了起来，她小脸煞白，身体轻飘飘的，几欲跌倒。在社会上摸爬滚打了这么多年，她早已能做到泰山崩于前而色不变，她已经很多年没有这样的感觉了，紧张和恐惧瞬间击倒了她。她已三十六岁了，浩浩是她唯一的孩子，虽然平时她陪伴较少，但母子连心，一颗母亲的心，像在烙铁上翻滚。一路上，她一直紧紧地抓着钟秋野的手。

　　夫妻俩赶到急诊科和消化内科，四处寻找，病房和过道人满为患，孩子们个个小脸煞白，病怏怏的，家长们愁容满面，有几个妈妈在抹眼泪，几个急躁的男家长在一旁骂娘。一位护士引钟秋野到病房，他看到浩浩已经打上了吊瓶，眼睛睁得大大的，眼角还挂着泪，可怜巴巴地四下看着周围其他小朋友的家长，一看到爸爸妈妈，小嘴一咧，又要哭了："爸爸，妈妈！肚子疼。"

李筱音抓住了孩子的另一只手,眼泪就下来了。浩浩从小身体素质好,钟秋野心细,把孩子照顾得也好,此刻小人儿躺在病床上,小小的身体蜷缩着,让她的心瞬间揪紧。"别怕!爸爸来了,打完针就没事了。"他安慰孩子。"告诉妈妈,哪里难受?还头晕吗?肚子疼吗?饿了吗?想吃什么?妈妈去给你买。"再厉害的女人,一面对孩子的问题,也难免慌乱,手足无措起来。

护士经过,正好听到她的话,正色提醒道:"他现在还不能吃东西。"

李筱音轻拍自己脑门,直呼愚蠢。

钟秋野示意她不要急,然后轻声询问孩子:"告诉爸爸,早餐吃了什么?""就吃了三明治,喝了牛奶。""午饭呢?""土豆烧牛肉、米饭。"

邻床的孩子爸爸说:"还用问吗?都已经确诊了,食物中毒,沙门氏菌感染,这么多孩子都出问题了,幼儿园脱不了干系,还有个孩子在重症急诊抢救呢!"

病房外传来女人的哭声和男人的叫嚣,嘈杂一片。

邻床的爸爸又说:"我儿子这半年经常闹肚子,不是一次两次了,我觉得这就不是一次意外突发事件,我怀疑幼儿园后厨肯定有猫腻。这家幼儿园收费也不低,每天看发布的菜单写得花里胡哨的,整天都给孩子吃的什么啊?我们得告它。"

钟秋野附和:"对,要告。"

夫妻俩陪孩子在医院打完吊瓶,浩浩精神好了许多。医生来为孩子做了检查,说没什么大碍,且医院人满为患,人多嘈杂,大夫建议他们带孩子回家休养观察。

回到家,钟秋野煮了小米粥,李筱音喂孩子喝了。吃完饭,浩浩几乎已满血复活,闹着要看动画片了。

钟秋野拿了车钥匙,叮嘱李筱音看好孩子,他打算出门一趟。

"这么晚了,你干什么去?"李筱音心里的一根弦刚刚放松下来,又警觉地紧绷起来,小野同学啊,可是有"前科"的。

钟秋野一看筱音脸色,就知道她又瞎想了。他是有"前科"的人,现在这一番家庭和乐来之不易,他可不敢造次。他走过来,摸了摸儿子的头,又摸摸老婆的头:"别瞎想,我是幼儿园家委会成员,今天这事,家委会说要开个会。"

"好吧！你去吧！我也上网看看，附近有什么好的幼儿园，给浩浩换一家。"

从家里出来，坐到车上，钟秋野舒了口气，这才有空打开手机，一看，有好几个未接来电，都是夏峻的，再打开微信，发现夏峻早上发给他的微信没看。一看微信内容，他瞬间直起了身，照片上那个人，就是当日的房东，是的，没错，就是他，毁了小野老师的创业梦，不能放过他。看来这个人还生活在这座城市，逍遥法外。他马上把照片发给了和他联系的民警，打电话交代了照片来源，然后给夏峻回电话。

此刻的夏峻正在给孩子洗澡，手机放在桌上，没接。

钟秋野挂断电话，启动车子，朝目的地驶去。

到达目的地时，其他几位家委会成员都已经到了。刚才白天在医院时，几位家长私下沟通约定好的，他们碰头的地方，是幼儿园后围墙外。

带头大哥是白天在病房里和钟秋野搭话的那位，这位哥们儿做过暗访记者，他怀疑幼儿园的食材有问题。如果不亲入虎穴调查取证，只恐园方面对舆论和承担责任时又要和稀泥。

幼儿园的围墙就是一家小区的围墙，不高，但要几个没功夫的现代人爬过去，还是有点费劲。钟秋野最瘦，被分配打头阵，踩着一位哥们儿的肩上了墙，一看，果然有几间房子亮着灯。

他蹲在墙头观察了一下，四周昏暗不明，墙根下也不知道是软是硬，心一横，就跳了下去，膝盖着地，磕到了一块砖头上，生疼。过了一会儿，那几位哥们儿也各显神通，翻墙而入。

几人如夜行大侠一般，蹑手蹑脚地朝有灯光的房间走去。

那间房子的窗户没有窗帘，有一扇窗户打开着，里面有人说话，从钟秋野的角度望去，他看到了三个人。那个女人他认得，是这家幼儿园的副园长，平日慈眉善目、笑眯眯的，孩子们都管她叫"园长奶奶"，此刻，她正对着一个中年男子大发雷霆："这些东西你从哪里进的？节约成本是这样节约的吗？你看看那个鸡翅，你自己能吃下去吗？你要害死我啊！会出人命的啊！"

"姑姑，这事你能压下来不？我再也不敢了！我要是被抓了，小玉和孩子怎么办啊？我爸走得早，你不管我谁管我啊？"中年男子故作委屈状，夸张表演着。

副园长不耐烦："赶紧处理掉，叫老赵赶紧拉出去处理了，你闻闻，你闻闻。"

从另一个哥们儿的角度看，一位老汉正在大冰柜里翻腾着，把翻出的东西装进一个黑色的垃圾袋里。一股恶臭在空气中蔓延，那位哥们儿拿出相机，迅速拍下照片。

忽然，副园长尖叫一声，在房内左右挪动躲闪了一下："啊！这什么东西？老鼠吗？厨房里怎么会有老鼠？"

"没有没有，姑姑，你看错了。"

窗外的人也吓了一跳，一听有老鼠，有人恨不得马上冲进去揪住那男人暴揍，被钟秋野拦住了："别冲动，听从组织安排。"

带头大哥悄声分配，等会儿绕到厨房门口，等老头和男人出来时，先制服他们，然后由大哥拍摄过期食材。

此行共来了四个人，对方有三个人，副园长是个老太太，可以忽略不计，四对二，他们有十足把握。

钟秋野还是有点发怵："这些人可都是颠勺挥菜刀的主儿，万一打起来，咱们不一定是对手啊！"

带头大哥很不屑："你害怕了你现在回去，反正这事我是管到底了，我儿子现在还在医院躺着呢！"

既来之则安之，硬着头皮上吧！想起儿子白天那会儿小脸煞白、肚痛蜷缩的样子，钟秋野瞬间有了力气。对这些无良的商人，不能心软。

后来事态的发展有点失控，当他们四人冲上去制服对方时，遭到了反抗。老汉的手里竟然还拿着一把剔骨刀，混乱中，钟秋野光荣负伤，右臂出血了。副园长吓得尖叫起来，竟然又冒出了一个保安。保安有武器，和带头大哥打起来，相机掉到了地上。钟秋野捡起来，对着垃圾袋里的鸡翅和冰柜里的肉一番猛拍。副园长到底是女流，不敢上前阻拦，开始呜呜地哭起来："别打了，别打了。"

钟秋野哄女人有一套，拿着相机，半是威胁半安慰："这位阿姨，你也是有儿有女的人，孙子辈也有了吧！那位老兄也家有娇妻娇儿，将心比心啊！古人说，老吾老以及人之老，您放心我们不会伤害你；古人还说了，幼吾幼以及人之幼，你们也不能这么对孩子啊！孩子是祖国的花朵，是早上八九点钟的太阳，我们要呵护啊，对不对？……"

带头大哥那边已制服了那三个男人，不耐烦地催："废什么话啊？那谁，赶快报警啊！"

一听说要报警，那保安识相，倒是不反抗了。侄子和老汉怕蹲局子，都挣扎着要逃，一番拉扯打斗，最终还是被制服，关进了厨房重地。带头大哥和众小弟在外面抽烟，报了警，等待警察。副园长和侄子在里面互相抱怨。

十几分钟后，警察来了，家委会成员们也被带去做笔录。一直折腾到晚上十一点，从派出所出来的时候，带头大哥问："你那胳膊，要不要去医院看看？"

钟秋野低头一看，右臂上的伤口流了很多血，已经凝固了，这时，他才后知后觉地感到了疼。

"不用了，小伤。老婆孩子还等着我呢！回了。"他说。

回到家时已十一点半，他怕老婆孩子已经睡了，开门关门时很轻，蹑手蹑脚，一抬头，看到李筱音还坐在客厅里。"怎么还不睡？""等你呢！"

李筱音抬起头，目光柔和地看向他，注意到他胳膊上的血迹，吃了一惊，压低声音："怎么搞的？不是去开会吗？怎么挂彩了？严重吗？"

钟秋野特别有英雄气概地笑笑，无所谓的样子，说："没事，一点擦伤，不碍事。""我问你怎么搞的？你和人打架了？"李筱音像训儿子的语气。有一种说法，说女人无论找了哪一种男人，最终都发现，她给自己找了个儿子。

钟秋野没有回答她的话，答非所问："我是一个丈夫、一个父亲，我的责任，就是保护你们。如果有人伤害你们，伤害我们的孩子，我应该冲在前面。"

话说到这里，李筱音猜出了几分："你们去幼儿园了？""嗯！"

她去拿小药箱。平日里浩浩淘气，磕磕绊绊常有，酒精、碘伏、云南白药都有。她打开，用碘伏为他擦拭伤口，他就龇牙咧嘴地吸气。"要给浩浩再选一家幼儿园了。"钟秋野说。"嗯！这件事就交给你了。"

擦干血迹，露出伤口，其实只是划破了皮，刀口很浅，她在伤口上敷上云南白药。疼痛过后的伤口，传来一丝奇异的清凉之感。

他说："那个骗子房东有线索了，可能快破案了。"

"那你还要继续做培训班吗？我们可以重新开起来。"

"开啊！我现在觉得，我能干好很多事。"

"画展还开不开，我帮你啊！"李筱音是真诚的。

"暂时不了，我想凭借自己的努力，顺其自然，水到渠成吧！"他忽然觉得长久以来那颗躁动的心在此刻如此平静，他想要的还想要，但不那么急迫了，握住当下这一点温馨时刻，就觉得满足。

涂好了药，李筱音在小药箱里找不到纱布，问他："纱布放哪里了？我记得以前就在药箱里啊！"

他想起来，浩浩有一次把纱布翻腾出来玩，被他收缴后，放到次卧房床头柜的抽屉里了。

"在那屋床头柜的抽屉里。"

李筱音起身进屋去拿，他跟了进去，纱布找到了，她将纱布覆在他的伤口上，动作轻柔地缠绕几圈，像包装礼物，像捆扎婴孩，最后，在包扎好的手臂上，轻轻地打了个蝴蝶结。

钟秋野摸了摸那个蝴蝶结，她也摸了摸蝴蝶结，心里起伏，其实多少婚姻又是完美无缺的呢？伤口之上的蝴蝶结，就像一边痛一边笑着，一边伤一边原谅着，大概才是生活的真相。

他伸手抚上她的脖颈，向她靠近索吻，大床空荡荡，月亮白光光，她被他压迫到床角，轻轻推他："你胳膊都受伤了，别闹！"

他笑得好看又赖皮："没事，我会单手开车啊！"

* 4 *

浩浩的幼儿园被勒令停课整改，接受调查，钟秋野要给孩子再选一家幼儿园，在群里一说，马佐也在为潼潼选幼儿园发愁。潼潼马上三岁了，也该上幼儿园了，他和佑佑在为孩子选哪家幼儿园的问题上，产生了严重的分歧：佑佑认为孩子将来会走出国留学这条路，因此应该上一个优质的国际双语幼儿园；而马佐则认为幼儿园没那么重要，就近原则，小区里那家就不错，早上孩子还能多睡一会儿。两个人因此吵了起来，最后上升为人身攻击：马佐攻击佑佑崇洋媚外，佑佑攻击他短视、小农意识。大家都知道，农村出身的人，"农村人"这三个字就像一个魔咒，时不时就会冒出来诅咒他的人生。他们对这样的出身是自卑的，听到小农、农村人、村这样的字眼，就会马上竖起身上的刺准备与人干仗。很多人在城市生活多年，也无法打破这个魔咒，接纳真正的自己。后来吵架升级，佑佑摔门而去，回邻市公司上班去了。马佐气得跳脚，在群里来征求意见，希望能证明佑佑是错的。

夏峻的观点是："上幼儿园当然是就近最好了啊！孩子正在发育长身体，大冬天，怎么能早早爬起来？离得近，还能多睡几分钟。"

"是吧是吧！"马佐认为夏峻说得对，简直是他的知己。

经历了幼儿园食物中毒事件后，钟秋野也对选择幼儿园有自己的看法，说："曾经，有一家公立幼儿园的入学机会摆在我们面前，我们没有珍惜，选择了那家收费更高、硬件设施更好的私立幼儿园，现在我们后悔莫及。如果还有一次重来的机会，我会选择那家公立幼儿园。"

马佐觉得，钟秋野说得也很有道理。就在这时，岳父打来电话，说办事经过他家小区附近，要过来看看潼潼，马佐求之不得。别人家夫妻吵架，都是女人回娘家哭诉，到了马佐这里变了。他有一肚子的委屈，要向岳父哭诉呢！

正值晚饭饭点，新来的保姆正在准备晚饭，他嘱咐她多烧两个菜，要和岳父喝两杯。

半个小时后，岳父走进家门，一见到潼潼，就亲亲抱抱举高高，感慨："我的宝贝长高了啊！也重了，外公都快抱不动了。"

"是啊！潼潼马上就三岁了，可以送幼儿园了。"马佐把问题抛了出来。

"佑佑呢？不在家？"岳父这才发现女儿不在家。

马佐有点心虚，目光有点躲闪，说："回公司上班去了。"

"大周末，上什么班。"岳父嘀咕。

保姆上菜，经过的时候悄悄对老头打报告："吵架了，为孩子选幼儿园的事。"

老头心领神会，不置可否。

饭菜上桌，保姆给孩子喂饭，翁婿俩落座，岳父看出马佐心事，便主动问："打算让潼潼上哪家幼儿园？公立的还是私立的？艺术的、双语的，还是普通的？"

问题一出口，马佐就知道，岳父不是只会做生意的商人，他对上幼儿园的事也门儿清，这份门儿清，既有对世事的洞察，也是对外孙的关爱。问题问得专业，但马佐的回答就很业余了，他说："我觉得，小区里那家智慧幼儿园，就挺好，离家近，方便。"

"你去实地考察了吗？"

这一问，把马佐问住了，他虽然整天从那家幼儿园门口经过，看到接孩子的家长乌泱乌泱的，但还真没有进去了解过，他只好实话实说："还没进去看过。"

"硬件设施、师资力量、收费，都了解了吗？"

"还、还没，那么多人都在上，肯定还不错吧！"

"你觉得选一个幼儿园，硬件设施重要吗？比如，装修豪华不豪华，楼高不高，气派不气派，游戏设施多不多。收费高的，是不是就是好的幼儿园？"

就只是简单的几个问题，马佐意识到了，岳父真的不是凡人，他低估他了。本来他只是想来一场即兴的吐槽，没想到，现在成为一场灵魂的拷问。他觉得自己的头冒汗了，小心翼翼地回答："装修好当然能说明实力了，我肯定会给咱们潼潼选一家有档次、有实力的幼儿园。"

岳父放下了筷子，表情有点严肃了："错了，特别豪华高档的装修其实是不适合孩子的。制冷超强的空调房、漂亮的地毯对孩子的健康都不好，楼层太高的建筑更不适合做幼儿园。给孩子选幼儿园，也不是越贵就越好，应该注重的是人文环境、教师的管理。"

"人文环境……"马佐重复了这几个字眼，然后沉默了，他还真的没考虑过这么多。他小时候，根本没上过什么幼儿园呢。他现在依然停留在幼儿教育没那么关键重要，幼儿园就是看孩子的地方这种简单粗暴的观念中。而一个老人，却比他思考得更全面更深入。仔细想想，他现在主张选择的这家幼儿园,好像除了近这个优点之外,其他方面他真的一点也不了解。"其实,佑佑要帮孩子找幼儿园这件事,前几天对我说过,她说的那家幼儿园,已经去园内看了,据说装修豪华气派,收费也很高,声称是全省最好的幼儿园。她的提议就一定是对的吗?也不一定,我帮理不帮亲啊!佑佑实地去了解过,这个做法是应该肯定的。"

马佐心服口服:"我最近去小区的幼儿园了解一下,也再多备选几家了解一下,对比对比。"

傻女婿终于开窍了,老岳父露出欣慰的笑,吃了几口菜,喝了水,清清嗓子,又说:"吵架,可不是疯狂的交流,吵架是很伤感情的。选什么幼儿园还是次要,但如果你们沟通出了问题,以后经常在孩子面前吵架,给孩子选再好的幼儿园都无济于事。"

听岳父这么一说,马佐有点不爽了,还说什么帮理不帮亲,现在明显就是在指责马佐,在护短啊!马佐有点急,为自己辩解:"我没有跟她吵,我是好好对她说的,也没说马上就定下来啊!她就,她就说我……"

保姆有眼色,孩子正好吃完饭了,就带孩子去儿童房玩。

马佐见保姆走了,才脱口而出:"她说我农民、小农意识。"

听罢这话,岳父笑了,马佐那根敏感的神经又绷起来,这笑是什么意思?嘲笑?讥笑?皮笑肉不笑?

马佐不满地嘀咕:"我也是有自尊心的。""什么自尊心?就是自卑心。长这么大,这种话,听到过不少吧!对于这一点,我最了解,因为我也来自农村,在我还没有完全自我接纳之前,我也很在乎别人给我贴'农村人'这样的标签。当你听到农村人、小农意识时,可能对方只是一种描述,你却急眼了,觉得他(她)在贬低侮辱你,你觉得自尊受到了伤害,其实是自卑的一种反射。当你听到那样的字眼能像听到山和大海的名字一样,内心没有波澜,你才算真正接纳了自己。"

岳父的话,像一面镜子,映射着他的心。他沉默了一会儿,喟然道:"唉!听起来都像是对佑佑的偏袒,我竟然觉得很有道理。"

这个马屁和认知说出来,让岳父无比受用,老头朗声笑起来,故作老顽皮的样子:"糟了,我偏袒女儿被你看出来了。"

翁婿俩都笑起来。

一餐饭毕，马佐对岳父心悦诚服，但现实的问题还是没有解决，就继续追问："爸爸，那孩子幼儿园的事，要听佑佑的吗？她现在生气了，都一个星期没回来了。要是不听她的，你也知道她的脾气，能一直这么冷战下去。"

"不能听她的，刚才不是给你说了嘛！也不一定非要选她说的那家幼儿园，听谁的？谁有理听谁。就像一个公司要做一个项目，a拿了一个方案，b拿了一个方案，选谁的呢？谁的方案好选谁的啊！怎么选？用最小后悔值决策法来决策。马佐，生活中的很多事和职场商场的门道是相通的。如果你觉得你的方案好，你就去说服她。至于你怎么去说服，那就是你的事了，前提是，不许欺负我的佑佑。"

岳父和潼潼玩了一会儿，回去了。他一走，马佐的心里竟然空落落的，像是没有了主心骨。岳父的那些话给了他力量，但那些话只是"道"，他并没有给他"术"，也就是解决问题的方法。佑佑好不容易回家了，家里有了生气，他不能因为一点小事再把她气跑了。

对于哄女人，马佐一点也不在行。从大学里认识相恋，一直都是佑佑倒追，她是他的迷妹，他从小到大就这一段恋情。爱慕他的女生不少，但他从来不会讨好和追求谁，他不会哄女人。

"哄女人，小野擅长啊！"夏峻在群里揶揄。

马佐一拍大腿，怎么忘了这货的特长呢！他便邀大家去春临公园遛弯一聚，他要拜师学艺。

夏峻推托了，说要参加个婚礼，就不遛弯了。

半个小时后，钟秋野带着他的拖油瓶，马佐也带着他的小尾巴，在公园碰面了。

马佐讲完吵架的前因后果，钟秋野痛心疾首，一副过来人的样子，说："给孩子选一家好的幼儿园太重要了，什么公立私立、硬件设施、教育理念，全都是虚的，最重要的是心啊！""什么？""心啊！良心、爱心。""我知道，我是问你，我俩意见不一，佑佑又被我气跑了，我怎么能把她哄好？"

一到钟秋野的专业领域，他不免扬扬自得起来："这你算问对人了。"

"那快说啊！"马佐有点急。

"中午请我吃饭。"钟秋野臭跩上了。

"请。"

"吃大闸蟹。"

"吃。"

钟秋野要求不少,可是说了半天,也没蹦出一个字来。

"条件我都答应你了,你倒是来点干货啊!快说。"

看着马佐求知若渴的样子,钟秋野认真地想了想,叹了口气,半晌,说:"其实,单凭甜言蜜语去哄一个伤了心的女人,是很难的。"

"那你刚才还吹。"马佐有点绝望了。

"你仔细想想,那些影视剧里,还有你看到过的一些情侣吵架,是不是当男人说,你听我解释,女人都会捂着耳朵摇着头,说我不听我不听。任你说得天花乱坠,痛哭流涕,人家捂着耳朵不听啊,你有什么办法?"

"那你怎么把你老婆哄好的?"马佐还是不耻下问。

钟秋野沉默了一会儿,脸上像是凝了一层忧伤,说:"哄女人不是用嘴,是要用心。"

马佐在情感上被动、蒙昧,不开窍,这话也把他听得云山雾罩,他若有所思。

钟秋野回去的路上暗想,猫教老虎,可不得留一手嘛!他的专业秘籍,岂能随便透露给别人?其实他也不太明白,李筱音是怎么被他哄转的,大概是这半年多每天换着花样、哪怕她不吃他也坚持做的早餐,是他在她出差的行李里塞入的胃药,是半夜他在她关了电脑时送到她手边的夜宵,是他在大太阳底下给人画壁画的那份热忱,是他和带头大哥为正义出头的那份勇气,是他陪儿子玩时笑得像个二傻子一样的笑容,是他想认真生活、努力地从谷底把绝望的自己打捞出来的那份决心,是因为这些吧?是这些打动了她吧?他没有问过,她也没说,但是他猜,就是这样。

* 5 *

夏峻参加的婚礼,就是母亲夏美玲的婚礼。

婚礼前夕,夫妻俩商量着要给妈妈送什么礼物表达心意。夏美玲和刘医生都经济富足，什么都不缺，但送礼物是做儿女的一份心意。两人商议了半天，意见不一：佳佳看中了一款高档的按摩椅，说这份礼物对婆婆和刘医生都有用，夏峻说他想送母亲一份国外豪华游做蜜月旅行。

按摩椅19999元，可包邮空运到云南家中，国外豪华游夏峻看中了欧洲深度十日游，两人共计49999元。佳佳正在事业上升期，拓展新险种焦头烂额，收入并不稳定；夏峻投到钟秋野画室的钱也拿不回来；上次佳佳给夏峻的那张卡，大部分钱也投到基金里了，卡里还有点钱以备不时之需。夫妻俩面面相觑，对婆婆花钱不能吝啬，佳佳一咬牙，拍板："都买，买，下单。"

得到批示，夏峻负责下单。刚刚下完单，手机里的银行短信通知就来了，看看余额，他愁肠百结地叹了口气。紧接着手机又收到另一家银行的短信，是每个月的房贷通知短信，他无奈地摇摇头。

晚上，夏天写完作业下楼来倒水喝，进屋来向爸爸妈妈通知："我们老师建议让报一个小升初面试培训班，二十节课，三千五。"

"小升初面试培训班？什么什么？"佳佳皱眉。"小升初面试培训班"，她还是第一次听说这个名字。

夏峻作为一个合格的家长，现在对小升初政策了如指掌，解释道："本省小升初政策改革，加了面试这个环节，我觉得挺好的，不再唯分数论英雄。"

佳佳嗤之以鼻："好是好，对培训机构更好，又可以立一个明目开班挣钱了。"

夏天打了个呵欠："老师推荐了一家，我没记住，爸你问问李老师吧！我去睡了。"

"不报。面试嘛！我知道，不就是几个老师问你一些问题，就夏天这口才和应变能力，还用报那种班吗？别浪费钱。"

"是小升初面试啊，哪有你想的那么简单？"夏天嘟囔着。

夏峻附和："就是，培训班肯定会有针对性的，小升初面试，肯定跟平常聊天不一样。报！"

"不许乱花钱。夏天都报了多少班了，怪道把你们叫吞金兽。孩子的教育是重要，可是钱也不是大风刮来的，报班不能盲目，不是这么花的。"

关于小升初面试,夏峻是了解过的,他认为报这个培训班很有必要,因此固执己见:"这个班很有必要,你好好了解一下。"

"行,要报你用自己的钱报,不许刷那张卡。"

夏峻疑惑了,难道佳佳"大姨妈"来了,她怎么喜怒无常,变脸也太快了?"什么是我自己的钱?你说清楚,你每月给我的那个钱,是我的工资,还是家用?"

佳佳冷笑一下:"有区别吗?都一样吧。家用是用在家里,你挣的工资,不也是应该花在家里吗?"

过去佳佳在家,喜欢用一个小本子记账。夏峻也有记账的习惯,是用手机上的一款软件,方便快捷,一目了然,家里的收支是透明的。佳佳给他的那张卡,和每个月支付的家用,也都是明面上的,这也证明,夏峻想存点私房钱几乎是不可能的。他自己的钱?他哪有自己的钱?想到这里,他心虚地移开了与佳佳对视的目光。

"爸!"夏天拖长声音,求助地喊了一声。

夏峻心一横:"报,爸给你报。爸有钱。"

私房钱,他还真有一点。那款记账的 APP 上有个心愿储蓄的小功能,每周定额存一点,他已经存了三千多了。本来是想给家里买个运动器材健身的,算了,为了儿子,豁出去了,儿子的前程要紧。

佳佳马上狐疑地看着他:"你上周不就说买菜没钱了吗?你哪儿来的余钱?"

既然已经暴露了,他只好把手机 APP 打开给她看,心愿储蓄的名称赫然写着:"老婆的圣诞礼物。"

和佳佳生活这么久,对她的脾性和习惯太了解了:这女人矫情,要有生活的仪式感,时不时要送点礼物;这个女人还喜欢查看老公手机,直男夏峻早有准备,把心愿储蓄的名称改为"老婆的圣诞礼物"。就算发现私房钱又怎样?看到这个名称能保命。

果然,佳佳看到这份私房钱,再看到那个名称,心里涌出淡淡的甜蜜,脸上却克制着,撇撇嘴:"这也算取之于民用之于民了。哼!"

报班的争端解决了。佳佳起身去外面上洗手间,催夏天赶紧上楼睡觉。

背过夏峻,母子俩在洗手间小声嘀咕。

"看吧！我说我爸爸有私房钱吧！诈一下，就拿出来了。"原来，这是夏天和妈妈的双簧啊！

陈佳佳却有点失落："别说了，早知道那是我的圣诞礼物，我才不和你演戏。"

"呵！女人就是好骗。"

夏美玲和刘医生的婚礼，依然在高山流水酒店举行。

当日，夏美玲穿大红的秀禾婚服，头发染了色，戴着亮闪闪的凤冠，美人迟暮，依然是美人。刘大夫穿西装，系着大红领带，笑得嘴角都快咧到耳朵根了。

婚礼温馨又简单，刘大夫买了一只亮闪闪的钻戒，正在为夏美玲戴钻戒的时候，服务员引路，领着一位老太太进来了，夏峻一看，竟然是生母严老师。两位老姐妹隔着一桌人头互相笑着。

夏峻安排严老师坐自己身边来，埋怨她："你来怎么不打个电话，我去接你啊！"

严老师被夏美玲头上的凤冠吸引了，回答他："你去接我，谁照顾我的孙女呢！你别以为我不知道，你还在家当奶爸呢！你啊！我是指望不上了。"

夏峻撇撇嘴，不置可否。

戴好戒指，婚礼礼成，夏美玲过来给严老师敬酒，严老师先埋怨她："这么大的事，也不叫我，你这人不地道。"

这倒真是夏美玲的疏漏了，她讪笑了一下，开玩笑："咱俩心连心，你感应到了，自然就来了。""别说好听话，那是我大孙子跟我亲，给我通风报信，叫我来吃席。"两个妈见面，还是免不了明刀暗枪，拈酸吃醋一番。

夏天吐吐舌头，做个鬼脸。

吃饭的时候，两个妈坐在一起，严老师把自己带给夏美玲的礼物拿出来，是一件铁锈红的毛衣，是严老师亲手织的。她回去这半年多干了许多事，老赵头的房子拆迁，她争取该属于自己的那一份，分到了一套安置房。奔走这些事的时候，顺便帮女儿接送孩子，帮邻居的孩子辅导辅导作文，傍晚就在楼下和老太太们跳广场舞。空闲的时候，她就打毛线，共织了五件毛衣，夏峻、佳佳、夏天、玥玥都有，夏美玲这件是最先织成的。

铁锈红很衬夏美玲的肤色，她很喜欢，一迭声地夸严老师手艺好，毛衣花纹也好看，款式也别致，是宽松的开衫样式。严老师对这些赞美全都领受了，揶揄她："我就知道你臭美，照着杂志上的样式织的。"

严老师的刀子嘴说出这话来莫名地让人感动，夏美玲就端起酒杯再敬她一杯酒："严老师，谢谢你！"

严老师看看夏峻，与她碰杯："我也谢谢你！"

她们俩有自己的一套语言系统，除了夏峻，外人都听不懂。两个人在感谢中，把千辛万苦、千言万语都咽了下去。

婚礼总是幸福温馨的，掩去了往日种种起伏和艰辛自不必说。夏峻看到母亲夏美玲的脸上始终是微笑的，但他知道她吃了许多苦，这些苦因他而起，他一直觉得对母亲亏欠良多。他总觉得，自己该说点什么。

"妈！我敬你。"他恭敬地端起酒杯。

佳佳也跟着端起了酒杯。

夏美玲知道儿子想说点什么，她也想对他说点什么，可是她知道自己今日化了妆，万一煽情无法自控，泪水花了妆容就不好了。于是她只是轻描淡写地和他们碰了碰杯，没有看夏峻的目光，而是伸手逗了逗玥玥。玥玥也拿了自己的水杯，要和奶奶碰杯，夏美玲趁机转移话题："来！真乖，和奶奶碰杯。"

"奶奶，讲故事！"玥玥忽然闹着要听故事。

"瞧我这小孙女，越长越可爱了，那小嘴，每天叭叭的，像倒豆子一样，说个不停，每天晚上都要听故事，这习惯好。"

身为教师的严老师也连声附和："对对对，阅读习惯要从小抓起。"

"这个习惯要保持，夏峻，今晚上给孩子读那本绘本《獾的美餐》，我昨天翻了翻，这个故事不错。"

夏天最厌烦大人们在饭桌上聊天了，抗议道："眼前的美餐就不错，再不吃就凉了。"

婚宴过后，夏美玲就和刘大夫前往机场，奔赴新生活。

严老师和夏峻回家去。晚上，一起帮玥玥洗澡的时候，夏峻忽然觉得，其实有人搭把手也不错。他不知道生母这次不请自来的真正意图是什么，就犹疑地说了句："妈，要不，这次来了，就别回去了。"

严老师乜斜着眼，笑了笑："你真的想留我？"

夏峻被问住了，严老师的目光像一面镜子，他犹豫了一下，自嘲地笑了，轻声说："血缘也是命中的缘分，我们磨合磨合，应该也行吧！"

严老师朗声笑起来："看把你为难的。我告诉你，你留我我还不肯呢！我来，就是感谢夏老师，来祝福恭喜她的，来看看你们。我回去还有大事要干，我和人合作，开了一家作文培训班，要创业咯，老当益壮，我要忙起来了。"

"妈，年纪大了，也别太辛苦了。"

"知道，我心里有数。"

晚上，夏峻哄玥玥睡觉，给她读那本绘本《獾的美餐》。故事很好听，玥玥很快就睡着了。故事讲的是要学会珍惜自己已经拥有的东西，学会知足。

* 6 *

当马佐把一份详尽的幼儿园比选方案拿到佑佑面前时，她吃了一惊。这份方案里，备选了家附近五家幼儿园，内附师资、硬件设施、教学理念、课程特色、场地面积等详尽的内容，附有照片，甚至从家里到每家幼儿园的路线、驾车时长、打车费都标示得清清楚楚，且每一家幼儿园的内容简介下，有他客观的评价。这些内容，是他亲入实地采集的。

佑佑拿着这份方案书，并没有急着选，抬起头凝神看他，她的目光柔和起来，充满了善意，像极了大学时代她那迷妹一般的眼神。她像是第一次认识他，不可置信："这是你做的？"

马佐点头。

"傻瓜。又不是公司里做项目，其实不用这样的。"

"不对，孩子的事没有小事。你快看看吧！看哪家合适？"

佑佑指了指第二家，是一家公立幼儿园，离家十分钟车程，不算太远，这家幼儿园以艺术教育特色闻名。

"好,那就这家,我也觉得这家合适。"

佑佑提出疑问:"只是公立幼儿园好像不好进吧?"

"还行,潼潼的户口是在这个区。这个园比较知名,咱们提前半年,应该能排上;如果实在不行,交建校费,托托关系,我来办。"

这语气,多像学生时代一起上公共课时,她回答不出问题,他主动站起来,淡定地瞥她一眼,说:"我来吧!"没有他回答不出的难题,他站在那里,光辉灿烂。现在,他身上的能量,他的光和热,又一点点回来了。

这时,马佐的手机响了一下,有短信进来,佑佑瞥了一眼,看到一条短信提醒。

"'爸爸是超人'奶爸技能大赛,还有这样的比赛?""嗯啊!我参加了。""你都入决赛了啊?下周六决赛,望准时参加!听起来有点厉害啊!"佑佑兴奋起来,又用那种灼灼的眼神看着他。

马佐被她看得不好意思起来,木讷地问:"你还生气吗?""傻瓜!生什么气,生气容易变丑,我才不生气。老公,是下周六哦!我会打扮得美美的,去现场给你加油!""又不是参加辩论赛,数学、物理竞赛,不过是一个娱乐节目,可能我只能获得安慰奖,奖品是一提纸尿裤。"马佐自嘲。"那也是很重要的奖项,无论是辩论赛、全国奥数竞赛,还是奶爸技能大赛,我都要去为你加油鼓掌,我要穿着晚礼服出席。"

马佐顿觉压力山大,有点怯场了,说:"其实,我参加那个比赛,一是凑热闹,二是想证明一下,我是个不太差的爸爸。""我知道。老公,加油!"佑佑做了一个握拳的动作。到了周六,三位奶爸在广电大厦楼下集结了,随行的还有三位妈妈和四个孩子。佑佑果然穿了一件粉色的小礼服,外面搭了一件风衣。

佳佳先笑了:"佑佑要参加奥斯卡颁奖典礼吗?"

佑佑俏皮地笑:"必须这么穿啊!他获奖了,镜头万一对准了我,我不能给他和孩子丢脸呢!"

这么一说,佳佳和李筱音都不甘示弱了。

"你不要太自信了,肯定是我们夏峻获奖啊!他连感谢词都想好了。"

"鹿死谁手,花落谁家,不一定吧!钟老师可是热门人选啊!"李筱音也给老公戴高帽子。

"爸爸，加油哦！妈妈说你拿了第一名，她请我吃牛排。"夏天也给爸爸打气。

三位爸爸颇感意外，平日里被老婆敲打鞭策，都没想到，原来自己在老婆心目中这么厉害。

夏峻心虚地笑："我有那么厉害吗？"

钟秋野也学着夏峻的口气问李筱音："我有那么厉害吗？"话从他口里说出来，再配合他挑逗的眼神，莫名地就变了味道。

一行人来到录播大厅，里面灯光煌煌，一切已准备就位，比赛即将开始。

这一次是决赛，比赛的项目做了一些调整。前面仍是换尿布、冲奶粉、做饭等一些常规项目，爸爸们各显神通，轻松通过，后面增加了一个家庭亲子项目，要爸爸带着妈妈和孩子一起参加。

佑佑兴冲冲地走上台，主持人见到这位年轻的美女妈妈，马上把话筒递到她嘴边。佑佑对着镜头露出笑靥，说："很高兴有机会来参加这个活动，这是一次很有意义的比赛。"

主持人看了看她的打扮，抖机灵玩笑道："你高兴得太早了。"

循着主持人的目光，佑佑看到他身后的游戏设施——这是一个闯关游戏，主办方用一些儿童游乐设施搭建了一个闯关场景，有匍匐前进的路径，也有攀爬的路径，很显然，佑佑那件窄窄的亮闪闪的礼服裙，不适合匍匐，更不适合攀爬。临时借衣服？已经来不及了，佑佑只好放弃，怏怏地下了台，嘟囔着："你们节目组也太不靠谱了，为什么不提前通知呢？"

马佐和潼潼上场了，对佑佑喊着："老婆，你说过，你永远是那个为我鼓掌的人。"佑佑很快为这点小意外释怀了，穿着亮闪闪的礼服裙，为老公和女儿鼓掌。马佐和潼潼很争气，潼潼爬行满分，马佐攀爬满分，佑佑心甚慰之。

接下来，钟秋野一家也顺利完成了闯关。

最后，轮到夏峻一家上场。

玥玥爬行得也不错，只是好奇心太强，总是爬一爬，停一停，伸手拽一拽头顶用来限高的彩带。场外的观众被玥玥的萌态逗得发笑，夏天急得上火，在场外不停地提醒妹妹："别玩了，赶快爬啊！"

佳佳陪着女儿一起爬，但她比女儿还慢，因为头顶有一张限高的大网，她必须身体匍匐得很低才能艰难前行。

玥玥学着哥哥语气回头对妈妈说："别玩了，赶快爬！"

夏峻在另一端爬"山"，一家人最终要在中心点会合，他已经快完成自己的路程了，就在半山腰给老婆女儿打气："加油哦！宝贝。"

玥玥要帮妈妈，索性颤巍巍地站起来，把限高的网子用手托起来，谁知这渔网绑得并不结实，一牵一扯之间，竟然把绳头绑着的一个类似隔离柱的东西拉倒了。隔离柱朝母女俩倾倒，夏峻抬眼就看到，他忽然从半山腰跳下来，疾步跑跳跨越过来，双臂一伸，护在了母女俩的身上。

"啊！呀！"场外唏嘘。

母女俩被渔网覆盖，像被捕捉的美人鱼。玥玥根本没有意识到危险的发生，从渔网眼里伸出手来："爸爸！"

还好是虚惊一场，那隔离柱被他挡了一下，歪倒在一边，他把妻女从渔网下捞出来，抱在怀里。

有工作人员迅速过来扶正了那个隔离柱，重新绑好渔网，主持人凑过来，企图救场，说："夏先生，还要继续完成项目吗？你的时间不多了。"

夏峻惊魂初定，心里那根紧绷的弦还没放下，冒起无名之火，反呛道："你才时间不多了。"

还好不是直播，只是录播。主持人有点尴尬，转头对身后的人说："到时把这段剪掉。"

夏峻颇觉扫兴，回到观众席，想要离开，被其他几人劝住了，夏天也不想走："看完再走吧！重在参与嘛！"

夏峻的怒火渐渐平息下来。

最后比赛结果出来，一等奖只有一名，是一位他们都不认识的参与者，钟秋野和另外两个参与者获了二等奖，马佐荣获安慰奖。而呼声最高的夏峻因为中止比赛项目而减分，只获得安慰奖，安慰奖的奖品是一提纸尿裤。夏峻自嘲地笑。

佳佳倒是看得开："这个牌子的纸尿裤很不错呢！玥玥还用得上。"

大奖得主春风得意，必须请客吃饭，"任人宰割"。饭桌上，钟秋野举着二等奖的那个水晶奖杯亲了亲,做获奖感言:"行了,有专家组认证了,找到了我人生的方向。人啊!不要和命运抗争,你争不过。"

马佐夫妻俩有意思,一个自责,一个自我安慰。

佑佑说:"都怪我,怪我穿的衣服不对。"

马佐说:"其实,能进入决赛已经很厉害了。我觉得我还不错。"

夏天把一根筷子拿到嘴边当话筒,开始采访夏峻:"请问八号选手,作为冠军得主呼声最高的爸爸,这次与大奖失之交臂,你有什么话要说?"

夏峻正在吃菜,不耐烦:"我心服口服,无话可说。哦不,有一句话对节目组说,你们这个月应该扣道具组的工资。"

"我有话要说,我有话要说。"佳佳凑近话筒,清清嗓子,"作为冠军呼声最高的八号选手的家属,我有话说。我认为,在最后一个环节,八号选手虽然没有完成,但他却是表现最好的爸爸,能在家人遇到危险时挺身而出保护他们,是当之无愧的好爸爸。"

这个夸奖,夏峻甘之若饴地接受了,但故作姿态地谦虚道:"不不不,我做得还不够,还要继续努力。"佳佳的话是荣誉勋章,是奖杯,是幼儿园的小红花,是好听的情话。他想起过去的自己,都吝于颁一个这样的奖杯给妻子,便深觉汗颜起来。

钟秋野啧啧,一脸鄙夷,夹菜给李筱音,说:"来,我们吃菜,不吃狗粮。"

佑佑冷不丁在马佐脸颊上亲了一下,俏皮地说:"来,不吃狗粮,我们产狗粮。"

一餐饭在愉悦的气氛中结束了。夏峻开车载着妻儿回家,副驾驶座位上放着奖品纸尿裤。刚才吃饭的时候没喝酒,喝了茶,但他却觉得有点醉,有一种眩晕的幸福感。车流如水,城市的霓虹灯从他的脸上身上滑过,前面的路流光溢彩,像是一路礼花绽放,他向前走去。

* 7 *

一年将尽,快过年那几天下了雪,颇有瑞雪丰年的兆头,许多事情也有了转机。春晓居的项目被另一家房企接盘,重新启动,据说可以如期交付了。跑路的老薛还是没有回国,琉可从别墅里搬出来,住到自己婚前买的小房子里,她有一天悄悄打电话给佳佳,说:"不然我跟你做保险得了。"佳佳说:"好!"

佳佳晚上给玥玥读故事,随手抓到了那本《獾的美餐》。喜欢的故事百听不厌,在妈妈温柔低沉的声音中,玥玥不知不觉睡了,可读完故事的陈佳佳却有点感慨:什么是幸福?珍惜眼前拥有的,就是幸福,知足真的能常乐。

钟秋野小野少儿美术的假房东归案了,租金追回了一些,他为浩浩重新选了一家幼儿园,每天送完孩子,自己就在家里画几笔,还悄悄地参加了几个比赛,有一幅画获了奖,过完年要去北京领奖。他有点飘,对李筱音说:"走,哥带你去逛北京。"

去北京参加颁奖典礼那天,李筱音请了假,和浩浩一起去了。他们一起看了天安门,逛了北京胡同,吃了烤鸭,也一起见证了他的高光时刻。李筱音给他拍了好多照片,发了好几条朋友圈,每条九张图。返程的时候,他竟然在机场遇到了林初夏。

她胖了一些,也晒黑了一些,从国外旅行回来,在北京转机,刚刚从自助机取好票,与他迎面相遇。两人就在原地站着,目光交接,愣怔了几秒。一年多了,其实他偶尔会想起她,但那种想,很快就被孩子的屎尿屁和纷繁的琐事淹没了。会有一丝愧疚吗?有吧!但他有一颗渣男的纯粹的心,他会自我安慰:是她不对,不遵守游戏规则,她要这要那,贪心不足,一切伤害都在于她高估了自己,也高估了他。他只是一个普通的满身漏洞的男人。

林初夏淡淡地笑,不是故作姿态的云淡风轻,也不是凄凉或蔑视的嘲讽,就真的是旅行回来那种愉快又略带疲倦的笑,她说:"好久不见!"

李筱音在不远处的座位休息,孩子在她四周玩闹,这一切成为一个寓意深刻的背景图。他觉得这日的重逢是上天安排,所以他应该说点什么,他咽了咽口水,像是酝酿,说:"对不起!"

让他没想到的是,几乎是同时,她也说了句"对不起"。两个人听到对方的"对不起",都沉默了一下,然后也觉滑稽,笑了。没有谁问对方现在过得怎么样,去往何处。不需要假装骄傲,证明自己过得多好,也不需要掩饰什么，怕人看出一丝落寞，什么都不需要了。如果说那场情殇像一条深远悠长的河，他其实是那座桥。她渡过了河，已到了彼岸。从前总觉得那些感谢伤害过自己的人是圣母，是蠢货，现在她虽不能对他说句感激，但那场风花雪月，她真的认为，就是为了今后的懂得。

她说："那，保重！"

没有怨怼、责怪、愤愤不平了，她依然那样笑了笑，拖着行李箱朝前走去。

浩浩跑过来，拉住爸爸的手问："我们的飞机来了吗？"

他抱起了孩子。

生活不会惩罚谁，生活也不会厚待谁，每个人都有自己的灰暗和明亮，寂寞和热闹，冰冷和温暖。

夏峻在奶爸技能大赛中，并不是一无所获。有平台留意到他的厨艺，邀他做美食节目，他觉得分身乏术，照顾孩子要紧，婉拒了。后来也有一些不错的工作机会，他在考量后放弃了，并不是再没有事业理想了，只是觉得当下这种生活秩序，这种深入到生活深处的细枝末节，也是一种美好，也该珍惜。他们的家像一条小船，说不清他和佳佳谁是船长、谁是舵手，但要驶向广阔的前方，少了谁都不行。

他更忙了，夏天因为中午要在家里午睡，不在学校吃饭了，学习用脑，孩子又在长身体，他每天要用心准备一日三餐。每到周末，他还要开车载着夏天辗转到不同的培优班、补习班，回家后还要辅导他写作业。在夏峻三十八岁生日的时候，夏天用自己的零花钱给他买了一盒染发剂，说爸爸的白头发最近长得好凶。夏峻差点泪崩。

他每天像个齿轮一样，欢快地运转着，觉得自己特别重要。看到儿子月考成绩进步了，看到女儿又掌握了新技能，看到老婆脸上的笑，就觉得非常欣慰，付出的全部都值得。

倒是夏天，隐隐为爸爸感到担忧，说："老夏，可不能跟社会脱节哦！"

夏峻甩出一沓证书，那里面有厨师证、营养师证、国际心理咨询师证，甚至有船舶建造师证，夏天看得眼睛都直了，夏峻恨铁不成钢，激励儿子："儿子，我相信，你继承了我学霸的优良基因。"

夏天没有让大家失望，考取了家附近的那所重点中学。

九月来临，玥玥也要上幼儿园了。

九月一日，夏峻送孩子们去上学，先把玥玥送到幼儿园，亲亲抱抱举高高，才交到老师手上。玥玥挥手说"再见"，不哭也不闹，他再回到车上送老大去学校。车子刚启动，从后视镜里看到玥玥反身追过来，趴在铁栅栏里哭喊起来。夏峻心一酸，咬着牙，车子朝夏天的学校驶去。到了学校门口，夏峻叮嘱儿子："你赶快进去吧！我再去看看妹妹，她哭成那样，等下还要参加她的开学典礼。"

夏天很为难："可是，等下也是我的开学典礼啊！这也很重要啊！"

玥玥的哭声遥遥地传来，鼓动他的耳膜，一阵撕心裂肺的痛楚在胸口蔓延着，他头痛欲裂，从梦中醒来："宝贝别哭！"

九月的晨光从窗帘后漏进来，佳佳被他惊醒，揉揉惺忪的睡眼："怎么了？"

他抚抚胸口，喘了口气："做了个梦，还好只是个梦。"

玥玥也被吵醒了，扭来扭去，佳佳就给她穿衣服。

第一天上中学，夏天很兴奋，早早就起床了，像一只老鼠，在外面东摸摸，西摸摸，洗漱，整理书包，夏峻就叫夏天过来："去，把你的录取通知书拿来我看看。"

夏天很快拿来了那张重点中学录取通知书，夏峻看了看，长长地松了口气："还好还好，这个不是梦。"

"走吧老夏，穿上一身帅气西装，把头发梳成帅哥模样，参加我的开学典礼。"

梦境重现，夏峻一个激灵："妹妹的开学典礼怎么办？她入园第一天，肯定不适应的，我要在附近随时待命的。"

"可是我也是亲生的啊！"

佳佳气笑了："我的焦虑症先生，玥玥的开学典礼是下午。"

夏峻一拍脑门，下床穿衣，再到水龙头下用冷水一遍遍冲脸，让焦虑的心平复下来，洗漱完，做早餐，然后把孩子们塞进车里。先把玥玥送到幼儿园，亲亲抱抱举高高，才交到老师手上。玥玥挥手说"再见"，不哭也不闹。他再回到车上送老大去学校，车子刚启动，从后视镜里看到玥玥反身追过来，趴在铁栅栏里哭喊起来。梦境重现，夏峻心一酸，咬着牙，车子朝夏天的学校驶去。

十月份的时候，玥玥早已完全适应幼儿园的生活，并且在一众小朋友中脱颖而出，啦啦操她站在第一排，回答问题手举得最高，排练英语话剧她做当之无愧的主角，干啥啥都行，吃饭第一名，小嘴能说会道，讲故事也是第一名。

幼儿园十一国庆联欢，玥玥在台上给大家讲绘本故事《我爸爸》：

"这就是我爸爸，我爸爸真的很酷！

我爸爸什么都不怕，连坏蛋大野狼都不怕。

他一跳可以跳过月亮，

还会走高空绳索，而且不会掉下来。

他敢跟大力士摔跤。

在运动会的比赛中，他轻轻松松就跑了第一名。

我爸爸真的很酷！

我爸爸吃得像马一样多。

……"

讲到这句时，台下的家长和儿童都笑起来，夏峻旁边有一位爸爸故意打趣他："你真的吃那么多吗？"

"不多不多，我现在在减肥。"

"他像大猩猩一样强壮，也像河马一样快乐。

我爸爸真的很酷！

我爸爸像房子一样高大，

有时又像泰迪熊一样柔软。

他像猫头鹰一样聪明，

有时候也会做一些傻事，

我爸爸真的很酷！

我爸爸是个伟大的舞蹈家，

也是个了不起的歌唱家。

他踢足球的技术一流，

也常常逗得我哈哈大笑。

我爱他,

而且,你们知道吗?

他也爱我,永远爱我!"

台下响起掌声,夏峻的眼中蒙了一层雾,他使劲眨了眨眼睛,努力让自己不要流泪。这个绘本故事说的好像是他,又好像不是他。他不是什么完美爸爸,他也从来不信媒体上宣传的那些完美妈妈、完美爸爸,既能在职场征伐四方,又能把家里打理得井井有条,三头六臂,无所不能,那样的人从来都不存在。如何平衡家庭和事业,他深知这是一个伪命题。钟秋野何尝不是在夹缝中求生存?放下画笔就颠起了炒勺,按下葫芦起了瓢。马佐被那段奶爸生活锤炼得无坚不摧,但他依然需要职场的光环和事业的意义来定义自己,他无法做到兼顾和平衡,背后有一群人在支撑。没有人能做到面面俱到、事事体面。夏峻也会焦虑、抑郁、困惑、手忙脚乱、疲于奔命,没有神话,他不是超人,在这一刻,他宽容了自己,也理解了妻子。

参加完玥玥的十一联欢,载着她回家,他才想起,夏天也快放学了,放学后还有一个奥数班要去上,于是又慌忙地朝夏天的学校赶。

等红灯的空儿,他想起楼下婆婆妈妈们的话。"等孩子上了幼儿园你就解放了。等孩子上了中学你就轻松了。等孩子上了大学你就能松口气了。等孩子结了婚就不用操心了。"

……

他忽然笑了,生活哪有尽头啊?生活就是一条河,河水流过去,真的有尽头吗?百川东到海,如果有尽头,那尽头,一定是海的宽广、海的平静、海的壮阔、海的深沉。那才是生活!

(全书完)